春暖乡间

伍时开　著

中国财政经济出版社

图书在版编目（CIP）数据

春暖乡间/伍时开著．—北京：中国财政经济出版社，2012.12
ISBN 978－7－5095－4164－7

Ⅰ．①春…　Ⅱ．①伍…　Ⅲ．①长篇小说－中国－当代
Ⅳ．①I247.5

中国版本图书馆CIP数据核字（2012）第295557号

责任编辑：林治滨　张怡然　卢关平　　责任校对：张　凡
封面设计：逸品文化　　版式设计：兰　波

中国财政经济出版社出版
URL：http：//www.cfeph.cn
E－mail：cfeph@cfeph.cn

社址：北京市海淀区阜成路甲28号　邮政编码：100142
营销中心电话：88190406　北京财经书店电话：64033436　84041336
北京富生印刷厂印刷　各地新华书店经销
787×960毫米　16开　13.25印张　190 000字
2013年1月第1版　2013年1月北京第1次印刷
定价：28.00元
ISBN 978－7－5095－4164－7/F·3383
（图书出现印装问题，本社负责调换）
质量投诉电话：010—88190744

前　言

本故事讲述了解放后在农村土地改革运动，打土豪分田地的过程中，有一个穷怕了、翻了身的极端分子，企图利用手中的一点权势，以权谋私、浑水摸鱼，敲诈盗窃财宝，妄想一夜暴富，结果事发败露，发财梦破灭，一败涂地，一命呜呼！遗下的几个孤儿，由人民政府把他们抚养成人。后由于其不思进取且品行低劣，拒绝管教，野性顽皮，抵触社会，嫉妒他人，道德败坏，行为叛逆，为非作歹，诬蔑陷害他人，反祖逆宗，忘恩负义，不得人心，罪孽深重，无颜置容，甘于堕落，咎由自取……

故事情节生动活泼，人物刻画细腻，情理朴实通达，伦理道德明亮，哲理分析透彻，语言浅显易懂，适合各阶层人士茶余饭后阅览。

由于本人水平有限，难免诸多错讹，欢迎广大读者批评指正。

于2011年9月29日作于深圳

目　　录

引　子

（本故事纯属虚构，如有雷同，纯属巧合）

我国东南某地的边陲小镇紧邻青龙山，青龙山山下有个偏僻的小山庄，住着一户寅吃卯粮的人家，主人姓吴，名特。因他生来相貌怪异，与众有别，人人都叫他太特。他生得鹰嘴、勾鼻、豹子眼、鲶鱼口、鸵鸟脚、杉板腰、猿猴臂、芒果头，咖啡肤色，身长七尺。常身赤裸，肩膀搭一条长布带，下穿牛头短裤衩，赤脚，只有冬天会偶尔穿穿木屐。太特目不识丁，且性格内向孤僻，经常垂丧着脑袋走路。因他身有一股臊臭气味，令人闻之作呕，见到他避而远之。太特虽沉默寡言，却性情野蛮粗暴，怒时声如狮吼，手如熊掌，稍有不合心意，便火冒三丈，举起拳头打人。一旦打起架来，又有置人于死地的狠心，因此，人人见之退避三舍、躲之不及。他不懂农耕，整日游手好闲，独往独来。于是方圆十里，无人不知。

太特三岁那年，父亲吴添被人“卖猪仔”到南洋做苦工，十多年杳无音讯。两年后，母亲狠心弃他改嫁，一去不返。丢下太特孤苦伶仃，无依无靠。幸得同房发叔婶母的抚养，才得以长大成人。

一个深秋的黄昏，太特父亲突然从南洋归来，不见老婆身影，但见儿子已成人，衣衫褴褛，赶忙从皮箱里取出几件花纹衣裳，让他挑选。太特却傻呆呆地只管看，不说话。他父亲只好拿出两件花衣裳给他换上。他跑到外面，许多小孩子跑来观看，见他穿着花花绿绿的衣服，都笑他是个女妹头。邻近村庄以为添叔去南洋发了大财回来了。

不久，太特成家立室，娶了窝田村叶娇姑娘为妻，后生育三子：大子名阿木，生来蠢钝，愚昧无知，常年跟随叶娇外出。叫他站住不准走动，他便站立两三个小时不移半步。夏天毒辣的太阳晒得他浑身湿透，汗水流到脚底，和着泥土被踩成了泥浆，他也不叫喊一声。冬天寒冷，冻得他鼻涕直往下流，他也不会用手去抹一下，只舌头左右一动，舔入口中，吞到肚里。有时站在门口像根木头一动不动，直等他妈回来。所以，大家都叫他木宿。二子夭折。三子生来头尖发少，额窄脸宽，脸腮骨凸出，蹋鼻、偏嘴。小时经常哭闹，就取名烂仔三。他生性顽劣好动，说话语无伦次，颠三倒四，又样样好胜。七八岁时，常和一群小孩子到处玩耍，充当“小司令”。在同龄孩子中，他比别人高出半个脑袋，性情野蛮，瞎说会骗，好打抱不平。孩子们都叫他三哥，只要他一挥手，就跟着他到处乱窜，小偷小摸。比如到人家果园、蔗地里偷水果甘蔗，荔枝熟了，他爬到人家的荔枝树上吃个饱，还故意在树上屙屎拉尿，射到别的孩子身上取乐。如此顽皮捣蛋，人人都叫烂仔三作牛黄头。孩子们被他软硬兼施，训斥得帖帖服服，跟随着他四处胡闹狂欢，大家都要听从他的指挥。凡是小孩子们有什么好吃的，都要带一些慰劳三哥，这已经成了惯例。如果不向他进贡，就得挨训骂、歧视、刁难，有时甚至挨揍。他到哪里，大家就得跟着他要到那里，瞎闹胡混。烂仔三因为长了两只牛眼，大家又称他大牛眼阿三。

第一回

三哥小霸王，粪池泪汪汪

有一天，烂仔三和一群孩子玩耍时，发现一个露天化粪池。池里粪便发酵，咕咕地冒起气泡。他拿起石块，得意地往池里抛，看谁打得准。池里全是猪、牛、人粪便，经过烈日照射发酵，是耕种最好的农家肥。因为是露天粪池，面上的肥渣被太阳晒干了，蒙了一层污垢，看不见底。池内废物发酵后，产生的气泡往上冒。孩子们觉得好玩，就你丢一块，我打一块。正玩得起劲时，有个叫阿伟的小孩，见大家玩得开心，从家里拿来一条黑皮甘蔗，大声说：“谁能跳过这个化粪池，我手上这条甘蔗就奖励给他。”

烂仔三看见那条又粗又长的黑皮大甘蔗，想占为己有，可见这么多孩子又不敢去抢。他个子又比别人高，腿比别人长，平时跑得又快，跳得又远。一群矮个子，时时跟在他后面小跑，才能跟得上他。凡到哪里，都由他说了算，谁敢说不就会被他狠狠揍一顿，人人都怕他。所以孩子们叫烂仔三为小霸王，三哥前三哥后的，给他戴高帽，跟他走南闯北。这个牛王头，手里经常拿着一支竹竿，当领头羊，洋洋得意，发号施令。他个头高，好像什么都比别人强，自负骄横。

此时，他看到有甘蔗吃，口水都快流出来了。他认真地看了看化粪池，拿起竹竿量了量化粪池的宽度，又将粪池的尺寸划在地上，大概宽三尺多。他退后几步，先助跑再一跃就轻松跳过去了，如愿以偿。围观的孩子为他鼓掌叫好，赞他好野！他也信心十足，满有把握大摇大摆地走到阿伟面前，一手抢过那条甘蔗，捏紧拳头，弯曲小指，要与阿伟拉钩立约，成交后互不反悔，众人作证，大家拍掌叫好。接着他把那条甘蔗交给另一个孩子押宝，他胞弟也站过来，两人抓住甘蔗，唯恐阿伟反悔，把甘蔗抢回去。

烂仔三为了慎重起见，又去粪池边前后左右看了一遍，对准化粪池跨着大步，与化粪池宽度只相差五寸，如果用力一跃，起码超出一尺。他迈着步码，前后看看，再揣量揣量，心中有了数，以为十拿九稳。收回脚步，对着孩子们大声说：“你们都看见了吗？”

孩子们齐声答：“看见了！”

烂仔三又问：“我能跳过去吗？”

孩子们大声回答：“能！”

唯独阿伟没有吭声。

烂仔三又说：“我跳过粪池，这条甘蔗就是我的吗？”

小孩们又大声回答：“是！”

烂仔三大声问：“那好，你们想不想吃甘蔗呀？”

孩子们回答说：“想吃！”

烂仔三再说：“我跳过了，大家都有份！好不好？”

孩子们齐齐回答：“好！”个个鼓掌。

这时，烂仔三叫孩子们往两边站，让出一条跑道。人人聚精会神地看着他的一举一动。他把跑道上的杂物、石块清走，又来回试跑了几下，比田径赛场上的运动员还要认真，一丝不苟。

有的孩子心急，催他说："三哥快跳呀！快跳呀！"大家你一言我一句，催他快跳。他退后了十几步，对着化粪池方向，往前跑了几步，又停下来，又往后退几步，身体向前倾斜，摆好冲刺姿势。刚想起跑，突然又停下来。他心里有些害怕，右手拍拍胸口，壮壮胆，又振作起来，深深呼了几口气。孩子们个个看着他，又心急又为他担心。这时候，谁也不催他了，瞪眼盯着他，见他昂首再深深呼吸后，往粪池方向猛冲过去！大家一齐鼓掌助威。可当他跑到将近池边时，只听大叫一声："唉呀！"声音刚落便是"啪"的一声巨响！

他掉进了化粪池里了，四脚朝天，很快就沉下去了。突然，化粪池里冒出一个黑乎乎脏兮兮的脑袋，两手猛抹脸上的粪便，脖子以下全被粪便淹没了，只见他的脑袋左右摇摆，叫不出声来，只用手猛抹眼睛和嘴巴的臭屎浆。双手在粪池边上左抓右抓想往上爬，可粪池用石灰混合黄土造成，边沿斜坡光滑，他双手沾满屎水粪便，越爬越湿滑，无论怎样抓也抓不住，爬也爬不上。小孩子们见他满头都是臭粪便，又惊又好笑。可个个束手无策，不知如何是好，谁也不敢上前拉他。看他死命地往上爬，有的大叫："三哥！快爬上来呀！"有的捧腹大笑。他弟弟哭着跑回家找爹妈去了。

此时，正遇着阿权叔上茅厕方便，听到孩子们大喊大叫，赶去一看，有个孩子掉进粪池里乱抓乱爬。一时间，他也束手无策。这时突然看见一个孩子手中拿着一条甘蔗，便急中生智，抢过甘蔗，伸给粪池里的小孩，叫他紧紧抓住。烂仔三抓住蔗头，权叔抓住蔗尾，刚把他拉上了一半，甘蔗却"啪"的断了两截，烂仔三"扑通"一声又掉下去了！只见他仰面朝天，平躺在粪池的杂物上，又慢慢地沉下去了。

权叔只好大声地喊："小孩子掉落厕所啦！快来救人呀！"

这时，附近的人听到有孩子掉入厕所，带着绳索、粪箕、木板、竹梯等工具赶来，绳索、木板都不好用，粪池光滑斜坡，谁也不敢用手去抓他。最后有个人扛来竹梯放下去，叫他抓住梯横，上面两个人扶住梯子，连梯带人一齐把他拉了上来。烂仔三周身臭屎尿味，瘫扒在竹梯上，有气无力，似一条落屎狗，哭也哭不出来。有位大嫂担着便桶，到鱼塘里挑了一担水，往他头上身上冲洗。他这才睁开眼，哇哇地哭起来。结果冲了几担水，也没有把他身上的粪便洗干净。

第二回

淫泼妇叶娇，痛打小牛王

小牛王他妈从外面跑过来，见她儿子这个衰相，开口就大骂，抓住他的手就往鱼塘里拖。烂仔三掉进鱼塘，呛了几口水，水浸过他的胸口。他妈一边给他泼水清洗，一边抓住他的耳朵使劲拧，边拧边骂：“你这个死衰鬼呀！你今次吃屎吃饱啦？喝尿喝够啦！你以后要衰百世了！谁推你下去的？冤枉！”

岸上的孩子们说：“三哥说，他跳过去就有甘蔗吃。”

他妈又怒骂道：“你贪吃该死！逞英雄！逞能！抵死！你以为会飞？这回好啦，淹你未死一身臭，人人知你跌落臭屎坑了，你丑不丑？你以后好自为之吧！”边洗边骂，把他的衣服剥光，抓住他的手，咬牙切齿地对他乱打，问他说：“看你以后还敢不敢？”

烂仔三哭着哀求：“阿妈我怕！我以后不敢了！哇！哇！妈呀！妈呀！我以后不敢了！我不敢了！妈呀！唉哟！哟!!”他身上被打得青一块紫一块，两个耳朵被拧得通红，一双眼睛被臭屎粪便呛到充血，看着实在可怜。

他妈叶娇是个性情孤僻，粗俗鄙陋，脾气暴躁，野蛮自私，唯利是图，心胸狭隘，淫性霸辣，人人叫她淫泼妇，霸巷鸡乸！村里的人都讨厌她，她往往因一点小事，就与人吵得不可开交，死缠烂打。强词夺理，没理死撑也要占上风。

有一天，隔壁阿江嫂为晒点柴草，稍稍占用了她家门口的一点地方。被她看到，一声不响地拿来扒手，把阿江嫂的柴草收回一大堆，一把火全部烧掉了。

江嫂同她理论：“你把我的柴草烧掉了？”

叶娇蛮横地大声说：“烧掉的草是我家门口的柴草，你管得着么？关你屁事？死八婆！”

江嫂反驳道：“唉呀！这些柴草你明明知道是我的，你怎么一句不吭，就把它烧掉了？我得罪了你什么？你这个人真不讲理！”

叶娇刁蛮地说：“柴草晒到我家门口，坏了我家的风水，我喜欢怎么处理就怎样处理，你管得着吗？”

江嫂据理力争：“你上次也把柴草晒到我家门口，我一句话都没说过你，左邻右舍互相将就体量一下就算了！你却不是，人家给你方便，你却处处不饶人，做人不要做得这样缺德呀！上次你担大粪水，我在田坎上遇着你过来，我主动闪开靠边站着让你先过，你却有意转肩膀，抛起屎尿溅到我身上，我吞声忍气都让过你了。

还有那次，我在门口晒稻谷，你放猪出来，践踏我的稻谷，吃了我的谷子，不但不赔礼道歉，你的猪拉不出屎来，还要上门来耍无赖骂我！说我想害死你的猪，哪有这样蛮不讲理的？你到处骂街，上巷骂到下巷，强词夺理，还说你的对？你真是个讨人憎厌的泼妇！众所共知，你放火烧了别人的房屋，还说你有理。左邻右舍谁不知道你是个霸巷鸡婆吆？如果别人从你门口走过，你敢把人家的脚骨砍断吗？做人要讲点人性，狗也知道左邻右舍是熟人，办事总要讲点道理嘛！横着做人是不好过世的……”

江嫂一席话，反而激起她举起扫把猛打过去。江嫂个子比她高大，往左边一躲，扫把打在地上。江嫂眼明手快，一脚踏住扫把，右脚上前再一踩，扫把柄落在地上。眼见扫把落地，叶娇气急败坏，抓起两把沙子往江嫂脸上撒去。江嫂毫无防备，眼睛一下子睁不开，脸上头上和身上全是沙子，双手捂着眼睛。叶娇又拾起扫把对着江嫂身上狠狠地打，打得她鬼哭狼叫，几个邻居赶来，拦住叶娇，才制止她再下毒手。

众人把江嫂扶回家里，用水冲洗眼睛里的沙子。脸上脖子都被扫把划破了，鲜血直流。一个星期后，她的眼睛还是红肿不散，痛苦不堪。从此，留下了常流泪的后遗症。人人怜悯江嫂无辜被打，常年饱受眼痛之苦，对叶娇这种缺德、残忍的行为，极为愤慨。

烂仔三跌落厕所之后，肚子经常作痛屙烂屎，一天拉几次，面黄肌瘦，眼睛浮肿，喉咙声哑，时时出现头痛等病症。叶娇到处为他寻医，却不见起色。又找了不少鬼神巫婆来看，说她宅基地风水不好，很早以前是块墓地，门前屋后阴气沉沉。她的大床压在冤鬼的棺椁上，阻住它们出入。叶娇听了心惊肉跳，赶快移开床位，从东房搬到西房。打那以后，她经常疑神疑鬼，烧香拜神，恍惚不可终日。一看见江嫂的柴草晒到她门口，就怀疑又惹来祸患，所以，一把火统统烧掉，以为可以挡灾免祸。

自从烂仔三掉落屎坑以后，经常痴痴呆呆的。叶娇整天把他兄弟俩反锁在屋里，不准他们到外面去玩。那帮小孩子看这么长时间不见三哥，就偷偷到他家门口，想要看个究竟。烂仔三透过门缝同他们说话，结果被他妈看见了，孩子们看见她撒腿就跑。叶娇拿起扫把追上这群孩子，就没头没脑狠狠地打，打得个个“唉呀！唉呀！”地尖叫。那个叫阿伟的小孩，个子小，跑得慢，被她一个扫把打过去，“扑通”一声跌倒在石头上。叶娇举起扫把，又往他的头上、背上狠狠地揍。阿伟大哭起来，喊妈叫爹。

叶娇见他口里都是血，便丢下他继续追打其他孩子。慌乱中，孩子们跑到一个死胡同，被她堵住，一个个抓住，轮流乱揍，都被她打得双手捂住脑袋，动也不敢动，喊着：“救命！”四、五个孩子缩成一团，被她一边打，一边臭骂：“你这班死杂种呀！老妓仔！想害死我家阿三，叫他跳屎坑？看你们以后还敢不敢叫他去玩！”孩子们个个被她打得遍体鳞伤，这才放手离去。

第三回

正义阿强叔，狠揍恶鸡嫐

孩子们跑回家后，被父母看见身上紫一块青一块，血肉模糊。追问之下，说出了原由。阿伟哭着跑回家。他妈见他一身是血，门牙掉了两只，不停痛哭，便问怎么搞成这个样子？阿伟哭诉着说：“是烂仔三他妈把我打倒，摔在石头上，崩掉了两只门牙。”阿伟妈听后，气得拉着他的手，直奔叶娇家。叶娇在屋内听到外面有人大声叫她，出来一看，见阿超嫂带着伟仔上门找她。

超嫂气愤地质问她：“你为什么把我伟仔打得这样惨？牙齿都被你打掉了两个！你的心够黑、够狠、够毒的了！这么小的孩子，你都敢下这样的毒手？你好残忍呀？你是老虎托生的，还是豺狼托世的？全村没有一个像你这样狠毒、狼心狗肺的人，你这个死妓婆呀！”

未等超嫂说完，叶娇脖红耳赤就冲着她说：“你才是妓婆！那天，不是你这个死仔拿条甘蔗来引诱我阿三，他就不会跌落屎坑了！你的死仔是自己跌倒地上的，关我屁事？”

超嫂抢着说：“唉呀！明明是你用扫把，把他打倒在地上的，你这个死妓婆，做了缺德的事还不承认。你的烂仔三，自己跳落屎坑关别人屁事？人人都说是你的烂仔三自寻屎路，他贪馋抢我个仔的甘蔗，逞能自己去跳屎坑！跳不过浸死活该！你和你这个仔一个样，霸气邪恶，罪有应得。有你这种恶母，生出你这个杂种孽仔，将来不会有好结果的。他自己跳落屎坑，反而赖我个仔？冤枉别人，你这个无良臭货，心够黑的了！”

两人你一句，我一句，口舌枪战，指手画脚。左邻近舍的人都跑来看热闹，有的上前劝导，有的低声嘀咕着叶娇的不是。

正在此时，又有两名妇人，带着自己的孩子，气冲冲地又往叶娇家跑过来，拨开人群指着叶娇就骂：“你这个死八婆呀！我个仔好端端的被你打得皮开肉绽，你做大人的，怎样下得这等毒手呀？你吃了老虎屎吆！没有一点人性，你这么恶毒，下这样重的毒手，打一个不懂事的小孩？你的心怎么这样黑？这样狠？”三个妇女齐齐指责骂她，你一句我一句，越骂越大声，几个妇人吵吵嚷嚷，不可开交。看热闹的人越来越多，过路的人也停住脚，围过来，想看是怎么一回事。

正吵得激烈时，一个大汉拉着个小男孩，冲入人群，指着他儿子头上肿起来的大血包，点着小孩全身的伤痕，质问叶娇：“是不是你把他打成这样的?”大汉脸上青筋四起，脖红耳赤，眼睛瞪得圆鼓鼓的，眼中射出一道愤怒的烈火，好像能够刺向人心窝似的。叶娇一下子被威慑住了，哑口无言，嘴唇颤抖哆嗦，吱吱呀呀地说：“我……没……有……打他，是……他自己碰到墙上的吧?”

这大汉厉声说：“没有！你还嘴硬抵赖！难道我儿子冤枉你?向我撒谎?这么多的孩子都说被你打过，难道也是冤枉你吗?”再问了在旁边的孩子，都指着是叶娇打的。“你听见了没有?都说是你打的!”

叶娇在众人面前无法抵赖。这个叫阿强的大汉，上前一步，捏得拳头咯咯响，挥起铁拳，对准叶娇的左脸，用尽耕田使牛的力气猛打过去。叶娇冷不防，“唉呀!”大喊一声，往后一仰，退了两步，“嘭”的一声响！往右倒在大门脚下，手脚瘫软，垂着脑袋，头发乱蓬蓬的，喊不出声，似一条死狗蜷缩在地上，一动不动。

顿时，大家都以为她死了，一下子愣住了。过了十几秒钟，叶娇苏醒过来，双手捂住脸，赖在地上，有气无力地低声哀叫起来：“唉呀！唉哟！救命呀！你们想打死我吆?你就打死我吧！你们个个来欺负我！你们打死我吧!”这一下子，她那嚣张的气焰和杀气腾腾的架势，都变成了一堆烂泥巴。叶娇坐在地上，半死不活的。刚才那个獠牙裂齿的门口狗，一瞬间成了个奄奄一息的病狗，她双手捂着脸，哭泣呻吟着，唉叹个不停。

阿强叔这拳，也够劲、够狠的了。这一拳，讨回了他儿子无辜被打的公道；这一拳，为四、五个孩子出了一口气；这一拳，消减了孩子们父母的一半怒火。也许这一拳，为左邻右舍被她欺负过的群众，出了一口怨气吧！围观群众个个高兴，人人都暗自为强叔喝彩。他如此强悍地伸张正义，教训了这个无赖泼妇，邻居见叶娇垂着脑袋，眼泪鼻水流淌在地上，威风扫地，再也恶不起来了。众人以蔑视讥笑的眼神看着她，有的人向她吐吐沫。过了一会，人群渐渐散去。

烂仔三俩兄弟，听到外面许多人，就不敢出来，在屋里躲着。见众人离去了，只听到她妈喊冤叫枉的救命声，才走出来。几个人想拉起他妈，但怎么拉，也拉不起来。抬起她的头一看，左眼被打得肿起鸭蛋这么大的包，眼皮肿胀淤黑，睁不开眼，泪水满面。叶娇不肯起身，赖坐在地上，发出微弱的哭丧声，叫着："冤枉呀！阴宫呀！"她整个脸肿得像个猪头，左边的眼睛肿密了，右边的眼睛只有一条缝。歪腮撅嘴，眼水、鼻水、血水，一条条，一串串，从脸上流落衣襟，滴得满地都是。

阿强叔这一拳，总算为这帮孩子和他们的父母出了一口恶气。有的群众气愤地说："她一惯来都恶过人，别人担水路过他门口，洒了几滴水，都对人家臭骂一顿，人家的鸡在她门口拉了一点鸡屎，也喋喋不休，骂个不停。往往因为鸡毛蒜皮的一点小事，连人家的祖宗三代都要骂个遍。今天好了，恶有恶报，罪有应得，这个蹭鸡婆诋打有余，打得还不够呢！解不了众人心头之恨！看她以后还敢不敢那么放肆！强中自有强中手，她犯众憎，恶贯满盈，不会有好结果的！"大家你一言我一语地责骂她。她的丑事，早已传遍街头巷尾了！

第四回

屠宰夫太特，贫困挨日子

太特家一贫如洗，上祖传下几分田。他妈改嫁后，无人耕种，长期丢荒。他父亲吴添从南洋回来，看到阿特孤苦伶仃地蜷缩在那间烂泥砖屋里。房屋四处漏水透风，犁、耙、铲、锄等农具一无所有。可以说，一个鸡蛋价值的财产都没有。老婆改嫁已走了十多年，下落不明。便只有另起炉灶，每天起早摸黑艰苦创业。没有耕牛，他就一锄一锄地翻土耕作，拾猪粪、牛粪便做肥料，上山砍柴割草，样样都干。功夫不负勤劳人，稻谷丰收，家蓄兴旺，年年顺景。他用从南洋带回来的树菠萝、芒果、菩提、番石榴等水果种子，在山边办了一个小果园，四季都有点收入，日子总算一天天好起来。

太特自小沉默寡言，迟钝呆板，孤单寂寞，懒惰不耕。母亲改嫁时，他刚刚五岁，就开始和姥姥四处讨饭度日。不久姥姥去世，只剩下他孤苦伶仃一个人，靠同宗的叔伯婶母和亲友的施舍关照熬日子。

由于不会种田，太特经常拿着一个篮子到处拾些地瓜、芋头、木薯等充饥。他父亲从南洋回来时，已年近五十，硬拉着太特下田干活。他一声不响，低着脑袋，跟着父亲到地里，坐在田坎上，只看不干。太阳出来就躲到阴凉地方去坐着，怕苦厌劳，任你怎么打骂，他都不听使唤。

他本性蠢钝懒惰，不会说话，拙嘴钝舌，怎样教他，也无法领悟。因他自小孤独，无依无靠，无教无爱，很少与人交往，如同与世隔绝，今日歪树已成型，难以改变。其先天智能低下，后天又缺乏教养培育，成了一个怪人。只有耐心地慢慢启蒙，增添见闻，多与社会接触，不断训练，才能使他有感性认识，逐步适应新的环境。

太特父亲阿添叔总算勤劳，日出而作，日落而归，日子过得还算不错。但太特好吃懒做，不愿劳动，便经常被妻子责骂："我嫁错你了，猪都无你这样蠢，看你生得牛高马大，不晓使牛犁耙田，不懂播种插秧，样样都不会，懒出骨，尽晓得吃，饭桶一个!"经常被老婆打骂，受皮肉之苦，他却忍得住，骂不还口，打不还手，做到"三从四德"。老婆讲话要听从，出入要跟从，错了要盲从；骂要听得，打要忍得，饿要捱得，偷要多得。叶娇时时对他骂街，墟嘈屋蔽，左邻右舍，都讨厌她。太特是个蠢到无药可医的人，牛笨被人打，马大被人骑。

叶娇这面烂铜锣，长年累月吵吵嚷嚷，喊打喊杀，扰得全家不得安宁。阿添叔烦之又烦，实在难以煎熬，最终忍耐不住，自己另起炉灶。因气成疾，不久离开了人世。

原本这个家，全靠阿添叔撑着过日子，勉强糊口还过得去。可阿添叔这顶梁柱倒了，全家便经常捱饥抵饿，野菜充饥，勉强度日。叶娇三个儿子，是只会食不会做的蛀米大虫。叶娇面对一家四口，愁眉苦脸，经常说头痛，在家睡懒觉。你赖斟我赖饮，有时去农耕，两三个小时就回来，无论忙种、插秧，收割紧急缓慢的时节，她也不急不慌。人家插秧上田了，她还在一锄一锄地翻泥弄土，拾别人剩余的秧苗，随便插种几分田。

人家禾苗转青除草施肥了，她还未插完秧。早季晚造，时时半种半掉荒，种落不施肥、不除草、不除虫、不管理。人人喜庆丰收，她背着鱼箩掠谷穗，当月吃“新米”，下月见缸底。三月赊谷食，四月做饿鬼。向左邻右舍借了谷物，有借无还，村里的人谁也不愿再借给她。年年如此，寅吃卯粮，好逸恶劳，众所周知。

太特有时替别人做件作，办理丧事、移坟修墓等工作，朝种树晚介板，急功近利揾两餐。火烧胡须，顾口不紧。经常吃了这一顿，就愁下一顿，日夜发愁！

叶娇常常打骂太特：“你这个死懒鬼，不务正业，嫁给你砣衰我！衰百世！前世无修，你影衰家人！”常常骂个不停。太特全身上下，被老婆打得青一块紫一块。还常常不给他饭吃，不让他上床。他只好卸下房门板睡觉，不给他房门板，他就卸下大门板在大门口睡。一年四季，春夏秋冬，只穿着一条裤头，光脚丫子，身上光秃秃黑油油的，着实寒酸凄凉。

同宗三叔，性情善良，品行出众，深懂人情世道，看见太特带着烂仔三，在墟市上讨吃，见利起意。见别人卖烟丝、烟叶，就撮他一把，见卖水果的，就拿他一个，见卖糕点的，就取他一块，见卖包点的，抓一个就走。小商贩无可奈何，墟市街头，众所周知，见怪不怪。

所谓“盗贼出自贫穷，富贵出于礼义”，三叔看见他俩粗俗不轨的行为，有损同宗声誉名望，心里实在不安。他是在墟市上做屠宰猪、牛、羊生意的，见太特人高马大，三十多岁游手好闲，怪可怜的，就收留了他。叫他帮忙屠宰，包食两餐，也不计较他老婆叶娇以前怎样骂过、冤枉得罪过他。叔婶不计前仇，宽宏大量，容纳了他。但给太特定了几条规矩：第一，不准随便拿别人的东西；第二，每天准时到达工场，做完交给的工作任务，不准偷懒；第三，对人要有礼貌，和气待人；第四，互相团结，不准与人吵嘴打架。三叔问太特：“这几条规定你做得到吗？”

太特点头表示能够做到。

三叔说：“那先试用你一个月，若能做得到，表现好，就继续做下去。如果做不到，就不要你。”太特频频点头表示答应。

太特带着烂仔三，第一天上班，就有米饭，猪肉、牛肉大吃一顿。连日来，每餐都有鱼有肉吃，如在美梦中过神仙日子。于是，他每天起早摸黑，按时到工场，积极工作。他负责屠宰牲畜、起肉、剐出骨逢里的筋肉，清洗猪牛内脏等。

经过一段时间的试用，三叔认为他还可以，就耐心地教他学习各项技术本领，使他慢慢了解屠宰各个工序，掌握各项技能。他天天低着脑袋，伏在肉档台上。削剐出来的牛筋肉碎，卖不了时，三叔就叫他拿回家，给家人。

老婆见他天天都带点下烂肉碎回来，很高兴，对他打骂也少了，也叫他上床睡觉了。真是无食两面锣，有食两公婆。不过太特数年来，每晚卸下门板在厅里睡觉，已成习惯了。现在老板规定他，每天早晨四点钟就到屠场，睡在厅中看得见天亮，容易知醒，起床开工。太特总怕老板炒他鱿鱼，没有肚中肉，丢了口中福。所以叶娇怎么叫他到房里睡，他都不去。寒冬腊月，他照样睡在厅中。

烂仔三知道，跟着爸爸到三叔那里，有饭有肉吃，也不管刮风落雨，天寒地冻，每天天蒙蒙亮就爬起床，不敢睡懒觉，和他爸赶早市，跟着到屠宰场。为了享受美餐，整天站在一旁，看着他爸杀猪宰牛。

一次，被杀的那头猪突然逃脱了，到处乱跑，把烂仔三撞得人仰马翻。烂仔三全身油腻腻的，爬不起来，在地上打了几滚，一身油水，站起来又摔倒，浑身都是猪屎牛尿。爬不起来，干脆就赖坐在地上，他爸顾不上理他，只管追杀那头猪。只见太特动作敏捷，一手抓住那头猪的后腿，猪哇哇直叫。太特咬牙切齿地把猪拖上屠宰案台，紧抓杀猪刀，对准猪的喉咙，狠狠地捅进去。大猪哇哇大叫两声，鲜血顺着尖刀喷射出来，又吁吁哀叫几声，鲜血流尽，四腿伸直震抖几下，就一命呜呼了！太特随即将猪抱到镬边，打起一瓢滚开水淋烫在猪身上，刮毛、开肚、起骨、分类、冲洗内脏等，不到两刻钟功夫，就完成了。他每天杀六七头猪易如反掌。

太特把最后那头猪宰完了，才走到烂仔三面前，左手拖起他，举起右手朝他的屁股狠狠揍了两下。烂仔三忍住不敢哭，他知道如果一哭，就会把他赶出去，没有饭吃，更没有肉吃了。太特把他拖去水井边，打了两桶水，用木勺一勺一勺地从他头上冲洗下去。身上的猪屎牛粪有的已干了，很难清洗，太特边洗又边揍了他几下，他始终没有喊叫一声，任他爸打骂都不敢哭。他知道他一哭，老板会对他爸不利，若炒了他爸鱿鱼，自己也吃不到午餐肉了。所以无论怎样打他，都只能忍。忍！方有饭肉吞！小子不忍，怎能吃上肉呢？大家见到烂仔三这么顽强死抗，既为之同情，又觉得好笑，都说他好野。正所谓，老子英雄儿好汉，老子混蛋儿坏蛋！

第五回

土改曲队长，贯彻党政策

一九五〇年，广东解放了，共产党大张旗鼓地对农村进行“土地改革运动”。大批的土改工作队员，戴着红袖章，由当地乡政府同志带队，进驻各乡村。村庄到处贴满了红色的大、小标语，大、小字报。“中国共产党万岁！毛泽东万岁！朱德总司令万岁！马克思、列宁主义万岁！热烈欢迎土改工作队！打倒土豪劣绅！打倒恶霸地主！打倒反革命分子！破除封建迷信！清除阶级敌人！打倒地主富农！依靠贫、雇、下中农！团结中农！孤立上中农！斗倒地主、富农！”等等标语口号随处可见。乡亲们敲锣打鼓，鞭炮齐鸣，欢迎土改工作队进村。

村中男女老少，都出来欢迎。工作队个个穿着淡灰色的制服，背着包袱行李，左臂上带着红袖章，袖章上写着“土改工作队”字样。队员有男有女，有四五十岁的中年人，也有二三十岁的小伙子。前面两位年长的，各佩带着一支驳壳枪，有位二十多岁的小伙子，右肩背着一条三八步枪，背挎着一排子弹。还有一名小伙子，肩佩挂着一支乌黑发亮的卡宾枪。工作队员个个精神抖擞，十多人排成一路，步伐稳健整齐，人人满面笑容，边走边向两边群众招手，表示谢意。走在前头两位年长的是正、副工作队长。

工作队集中住在一间丢荒了的房屋里，有四房一厅。由于房子多年无人居住，屋顶到处漏水，周围杂树、杂草丛生。

土改工作队队长曲明同志放下背包，对房子里外看了一遍，对乡政府的同志说："这栋房子不错嘛！"

村甲长坚叔说："房子是一位华侨的，十几年前去了新加坡。他堂弟用来放柴草，有的地方漏水。"

曲队长说："不要紧，我们把它收拾好。"于是带领大伙，人人拿起工具，大家一齐动手。有的去买砖、瓦、石灰等材料，挖土挑水搓灰浆，修起房子来。有的起炉灶，设水池，开沟渠，粉擦墙体等，大家分工合作，样样能做，齐心协力，很快把原来破烂不堪的房子，修缮得清洁干净，里里外外，焕然一新。

这支土改工作队，好像是组织纪律严明、战斗力强的解放军部队。他们大多数是刚从战场上转业下来的优秀战士，每个队员都朝气蓬勃，有着说干就干、说打就打、团结紧张、严肃活泼、雷厉风行的工作作风。

曲队长是位英勇善战，曾多次立过战功的老连长。他是韶关人，十六岁参加东江纵队，曾做过陈郁的警卫员。后来随部队北上抗日，抗战胜利后，又南下解放广东。在一次狙击战役中，身负重伤，幸而抢救及时，才留得生命，在英德养伤。痊愈后，他又多次请求参加清远剿匪作战，因山区道路险峻，在一次追击匪徒中，摔倒昏迷，经医院检查，才发现他身上有一颗子弹和两块弹片尚未取出来。由于数天来的激烈运动，加之天气炎热，休息不好，残留弹片与肌肉磨擦，伤口发炎，引起高烧，故而中途晕倒。

他在医院疗养恢复期间，又多次请求回部队。部队首长考虑到他的身体状况，安排他转业到广东省人民政府民政厅工作。他婉言谢绝，要求到乡村土改的第一线去。

于是，调他到省党校培训班，学习党中央有关农村土地改革运动的各项方针政策。结业后，被分配到肇庆地委。他主动要求到农村最基层中去，他说："枪林弹雨的战争虽然结束了，但全国轰轰烈烈的土地改革运动才刚刚开始。无产阶级的革命战士，就要不断地继续革命。农村中的阶级敌人，还没有彻底清除，土地改革就是第二个战场。破除迷信，解放思想，砸烂旧制度，清除一切反动势力，打土豪，分田地，建立新制度，人民当家做主，巩固无产阶级革命胜利果实，巩固无产阶级政权，是党中央赋予我们土改工作队的革命使命。”

这支土改工作队，在曲明带领下，每个工作队员抱着无限的革命热情，意气风发，斗志昂扬，奔赴到农村中去。农村就是革命根据地。他们放下背包，人人动手，没有架子，不讲条件。他们住宿、办公以及日常生活都挤在这套房子里。

房子大门口贴着一副醒目的对联，上联“贯彻共产党政策”，下联“将土改进行到底”，横批“为人民服务”。全村的墙头、屋角等地方，到处贴满了大小标语：穷人要翻身解放！穷人要当家做主！依靠贫、雇农！团结下中农！孤立富裕上中农！打倒地主、富农！打倒土豪劣绅！打倒恶霸、地主、资本家！打倒反革命分子！各类标语大张旗鼓地向群众宣传，发动群众，大造运动声势。这样一来，恶霸、地主、富农、反革命分子、坏分子的嚣张气焰被大大震慑住了。

第六回

越穷越革命，寻土改根子

为了便于在农村开展工作，工作队一面按照“越穷越革命”，“依靠贫雇农”的土改方针，进行调查摸底研究，寻找土改依靠对象，俗称为“土改根子”。一旦寻找到这个根子，通过试用观察，各方面符合条件，便可以把他（她）加入到土改工作队中来，这些人又称为“革命沙子”。这粒沙子，掺到土改队中，自然受到阳光、水分、营养的供给，每日衣、食、住、行，基本按照队员的标准待遇付给。并且由人民政府每月发放薪金、每年发放制服、鞋袜等，而这粒沙子加入到革命队伍中来，将感到无上光荣。

土改队曾多次召开贫下中农诉苦会议，看谁受压迫剥削最重，看谁受苦受难最苦、最穷。按照“越穷越革命”的理论，谁受压迫最深重，受苦难最多，谁就是最革命、最可靠的人了，他（她）就有可能成为土改队培养的苗子。

土改队曾多次明察暗访，召开各种群众会议，了解村中谁是“贫农骨”。数天来，土改队不断召开诉苦会议，动员大家有苦诉苦，有冤申冤。人人积极发言，有什么就讲什么。连日来，唯有太特从未讲过半句话，每天都靠着墙边，静悄悄地坐在一张小矮凳上，双手抱着膝盖，低着脑袋，不时抽着烟。不时地用两只手垫着下腭，冥思苦想着什么。

一天，太特突然站起来。他光着膀子，下身仅穿着一条打了补丁的黑裤衩。一身非洲人的黑皮肤，剃着光头垂着脑袋，目视着地面。他忽然抬起头来，想说什么，又低下脑袋，一屁股坐下来。工作队的同志注视着他，鼓励他说话。等了一会，他又站起来，土改队员憋着气，期待着他张口讲话。他的一举一动，成为整个会场的聚焦点。可是，他的嘴巴煽动了几次，却怎么也讲不出来。少小不读书，现在徒伤悲。他低着头，费尽杀牛力气，终于结结巴巴地说：“我……我……我……家……最……最穷！无……无……饭……吃！”未讲完两句，就坐下垂头掩面，害怕得满头大汗，缩成一团坐着一动不动。

难怪，他从来都没有经历过这样的场面。土改工作队员经常对他进行耐心、细致的思想教育。鼓励他不要怕，要他讲几句心里话，有什么就讲什么。告诉他土改队为穷人撑腰，穷人要解放，站起来与地主富农作斗争。

谁晓得太特一贯沉默寡言，平时和他对面相遇，碰到脸上也不招应。走路踢烂脚指头也不吭声。被老婆打得皮开肉绽，也不喊半句。平时叫他讲话，好像拉牛上树。这一回，他能硬着头皮，脸红耳赤，断断续续说了两句心底话，可能是他几十年来，破纪录的一次伟大发言了。也许，他从来没有这个机会，也没有参加过这种会议。大家对太特的发言都感到惊愕，目瞪口呆，面面相觑。有许多群众说他数十年来，只听到他这回发出声音。人人疑惑土改队，不知给他吃了什么灵丹妙药，终于撬开了这副铁板钢牙，使他开了口，说了话，像千年铁树开了花。

他老婆叶娇突然听到老公讲话，也觉得不可思议。她说：“嫁给他十几年，没有听他讲过一句正经话，出口就污言秽语。新婚同床那晚，也只有动作……”

这次，他虽然吞吞吐吐讲了两句，但讲到了骨头上了。她觉得这个瞢佬，还会吐出一句人话，突然激动地站起来大声说：“这个村庄上下都知道，我家是最穷的。一家五口挤在一间破泥砖房里，只有几分田地，常年借高价粮吃，给地主老财打短工，受苦受难受欺压没有工钱，吃了今餐，就愁下一顿，时时捱饥抵饿。迫得去讨饭，有时饭也讨不到，一家大小几口饿到发晕。没有吃没有穿，过年拖着一双烂木屐，什么家当也没有，人人裤裆补了几个大窟窿，没有一件好衣服。米缸没有一粒过夜米。讲到穷，我家是最穷。说到苦，我家算最苦呀！”话未说完，哇啦啦地哭起来。泪如泉涌，呜咽悲切，伤心欲绝，情绪激动。她低着头不停地擦着眼泪，工作队陈大姐上前安慰她，使她渐渐平静下来。

忽然，她又站起身，举起右手高喊口号：“打倒国民党！打倒地主老财！穷人要翻身解放！感谢共产党，感谢土改工作队，帮助我们穷人翻身得解放！”一席话翻来覆去地讲，没头没尾地控诉，越说越大声，越讲越激动。土改队同志个个关注着她的诉说，而到会的群众多数满不在乎，有的低着脑袋往地面看，有的歪着脖子斜眼瞧瞧她。很多人无奈地看向别的方向，无心听她讲什么。大家各怀心事，各有所思。

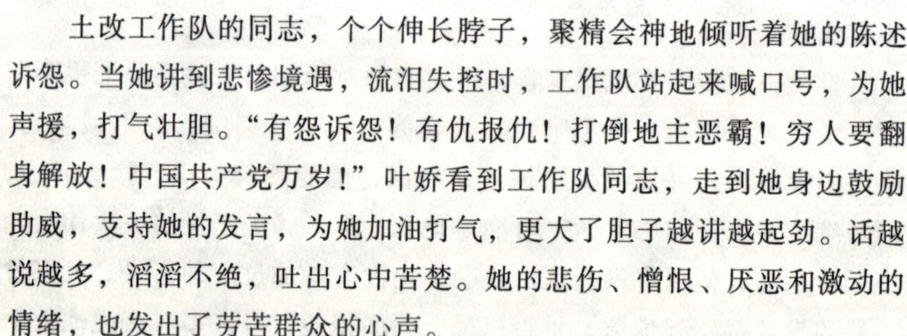

土改工作队的同志，个个伸长脖子，聚精会神地倾听着她的陈述诉怨。当她讲到悲惨境遇，流泪失控时，工作队站起来喊口号，为她声援，打气壮胆。“有怨诉怨！有仇报仇！打倒地主恶霸！穷人要翻身解放！中国共产党万岁！”叶娇看到工作队同志，走到她身边鼓励助威，支持她的发言，为她加油打气，更大了胆子越讲越起劲。话越说越多，滔滔不绝，吐出心中苦楚。她的悲伤、憎恨、厌恶和激动的情绪，也发出了劳苦群众的心声。

工作队通过诉苦会议，使土改队同志与广大群众心心相连。大家患难与共，心心相印，视对方为同呼吸共命运的同路人。曲队长自始至终，默默无语地注视着叶娇的言行。有的队员听了叶娇的诉苦，既同情又兴奋，好像发现了有什么价值的东西。因为土改队深入农村，培养“土改根子”，一直是土改队的首要任务。

这关系到土改队贯彻党中央毛泽东“关于农村土地革命，必须依靠贫雇农”的方针政策问题。土改队要发现积极分子，依靠当地贫雇农，发挥他们的积极作用。斗地主分田地，带动广大群众，深入开展土改运动，把土地改革的各项政策落实到农村工作中去。

曲队长和同志们经过多次观察叶娇的表现以及家庭访谈了解，初步拟她为“土改根子”的重点对象。

第二天，曲队长和几名工作队员，分别到她家里采访座谈。大家见到屋里破旧漏雨，门角处仅放着几把三四寸长的生锈锄头、铁铲，两张板床，两张没有被套的黑棉胎，除此之外，就再找不到一件像样的东西，确实家贫如洗。曲队长对叶娇说：“工作队有两位同志，住在你家里行吗?”

叶娇马上说：“这样怎么行呢？我家不像个家，什么都没有，连多一张床板都没有。只有一个补过三个窟窿的镬头，煮饭用它，烧水冲凉也是用它。屋里破烂不堪，万万不行。”

曲队长和陈大姐他们环视四周，空荡荡的。那两把锄头、锹、铲，根本不像个农具。五口人睡两张床板，人人身穿一件单衣，一年四季没有换的。寒冬腊月，缩成一团，遇着刮风落雨，屋里四处漏水，寒风阵阵袭来，难以煎熬。一家数口，只有几分田地，禾熟当月吃新米，下月赊新谷，旧账未还，新债又赊。结果债台高筑，无力偿还。屋内有股难闻的霉臊味，仰望屋顶，千疮百孔。一旦刮风下雨，外面下多大的雨，屋内就有多少水，实在寒酸可怜。

曲队长他们看见她一家大小衣衫褴褛，面黄肌瘦，确实苦不堪言。于是，一边劝解安慰她，一面同她讲党的土改方针政策、法令；一面又派人采购些砖瓦给她修补房舍。同时派人和她一道上门，挨家挨户清还历年来所拖欠别人的债款、谷物。工作队用了几天时间，帮她修好了房子，还清了所有的债务。清沽周围环境卫生，建炉灶、添置桌子、板凳、床板、碗筷等日用家具，又给他们每人买了两套新衣服。房里屋外焕然一新。

叶娇一家，个个眉开眼笑，欢喜非常，仿佛是做了一场美梦。村里有的群众觉得好奇也来观看，纷纷赞不绝口。

为了培养她成为“土改根子”，曲队长征得叶娇的同意，派两名工作队员住在她家里，同吃、同住、同劳动，叫“三同户”。

工作队员陈娟今年五十来岁，大家都叫她陈大姐。住进了太特家里，经常和叶娇他们促膝谈心，讲革命故事，谈革命道理，宣传党对农村土地改革的各项方针政策以及如何发动群众，怎样开展土地改革运动，目前土改工作的重要性、紧迫性，任务的艰巨和复杂性，耐心启发开导她，希望她今后为土改工作作点贡献。叶娇似懂非懂，一味点头。

陈大姐对叶娇语重心长地说："你家的穷，也是我家的穷，你家的苦，也是我家的苦，这都是万恶的旧社会、旧制度给我们造成的，是那些恶霸地主欺压我们做牛做马，使我们穷人没有好日子过！"

陈大姐回忆起自己的苦难身世时鼻酸，悲伤地哭泣。由于情绪过于激动，话也说不出来，许久不能平静。

曲队长端给她一碗开水，大姐接过喝了两口。接着诉说："我自小家穷，父母体弱多病，我六岁时母亲病逝，父亲带着我到处讨饭。七岁那年一个寒冬的晚上，我和父亲一起蜷缩在一个大户人家门楼下过夜，冷得一夜不能入睡。一大早，见一个身穿着红绸马挂，头戴波士顿帽的中年男子走过来。他就是方圆数十里，大地主兼资本家林大奇少爷，他父亲是个国民党军阀。林少爷每天早上都拉着一条大狼狗去散步，狼狗汪汪地对着我们猛叫，把我们吓坏了。有一次狼狗突然向我们扑过来，我吓得大声哭起来，爸爸紧紧把我抱住。"

那男子也把狗绳绷得直直地问："你们从哪里来的？干什么的？"

爸爸说："我们从大岗村到这里要饭的。"

那少爷想赶走我们。后面跟着一位四十来岁的汉子，走近对我们说："林少爷叫你们快离开这里！"

爸爸说："我们马上就走。"父亲忙着收拾行装，我看他俩在不远处停下来嘀咕着什么。约过了一会儿，那个汉子走过来（后来知道他是林家的管家）。

管家问我爸爸说："你会使牛犁耙耕田吗？"

爸爸讲："会。"

又问我多大？我说："七岁。"管家又问爸爸："你愿意留在林少爷家里做长工吗？"

爸爸回答说："只要我们父女俩有饭吃，我什么都愿意做。"

管家说：“那好，我们收留你们，把那些脏包袱丢掉跟我来！”

爸爸舍不得丢掉，背着行囊，带着我，跟随管家进了大宅院。他叫我们就地等候。不久，有两个佣人，把院内一间放农具什物的小房，简单地打扫了一下。管家叫我们住在这间又湿又霉的房子里。

打那以后，爸爸每天摸黑起早，下地给地主干农活。他每天都拖着疲惫的身体，很晚才回来。有时回来晚饭也不想吃，躺下就睡着了。第二天五点钟就要起来，把我头天打回的剩饭用凉水泡一下吃了，牵着牛，扛起农具就又去耕田了。不论刮风下雨，长年累月，天天如此。

林少爷家里有六七名长工，每年都有工钱发，可我爸爸分文都没有。

管家对爸爸说：“你的工钱刚好养你带来的那个秤砣（指我）。”爸爸不吭声。我知道他一切都是为了我，不想让我跟着他走村过巷，挨家挨户去讨饭风餐露宿。

有一天，很晚爸爸还没有回来。我一直等到第二天，还没回来。我问白管家：“我爸爸到哪里去了？”

管家说：“我们也找过他，他用过的农具还在田里，可不知道他去哪了。”

我哭到田间，到处找他，逢人就问，可找到天黑，也找不到爸爸，就坐在田坎上一直哭。

晚上，我坐在床上，点着煤油灯，眼泪不断地流，一直哭到天亮。一连几天，我都跑到田野间，大声地喊：“爸爸你在哪呀！爸爸！”边找边喊，边哭边走，泪水在眼睛里，看不清田基就摔倒，摔倒了又爬起来，一身泥巴。不知走了多远，累到坐在田坎上睡着了。后来被放牛的王人保叔叔看见，把我背回家里，给我洗干净全身的泥巴。

又过了几天，管家对我说：“你爸爸前天在田里干农活时，被国民党抓去当兵了，恐怕很长时间才回来。”又听到他们说，被拉去当壮丁，上战场当炮灰，多有去无回……我绝望地在房里又哭了几日几夜，眼睛都哭肿了。我试着逃走了好几次，都被他们抓回来。我想逃又逃不了，也不知道往哪里走。

保叔看我年少无知，怕我出事，搬到我的房子里住。他像爸爸那样无微不至地关照爱护着我。后来，管家叫我每天放两头牛，保叔每天跟着我，教我怎样放牛，鼓励我要坚强，好好学习各方面的生活知识，长大成人，一定会有出息的。

不久，林家把我卖给一间茶馆的老板当童养媳，天天给他们捶腰按背。有时做到三更半夜，太累了，打个盹也不行。一不合他们的心意，就会挨骂，甚至拳打脚踢。拧耳朵、拔头发、藤鞭抽打、罚跪地等等，都是家常便饭。所以我时时遍体鳞伤，全身疼痛难忍，饱受折磨。每天一早起来，清洁卫生，扫地、擦锅、洗碗筷、煲茶等，忙个不停。吃的是剩饭、莱汁、锅巴，时时吃不饱、穿不暖，受尽折磨。因年纪小，天天想着爸爸妈妈，孤苦伶仃，却没人可怜，经常独自在被窝里哭，也不知道自己在什么地方，只知道是塘下镇。

十三岁那年，我几次逃跑，都被他们抓回来，打得我死去活来。现在我大腿小腿，还留着许多伤疤。大姐卷起裤子露出一块块疤痕。大家看到，心里十分难过。大姐接着说：后来，老板赶我回乡里放牛，我天天牵着牛到草最好的地方。牛很快肥壮起来，老板很高兴，对我另眼看待了，让我单睡在一间草房里。

有个游击队地下联络员李大叔，他知道我身世苦难，很想解救我跳出火海。所以他从新屋村跟踪我到塘下镇，他经常在我放牛时来和我谈心，拉家常，安慰我，讲人情世故。教我怎样做人，要诚实勤奋，为社会劳苦大众谋利益等等。

过了一段时间，他问我：“你想不想参加革命队伍?”

我说：“只要帮我逃出这个地方，有人身自由，再苦、再累、再危险我也不怕。”当时，我只知道革命是为解放穷人的。

李大叔说：“你现在先沉住气，随时准备好轻便的行李。时机一到，我们来接你走，耐心等着吧!”

自从李大叔走后，很久都不见他来找我，我日夜想着他，不知道他什么时候来接我走。我每天一大早就去放牛，手牵牛绳，眼观四方，总想着李大叔的身影出现在我的面前。可一连十几天，眼睛都望穿了，还是不见他来，心里很焦急。我每天放牛很晚才回来，老板娘天天见这头牛的肚子饱饱的，比以前肥了很多，便眉开眼笑了。

那时，我经常看见一个媒人婆，频繁在屋里进进出出。后来，我听到风声，是他们想把我嫁给一户人家。我心里烦躁不安，焦急万分，每晚翻来覆去到深夜都不能入睡，不知如何是好。

一天深夜，忽然听到外墙咚咚的响声，一连敲了数声。静心细听，原来是与李大叔约好的联络暗号。我立即爬起床，抓住早已准备好的简单行装，摸着黑轻轻地闪出了大院，那条黄狗也跟着我冲出去，见李大叔和另一位大叔在等候我。这条狗见到他们，也不叫喊，反而一个劲地向他们摇尾巴，好像见到熟人似的。

大叔小声对我说："我们快走！"他接过我的小包袱，和另一位大叔一前一后护着我小跑。那只狗也跟着我们跑，有时冲在前面，有时跟在后面。我们足足跑了一个多小时。大家觉得很累了，便停下来坐在一棵大树下休息。

李大叔问我："阿娟，累不累？"

我说："不累。"因为那时，我只想走得离地主老财的家越远越好。李大叔他俩坐在大树下喘大气，我站着不想坐，只想让他们歇一歇就赶路。可他们反而不着急，躺在地上伸懒腰，不愿起身。

李大叔叫我坐一会儿，我却催他们快走。

我说："万一地主老财追上来怎么办呀？"

大叔一脸不屑说："我们已经走了二十多里路啦！他怎么知道我们在这里呢？这个地方是游击队的根据地了。怕什么？来！过来！我介绍一下，他是游击队长的警卫员，叫张叔叔。"

我跟着叫："张叔叔！"李大叔又说："他的枪打得可准啦！四十步远，鸭蛋这么大的东西都能打中。枪法可了得！怕地主老财？"因为天黑，看不出他多大年纪，模模糊糊见他佩带着一支手枪。大叔这么一讲，我心里才踏实下来。

我坐在大叔身旁，这只狗站在我身边东张西望，好像为我们站岗放哨似的。休息了好一会，我们走田坎小路，左穿右拐，又走了一个多小时，翻过两座大山，到了一个岔路口。天还没有亮，村里的狗汪汪地叫个不停，吓得老财这条狗夹着尾巴往回跑了。

突然，黑暗处有人大声吆喝："边个？（是谁）站住！口令？"

张叔叔回答："绿灯。"

对方又查问：“干什么的?”

张叔叔回答：“上山打柴的”。黑暗处走出两名端着长枪的哨兵，一见是张叔叔，笑着说，自己人。他们知道张叔叔去执行任务回来。大家很高兴，这里就是游击队根据地了。

我们到了部队，领导和同志们对我很关心，问长问短，问寒问暖，有的打水给我冲凉，有的拿衣服给我换，有的给我梳头，为我忙个不停。我很感动，这是我人生难忘的转折点。

唐大妈和几位女同志每晚伴着我住在一起，她们总是开导我的思想，教我识字，讲革命道理，教我唱歌跳舞。到处充满着革命乐观主义精神。

从此，我的人生改变了，对生活也充满了希望，对无产阶级的革命事业无限向往。我下定决心跟着共产党走，为革命事业奋斗到底。

从此以后，我每天起床后，就主动挑满几缸水，烧好茶水，清洁卫生。我做得特别快乐，并觉得又自由又温暖。

后来，叔叔们教会了我打枪、投手榴弹以及游击战术等技能。我学会了作战时当战友负伤的时候，用什么中草药，怎样消毒、包扎伤口、护理调养等技能。我觉得这样的工作很有意义，生活得很充实，很愉快。不久，我成了一个小护士，做游击队的后勤工作。那时，每个人都是那样，什么都懂，什么都会做，不分彼此，和谐融洽地生活在部队这个大家庭里。

不久，组织上安排我跟唐大妈在墟镇里开了一间小杂货店，作为游击队秘密交通联络站。我做交通联络员，传递重要的秘密信息。

土改队同志和叶娇，听了陈大姐叙述了她的亲身经历，大家很受感动。

曲队长也简短地作了自我介绍，他说：“我从小给资本家做后生(杂工)，每早天未亮就得起床，烧水、冲茶、清洁卫生。开铺面、招待顾客、斟酒、敬茶、点烟，样样都做。资本家一不顺心，就拳打脚踢，至今我身上还留下几处伤疤。

后来，我参加了东江游击队，与敌人周旋作战，风餐露宿。不久，北上抗战，再南下解放南粤，经历数次大小战役，负伤四次，大难不死。至今，还有一颗子弹和弹片留在身上，每逢刮风下雨疼痛难忍。但是，毛主席号召我们要继续革命到底，要推翻三座大山，解放全中国。可是，一切反动派是不甘心他们的失败的，他们每时每刻，都在妄想破坏颠覆活动。

所以，我们要不断革命。土地改革运动就是战场，我们要把这场革命运动进行到底！不获全胜决不收兵！”

大家听了曲队长英勇的战斗经历和继续革命的决心，十分敬佩。

陈大姐补充说：“曲队长为穷苦大众翻身求解放，南征北战十几年，枪林弹雨，历尽艰险，死里逃生，一颗红心为革命。他曾荣立过一等功一次、二等功两次、三等功一次。我们要学习他，英勇善战，不怕牺牲，大无畏的革命精神！学习他全心全意为劳苦大众服务的好思想好作风！”

土改队同志数月来对叶娇耐心启发和帮助培养，以及经常有意识地叫她参加各种大小会议，鼓励她主动发言讲话。晚上回到家里，陈大姐见缝插针，辅导她学习文化知识，教她识字写字，不断提高她的觉悟，鼓励她为人民做有益的事。

可是，叶娇本性是个自私自利、好逸恶劳、刁蛮淫性、脾气古怪、嫉妒心强，时时争强斗胜，善于见风使舵，随机应变，狡诈混辩的妇人。

自从叶娇跟随土改队工作以后，她的怪脾气有所收敛，对人彬彬有礼，说话也客气谦虚些，大小事能主动去做。有时抢着去干活，以前那种斤斤计较、贪心自私，开口挖苦骂人的行为好像少了，性格也开朗一点了，有说有笑。能尊重工作队同志，时而受到表扬，就流露出沾沾自喜的样子。

但是时间一长，她逐步摸透了工作队的活动规律，熟悉了情况，就使她慢慢地滋生了自以为是的想法，认为比一些队员做得还好。看到他们每月有十多元、几十元薪金落袋，很羡慕他们。她心想，自己干了近半年，样样活做得不比他们差，而且受到曲队长、陈大姐他们鼓励表扬。回到家里，还做饭给工作队吃，工作比他们辛苦，却捞不到一分钱。这种想法平时没有流露出来，但内心里总是有说不出的晦气滋味。

一天，叶娇看着工作队员，人人从文书那里领取钞票。她眼睁睁地盯着他们领取丰厚的薪酬，心里很不是滋味。可是，可望不可求，也没奈何。只有陪着笑脸，而笑脸中却隐藏着为人不知的贪婪可恶的邪念。

她走近文书桌前，看着陈大姐手中的钱，笑嘻嘻地对大姐说：“你们个个又发财了！”大姐觉得叶娇话中有话。

陈大姐认真地说：“这是共产党给我们的生活津贴费嘛！”

叶娇又问：“什么叫津贴费呀？”

大姐解释说：“就是日常生活上的费用嘛！”

叶娇点头“啊”了一声。

吃过晚饭后，叶娇靠近大姐身边坐下，拉着她的手，撒娇地说：“我和你们工作队一起工作，好长时间了是吗？”

大姐回答说：“有几个月了吧！”

叶娇问：“你觉得我做的怎么样呢？好不好？”

大姐说：“好呀！做得不错嘛！我们土改队员的工作就是要全心全意为人民服务，艰苦奋斗，不计较个人得失，认认真真做好每件工作！”

叶娇自信地说：“你们能做到的，我也能做到，你们不能做的，我也能做到。大姐你说是吗？你向曲队长说说，把我也纳入工作队里面，成为一名正式队员好吗？”

陈大姐被她突然一问，觉得不大好回答，只是微微地笑了笑。

叶娇心想：如果我正式成为一名土改队员，每个月也拿几十元钱，那多好呀！就算拿一半，也发达了，不用耕田，月月有钱使。

大姐说：“只要你好好做，认真学好文化，增长知识，懂得革命道理，掌握党的各项方针政策，勤勤恳恳地为人民服务，凡是对革命对人民有利的事情，都要积极去干，做出成绩来，符合队员的要求，得到群众和领导认同，根据革命的需要，由上级人民政府审核决定就可以。成为一个名副其实的工作队员，要求是很高的。不是你想进去就进去，哪有这么容易的事？”

叶娇听着大姐讲的每句话，觉得门槛这么高，将信将疑，沉思不语。心里总盘算着：我要是真的成为一名土改工作队员，每月有薪水领，就不用面朝黄土背朝天了。捧住这个铁饭碗，十年大旱也无忧。

如此做起美梦来。

曲队长带领的这支土改工作队，有七名队员。他们负责四个自然村的土地改革工作，分成三个工作小组，每个小组负责一个自然村。上级要求，在当地农村先培养几名土改骨干分子（土改根子）。三个小组轮流在四个村庄工作，任务繁重而艰巨。他们日夜工作，数月来，一切工作进展顺利，并取得很大成果。

正在工作紧张时刻，忽然接到上级通知：要抽调一名骨干队员，加入新组建的一支土改工作队。这样，就少了一名队员。为了便于开展工作，上级令曲队长在乡村里迅速物色一名贫雇农积极分子，协作工作，暂时填补空缺。经过大家反复研究比较，拟将叶娇暂定为“试用”队员，并呈报县人民政府土改工作办公室。

不久，县人民政府办公室批复：“同意叶娇为试用队员对象。”如果经过长时间考验，叶娇表现突出，符合标准那么根据需要，就可转为正式土改工作队员了。

第二天，曲队长、陈大姐和文书小董找叶娇谈话。曲队长对叶娇说：“你在这段时间里，能积极配合工作队的工作，表现较好。曾同志被上级调走，队里少了一人，为了加强队里工作，你愿意来暂时帮助工作吗？”

叶娇愕然地瞪大眼睛，望着曲队长，手指着自己的胸口，将信将疑道：“你叫我参加工作队？”

曲队长说：“只是暂时的，现在给你一个机会。行不行，就看你自己了。”

叶娇爽快地说：“行！行！我跟着你们干，就错不了。说实在的，我每天看着你们吃政府的饭、穿政府的衣服，每个月还有那么多薪金，真羡慕死人了。我每晚都翻来覆去睡不着呀！做梦都想像你们一样，每月领那么多的钱。现在运气真的到来了，谢天谢地！谢谢曲队长！我一定跟着你们搞土改，斗地主分田地，把土改搞好。我不懂的地方，希望队长多多指教。你们叫我干什么，我干什么就是了。”

曲队长问：“家里有困难吗？几个小孩子怎么办？”

叶娇抢着说：“没有困难，几个化骨龙我会安排好，请队长放心。”

曲队长说："那好，从现在起，你也算是工作队的成员了。以后有不懂的地方，多请教老同志，向他们学习，有错就改。要执行党的各项方针政策，遵守纪律，努力工作。"

陈大姐笑着说："欢迎你，希望你努力学习，好好地干，全心全意为人民服务！"

叶娇紧紧握着陈大姐的手，热泪盈眶。又上前抱着大姐，激动得哇啦啦哭了起来，边哭边说："感谢共产党！多谢人民政府！"她的心情久久不能平静。

陈大姐认真地说："工作队的任务很重大，政策性很强，我们工作队员的一举一动，都是关系到党和国家命运的大问题。我们每个工作队员的行为，关系到共产党、新中国人民政府的声誉和名望，关系到我们土改工作队的威信。所以，我们每个同志，时刻都要牢牢记住，我们肩负的责任重大。"

叶娇一一点头赞同，表示将贯彻执行每一条规定。

小董说："叶娇同志，你以后更要加倍学好文化。听党的话，跟着共产党走，会有好日子过的。"

叶娇第一次听到有人称她为"同志"好像打了一支兴奋针，突然傻笑起来说："董同志，你真会说话的！听说你的文化很高，当过老师的，讲话就是有水平。我做梦也想不到，有人称呼我是个'同志'呢！"

解放后，老百姓都称解放大军、游击队、政府官员、土改工作队员为同志的，这是至高无上的光荣称呼。

小董接着说："因为解放军、游击队为了穷人翻身得解放，冲锋陷阵，枪林弹雨，不怕牺牲，出生入死，英勇作战，献身于革命事业，他们在人民群众心目中树立了英雄形象。老百姓敬佩他们，一见到他们，就亲切地称他们为同志，大军同志，土改队同志。这已成习惯了。"

叶娇穿上了工作队发给她的浅灰色制服，左臂佩戴上"土改工作队"的红袖章，对着镜子左照右看，沾沾自喜，内心有说不出的喜悦！

陈大姐对特嫂（叶娇）说："从今天起，你就是工作队的一名普通队员了。以后我们会经常外出工作，很晚才回来。上级看见你家里实在困难，暂定每个月薪金七元钱，先预支三元钱给你做家用，月尾出粮饷时再扣除。”叶娇喜出望外，想不到左手穿上制服，右手就拿到了薪金，真是双喜临门，心里美滋滋的。

晚上，叶娇躺在床上翻来覆去睡不着，左思右量。心想，我这么容易就成为一名“革命同志”了？曲队长、陈大姐他们，在战争年代，为了解放全中国，南征北战，出生入死，不怕流血牺牲，长期艰苦奋斗，现在又为了穷人彻底翻身解放，深入到农村，进行艰苦的土地改革运动，带领广大贫下中农，打土豪、斗地主、分田地，镇压反革命分子，日日夜夜埋头苦干，为人民谋福祉。我什么都不懂，牛头大的字不识一个，平时只是跟着他们做点琐碎的工作，就成了“同志”了。比起他们差得那么远，自问无德无才，无能无功，为何给我这么优厚的待遇呢？叶娇越想越不理解，觉得离奇。这样不会被人讥笑吗？越想越无法入睡，将近天亮才睡着，又一下子做起美梦了，咯咯大笑起来。

陈大姐六点多就起床，听到叶娇在房里哈哈的笑声。喊了两声，“你笑什么？”不见回应。

叶娇一下子被叫声惊醒了，出了一身冷汗。太阳照射到了门口，急忙爬起身，穿上制服，顾不上洗脸刷牙，赶快去上班，生怕人家说她刚成为“同志”的第一天就迟到。于是三步当作两步走，一进门见大家整齐地坐着开会。她脸红耳赤，蹑手蹑脚坐在角落处，觉得不好意思。

散会了，她对陈大姐说：“如果群众听到称我是同志，会有许多人讥笑我的，我不想人叫我同志。”

陈大姐说：“不叫你同志，就叫你叶娇吧？”她马上说：“对！对！就这样叫好了，我觉得舒服一点。”

其实叶娇口是心非，她名也想要，利也想要，只不过一下子太突然，转弯太快，心理压力太大受不了。此时此刻，她在盘算着什么？只有她内心知道。

陈大姐认真地对她说：“作为一名土改工作队员，不要斤斤计较个人的得失。要一心为革命事业，踏踏实实地做好土改工作，将土地革命进行到底!”

叶娇表示说:“我以后要紧跟你们,努力工作,不辜负你们的期望。”

从此,她每天早上按时起床。以前经常说头痛有病,太阳晒到屁股也不愿起身,整天睡赖床不干活,惯性懒惰,人所共知。现在,天蒙蒙亮,就去水井担满一缸水,煮好早餐,屋里屋外,打扫整理得干干净净。

陈大姐心中高兴,一边琢磨着群众对她的评价是:她一贯奸懒装病,不下地干农活,不上山打柴割草。不挑水,长年靠两个小和尚抬水吃。不做家务,屋内外垃圾满地却置之不理。群众断言,叫她改变过来,除非太阳从西面出来啦!可现在看她又不怎么像人们所讲的那样。不知以后如何,还要再看看她的表现。

自从土改队的同志住进她家后,受到影响,叶娇的思想也在不断改变。现在,她家务样样都做了,对孩子也没有像以前那样,喝神吓鬼,动辄打骂。如今,叶娇态度好多了,工作勤快了。大姐又表扬了她。

叶娇笑嘻嘻地说:“向你们工作队老同志学习嘛!”

陈大姐惊讶地说:“咦!你现在不也是工作队员吗?”

叶娇不好意思地说:“我总觉得不是,我什么都不懂,现在心里乱麻麻的,工作也不知道从何做起,一下子就给我这么多的钱,心里七上八下的,很过意不去。”

大姐说:“只要你以后好好地工作就是了。”

叶娇听言,便再三保证,以后一定努力工作。

叶娇天天穿着那套制服,髻发梳得亮亮的,蚂蚁也难爬上。又带上红袖章,不论到哪里,都显示着她头上的光环。时时一马当先走在队伍的前头,其实不如说是喧宾夺主抢风头。

工作队经常迂回穿梭在附近几个村庄里,依靠贫下中农,深入每家每户,积极宣传,发动群众工作。贴标语、出广告,召开各种大、小会议。人人带头现身说法,申冤诉苦,感化群众,激发穷苦大众的阶级感情,启发他们有冤申冤、有仇报仇,真正把群众发动起来。穷人要翻身当家做主人,积极参加农会,投身到土地革命运动中。要敢于站出来斗地主、分田地。叶娇经常以“穷人要翻身解放”这块牌子现身说法，打动群众并也显现出一些成效来。

曲队长多次表扬她，她觉得很有成就感，心中非常得意。

以后，工作队一进村庄，她就主动请缨挨门逐户去发动群众，从这一家跑到另一户，现身说法，嘴里唠叨个不停。神气十足，得意洋洋。

时间一长，邻近村庄的群众，很多人都认识她，有的为她积极大胆敢讲敢说而喝彩；有的为她参加工作队，觉得不可思而议论纷纷；有的看到她吃人民政府的饭，领政府的钱，感到离奇；也有许多人蔑视她，有的说她苍蝇跌落蜜糖缸，还有人讲她是只老鼠落米缸。也有不少群众嘲讽她，说她吃米饭屙猫屎，臭不可闻。各种言论满天飞，看法不一，谁是谁非，一下难以分辨。

第七回

农民打土豪，群众斗地主

轰轰烈烈的土地改革运动，遍及广东的每个乡村角落，到处都是斗地主分田地的群众运动。叶娇这条“土改根子”，虽然被拉进了土改工作队，可她只看在钱的份上，工作才那么卖劲。叶娇月月有钱拿到手，也变得越来越积极起来，每次开大小会议，她都挨家挨户去通知。跑街串巷，忙个不停。她不识字，手中却经常拿着一卷资料，装模作样好像一个知识分子。有人说，刘王不识字，家藏十万书。以前叶娇讲起话来，是个大声兼无准的泼妇，吱吱喳喳，胡搅蛮缠，没理也要搅三分。自从经过工作队的培养教育，胆子更大了，有时上台扯天指地，自编、自导、自唱、自演，胡编乱造，瞎出洋相，让人啼笑皆非。

在一次群众大会上，曲队长和陈大姐主持会议。正要开会时，上级送来一份特急文件，他们需要立即处理。曲队长向到会的群众讲，有件急事，要立即处理，请大家稍等一会儿。

曲队长和陈大姐他们离开讲台，只剩下叶娇坐在讲台上。时间一分一秒地过去了，还不见他俩回来，一些群众像等得不耐烦似的，有的在闲聊，有的就地坐下，三俩成群玩着石仔棋子，小孩子们在会场上跑来跑去。

叶娇看见会场秩序有些散乱，很不耐烦。曲队长他们又未回来，她心里有点着急，手上拿着那卷资料，时而拍拍脑袋，时而打打手掌，又看看会场。过了一会儿，她索性站起来大声地喊："父老乡亲们！请大家坐回原位，大会就要马上开始了。请大家坐好，不要走动！"接着信口开河地说："今天的会议是很重要的，共产党带着我们走光明路，前面是太阳明亮的。听共产党的话，不如听曲队长和陈大姐的话比较实在，我叶娇今日做了工作队员，有钱拿、有新衣服穿，是听了他们的话，过上好日子的。以后，他们叫我落屎坑我都去，我翻了身就不能忘本嘛！你们说对不对呀？"无人答应。"什么党我没有见过，不管什么党，我们有吃有穿有钱用，就是好党，你们说对不对？"又无人回应。叶娇站在讲台上手舞足蹈地讲话时，曲队长他们已回来了，看见她面对数百群众演说，就不声不响地站在她后面不远处，全神贯注地听她讲些什么。看到群众皱起眉头的表情，又听叶娇的讲话，乱七八糟，不大对路。陈大姐靠近她后面，叶娇转身见到陈大姐她们，立即停止了讲话，抱歉地说："我看你们去了这么长时间未回，很多群众都想走了，我为了稳定他们情绪，随便讲了几句，不知对不对？我不会讲。"

陈大姐陪她下了主席台，找个地方同她谈话。曲队长接着主持开完了群众动员大会，会后，群众认为叶娇讲的都是不明不白的话，胡说乱扯的论调，都讽刺挖苦她，讲个不停，队长默默地记在心里。

有一次，召开数村联合控诉斗争大会，农会要求全民参加，不论男女老幼，都要到场。工作队作了具体的分工，曲队长分给叶娇的任务是；协助民兵押解所有地、富、反、恶分子到会场，负责看守和维持会场秩序与安全工作。

她高兴得跳了起来，满面春风。就挨家逐户作了通知：明天上午九点半，到本村晒谷场"开斗争大会"，男女老少全部参加，时间一天，中午不得离场，自带午餐，四点钟散会。

第二天一大早，已有小孩们扛着各种凳子椅子，去会场占个好位置了。民兵连长小宋，佩带着一支德国制造的、铁把折叠式轻便卡宾枪，带领民兵布置好岗哨警戒，再领着民兵，将那些罪大恶极的地、富、恶霸、反革命分子，反手五花大绑起来，十几个武装民兵，把他们押进会场主席台前面站着，面向群众。这些反革命分子个个低下脑袋，垂头丧气，不敢乱说乱动。

会场临时设在一个山坡晒谷场上，主席台是临时用木板搭建成，顶上面拉着一条横幅，写着“新集乡联合控诉斗争大会”，上联“打倒恶霸反革命”，下联“穷人当家做主人”。会场肃穆庄严，四周围到处贴满了大小标语：“打倒反动派！”“打倒国民党！”“打倒反革命分子！”“打倒地主、土豪劣绅！”“打倒特务、汉奸、走狗！”“打倒一切反动派！”“穷人翻身解放！”“人民当家做主人！”“不获全胜誓不罢休！”“将土地革命进行到底！”“中国共产党万岁！”“朱德总司令万岁！”“毛泽东万岁！”“马克思列宁主义万岁！”“共产主义万岁！”到处红旗招展，声势浩大，鼓动人心，极大地树立了打倒地主恶霸必胜的信念。

上午八点多钟，各个村庄的男女老少，扶老携幼，扛着凳子、带着斗笠、雨伞，背着水壶、干粮，拿着小红旗，沿着山边、田基的羊肠小道，断断续续地进入会场，各村按划分好的区域有秩序地坐下。县人民政府、乡人民政府的领导和武装部长以及各自然村的农会主席等领导，亲临现场，

曲队长主持大会，各村的领队向大会秘书小董报到人数。将近九点，群众已陆续到齐了。队长看到山坡上人来人往，熙熙攘攘。小董向队长汇报：参加人数总共有两千多人，基本到齐。队长看看怀表，走到叶副县长跟前，请示是否开会？叶副县长下令：“开始！”曲队长拿起铁皮广播筒，面向群众，宣布大会开始，请大家坐好，讲了会场纪律和斗争会的规则以及注意事项。

接着由叶副县长、乡长、农会主席和群众代表讲话、发言，山坡上时时爆发出雷雨般的掌声。口号声响彻山间！代表们发言后，曲队长宣布诉苦斗争大会开始。顿时，全场个个高举着小红旗，高喊着：

"有冤申冤！有仇报仇！打倒地主恶霸！打倒反动派！"押上会场的罪大恶极的地主恶霸坏分子，被雷鸣般的喊打声，吓得面如土色，双脚不停地打哆嗦。

会场群众听到斗争开始，个个摩拳擦掌，想向他们冲过去，人人指着这帮罪大恶极的家伙质问，并揭发、控诉他们欺压百姓的种种罪恶勾当。他们造成许多家庭流离失所、饿死街头、妻离子散、家破人亡的行径，激起了广大群众的怒火。有的冲上去举起拳头，对准仇人拳打脚踢，有的十几个人围着一个恶霸地主打来踢去，打倒在地，拉起来又打，好像搓面条、踢皮球，打得脸肿鼻紫。全场都是"唉呀！呀！"的惨叫声。

护卫的民兵早已被群众挤出去了，群众也早已忘记了文明斗争的规则了。什么对恶霸、地主、反革命分子的斗争，要同他们摆事实、讲道理，揭发他们的罪恶行为，让他们知罪、认罪、服罪，要文斗不要武。斗争的目的是把他们的旧统治势力、旧封建、旧观念、旧思想，斗倒斗臭，清除出去，使他们解放思想，脱胎换骨，重新做人等等全部忘得一干二净。

这时的群众不听你那一套，有几代人的深仇大恨的怒火燃烧着，他们知道今天有共产党撑腰，一见仇人，冤家对头，便怒火冲天。恶人已被五花大绑，成了阶下囚，无还手之力，任我报仇了。人人心中怒火，用尽平生之力，对着仇人狠狠地揍。尽管每个囚犯都有民兵守护着，但早已把他们挤出外围去了。只见人头攒动，围着一个恶霸，你一拳我一脚，没头没脑地乱捶乱打。打翻在地，再踩上几脚，拉起来再打，晕厥过去，还骂他装死，拉起来又揍，狠狠地踢。叫骂声、哭叫声、喊打声、喊杀声震荡着几座山谷，惊天动地。控诉会成了打斗场，场面激烈火爆而残酷，汗流浃背，满腔怒火燃烧着，钢臂铁拳挥舞着，疑犯狼嗥鬼叫喊个不停。

到会两千多群众都站了起来观看打斗热闹场面，小孩子们都跑到台前围观了，气氛十分紧张混乱。火药味、血腥味弥漫着整个山坡，惊心动魄。民兵们被推出场外，失去了控制权，又害怕打死人命。尽管多次喊话制止，却均无效果。在一片叫骂喊打声中，又有谁听得到你的劝阻声呢？群众的怒火，像燃烧着整个山谷松林，一发不可收拾。民兵们十分着急，跑到主席台向县长请示："怎么办?"

此情此景，震惊了各级领导。叶副县长、黎乡长和曲队长他们都跑去劝导，企图解围，但是毫无作用。

数百人的喊打咒骂声，淹没了他们的温和劝导声，尽管他们极力劝阻，要文斗不要武斗，始终徒劳无功。群众的仇恨犹如万箭齐发，拳拳脚脚都落到那些恶贯满盈罪大恶极的人身上。数百受害群众把仇人，层层围住，现场水泄不通，坏分子也只能任他们踢打。有的恶霸地主的衣服被撕烂，眼肿鼻伤，全身被打肿，伤痕累累。泪水、鼻水、汗水、血水，沾满了破衣，血肉难分，瘫痪在地上，奄奄一息。

叶副县长和曲队长他们认为：场面如此严酷，若继续下去，可能会出现更大的麻烦，必须采取有效措施。

于是，立即命令曲队长宣布散会。可群众仍然继续围斗不散。后来曲队长拔出手枪，嘭！嘭！鸣放两枪！人们才被震慑住，停下手来。民兵们顺势冲进人群抢救伤者，曲队长再次宣布大会终结。

这边，一面派人迅速通知乡、县医院，急派医护人员前来救治伤者，一面组织担架队，把部分重伤者送往附近医疗所急救治疗。其他伤势较轻的，医护人员给他们检查敷药包扎后，送回看守所。

散会后，县、乡首长和曲队长等领导，在现场总结了这次大会的经验教训，一致认为：这次大会开得很成功，已真正把群众的革命热情调动起来了，激发了广大群众的积极性，群众敢于与阶级敌人面对面斗争，敢于揭发控诉他们的滔天罪行。只要有共产党为他们撑腰，就不怕打击报复。使广大人民群众树立土地改革的信心，坚决跟着共产党走，将土地革命进行到底。

叶副县长说："我们既然看到广大群众的革命热情的一面，也要清晰地见到他们只顾为自己报私仇，忘记了党的各项方针政策。为了防止阶级敌人散播谣言，乘机捣乱破坏土改运动，今后，我们更要深入细致地做群众的思想工作，使广大人民群众真正懂得革命的道理。拥护共产党，热爱新中国，紧跟共产党闹革命，掌握好党的方针政策，同时要特别警惕阶级敌人捣乱破坏活动！

政策和策略是党的生命，土改工作队的根本任务，就是把党的各项方针政策，宣传贯彻落实到农村基层中去，使广大群众了解掌握党的方针政策，把土改工作搞好。这次控诉大会，震慑了阶级敌人，教育了人民大众。急风暴雨式的群众革命运动难免会出现一些差错，要从中吸取经验教训，丰富我们的斗争经验，使我们的土改工作，做得更细更扎实。”叶副县长一席话，使大家豁然开朗。

曲队长舒了一口气，合上笔记本，对大家说：“刚才叶副县长讲的话很重要，给我们今后的土改工作，指明了前进的方向。会后，我们认真学习，进一步总结经验教训，发扬优点，克服缺点，努力工作，认真制定出今后的工作计划，把工作做得更好，不辜负党对我们的期望！”

第八回

划阶级成分，惩“五类分子”

土改工作就要进入到农村划分阶级成分的阶段了，这是政策性强、涉及面广、影响面大，直接关系到每家、每户、每个人命运的大问题。阶级成分，是关系到本人和其子孙后代的政治前途的大问题，影响到他们的上学、就业、社会活动、日常生活、婚姻家庭等等问题，影响到其兄弟、姐妹、亲戚的直接与间接的关系链等问题。

工作队和农会的责任十分重大，为了做好这项工作，数月来，对每家每户前后三代的历史，进行摸底调查，既参照历史，又注重现实。以解放前后其家庭和个人参与的社会组织、团体、教别及其政治、经济、资本营运等各方面的行为表现为依据，反复进行衡量对比。对恶霸、地主、富农、资本家、上中农、中农、下中农、贫农、雇农等成分的界限划定提出充分的依据。绝不能感情代替政策，轻率行事。

首先由土改工作队、农会和乡政府领导，根据各户的资料，进行反复多次调查、复核、研究，初步核定后，经过群众小组会议，逐户详细充分讨论，提出意见，进一步核实，对照现行成分标准，确认无误。使得人人心服口服，没有异议。个人同意，签名打指印。基层确定后，呈报乡、县人民政府审查批复，召开群众大会，公布于众。

群众对划分阶级成分问题，十分敏感，因为关系到每家每人的切身利益。所以听到开会，全家到齐。

曲队长说："今天这个大会特别重要，是划定阶级成分的大事情，它关系到每个人的切身利益的根本问题；关系到今后的子孙后代的前途命运问题；关系到巩固中国共产党、巩固国家政权的大问题；关系到将土地改革进一步深入发展的重要问题。我们每个人，要做好充分的思想准备，必须严肃认真对待。希望大家根据每家、每户与个人的财产实际情况，讲清自己的家底情况。做到不隐瞒、不撒谎、不漏报、不多报，实事求是。这是划分成分的基本依据，也是划分成分的基础，是每个公民的重要责任。

今天，县、乡人民政府的领导都来参加，有不懂不明白的地方，可以向他们请教。

我们学习好政策，实事求是，对照每个家庭以及个人的历史和现实经济情况，进行自我成分衡量，自我申报，可以互相评议。大家发表个人的意见，评定得合理。做到三公：公开、公平、公正。个人认可，经农会和土改工作队集体进一步审查核实，认为事实无误，依据充分，符合政策标准，定性准确，他人没有异议就通过。然后家庭主要成员签名、打指印，呈报上级人民政府审批。"

在划分阶级成分过程中，那些被划分为恶霸、地主、富农成分的，有的当听到自己的成分时，一下子瘫软坐在地上，全家抱成一团，嚎起来："我不是恶霸、地主呀！我不是富农呀！"一片喊叫声、嚎哭声、沮丧声，唉叹不停。

的确，划分阶级成分，关系到敌我界线之分，事关每个人的命运；关联着上祖和后代的荣耀与耻辱；关系到个人的政治生命和社会地位、人生价值等问题。这条线关系到敌我之分的性质问题，把他们拉一拉，就是共产党的人民，将他们推一推就是反动派的人了。两个阶级，两条路线，敌我之分，两种命运。有人一听到自己被划分到阶级敌人那边，个个如雷击触电，失魂落魄。就喊冤叫枉，也无法抹掉阶级成分的烙印。有的跑到曲队长、农会主席和陈大姐的面前跪下，喊冤叫屈。叶娇把她们边骂边拖走。

对个别的成分，划定是否偏高？定性是否准确？若本人和群众不服，反应强烈的，允许重新审查复核，农会、土改工作队再把他们的资料交给村民若干个小组，再次进行讨论。对照政策与成分条款，逐条进行审核，认为与条款接近相符的，按就低不就高的政策原则，合情合理合法处理。复核无误后，再呈报乡、县人民政府核实，准确无误后，向民众公示，其阶级成分即告生效。

从此，每家每户就牢牢地打上了阶级成分的烙印，也决定了你今生今世和下一代的命运了，决定了你在社会上的政治地位：其经济、文化、工作、职业、地位、婚姻、家庭、社会活动等诸多方面的优劣待遇及限制。两种截然不同对待，这就是成分论的价值等级观。

解放后，共产党执政，为了巩固无产阶级政权，必须纯洁共产党、无产阶级革命队伍，处处都要以“成分论”为依据，事事都以家庭出身为首要要求。所谓越穷越革命，样样都以贫、雇、下中农、工人阶级、穷苦大众的子女为优先权，不论入学、就业、当兵、工作、入党、入团、配偶等等，家庭出身，首当其冲。而地、富、反、坏、右和阶级异己分子及其子女，都说是“老子英雄儿好汉，老爹反动儿混蛋，大哥坏蛋弟臭蛋”。他们均列为臭“五类分子”。这些“五类分子”犹如生麻风病，处处被隔离、讥讽、咒骂。有时无端被挨打受虐待等，甚至连小孩都歧视厌恶地主仔、富农孙，不同他们玩耍。

凡划为“五类分子”的，如头上戴了一个紧箍咒，处处都受到压制、排挤、冷落、刁难。很多人越想越悲观，越想越没有出息、没有前途，越想越可怕，苦不堪言，常常回到家关起门来，盖着被子痛哭一场。又有谁人知晓他们的内心痛苦、绝望、怨恨呢？怨天怨地，只怨自己出生不着时。怨人怨己，难道抱怨上祖留下的田地、房屋、财产罪有应得吗？继承者又何罪之有？很不理解，可事到如今，已是定局，等着他们的是一场场可怕的恶梦。有不少人干脆自尽了断，离开人间。

叶娇是响当当的贫农成分了，处处显得扬眉吐气，显得更风骚。

每天，一大早穿着好制服，佩带上红袖章，雄赳赳地站在工作队驻地门口，等候出发。今天，执行特别任务。

民兵连长小宋带着五六名全副武装民兵来到部队，曲队长对他们一一作了交代后，由叶娇领队，把那几个不老实的恶霸、地主五花大绑，押到会场，公开审讯要打掉他们的歪风邪气，长人民群众的志气。

这几个家伙，在土改运动中，经常散布谣言，制造事端。他们挑拨离间说："搞阶级成分，是扩大矛盾，搞情绪对立，恐吓群众，不得人心，等等。"为了打下他们反攻倒算的嚣张气焰，必须对他们进行审讯，及时消毒，稳定群众情绪，巩固无产阶级政权。

吸取上次斗争大会的教训，这次用绳索拦着疑犯，与群众隔离开来。不准群众上来拳打脚踢，民兵分别在他们后面站着警戒保护。

曲队长与工作队员，分成两组，面对面坐在两旁挡住，防止群众乱拳打死人的事故再次发生。

有个名叫吴沃庆的恶霸，花名叫大雁三，曾当过国民党还乡团的副官、伪乡公所所长，经常佩带着一支驳壳枪，到处横行霸道，欺诈勒索，无恶不作，民愤极大。这次被划为恶霸兼地主，他到处煽风点火，挑拨工作队与群众的关系，骂共产党是共匪。曲队长审问吴沃庆："吴沃庆，你恶性不改，敌对共产党，仇视人民政府，企图复辟搞破坏活动。你最近干了哪些坏事，你当面老实交代！"

台下许多群众听到审问大雁三都站了起来，大声助喊："说！说！说！"他不说话，更激起民愤。这时，人群中站起了一个汉子，大声骂道："丢你妈！你这'南霸天'，你霸占了我哥的两亩地，只给他三担谷子，我哥不愿意，你就把他打成重伤，后来死去。我们同你讨个公道，打死人要赔偿，你强权夺理，拔出手枪指住我的鼻子，恐吓我一家人，还开枪威胁我们！你恶贯满盈，今日抵死有余！"

瞬间，会场上响起一片愤怒声，"打倒恶霸吴沃庆！""打倒大雁三！""血债血偿！"接着有一帮群众潮水般拥过来，冲到大雁三面前，挥起铁拳对准他"嘭！嘭！"砸下来。群众性闪电式的袭击，如猛虎下山，伸手敏捷，说时迟那时快，十几个民兵和工作队员也眼明手快，一齐冲上去挡架阻止，但只见恶霸吴沃庆已瘫蜷在地上，口鼻流血，像一条死狗一样，动弹不得。民兵们立即叫来医生救治，包扎伤口，因为伤势很重，只好把他抬上担架，护送到乡政府治疗。

曲队长劝导：“请大家坐回原位！冷静一点，我们与他们面对面作斗争，就是公开揭发他们的罪恶行为，摆事实讲道理，以事实为依据，以政策法规为准绳，该法办的就法办，该枪毙的就枪毙。现在，我们主要斗倒斗垮他们的可恶思想，让他们认识到以前作恶多端，伤天害理，现在被斗是罪有应得的。请大家继续大胆地揭发控诉他们，不过只准文斗，不准靠近他们，不准打人。”很多群众又纷纷站起来，愤怒地控诉他们种种散布谣言的罪行。直至太阳落山，群众才愤愤不平地离开会场。

工作组和农会领导骨干留下研究，对那几个民愤极大的恶霸、地主、富农分子，集中关押起来，由民兵日夜看守。没有工作队领导批准，不得回家。一日三餐，由其家人送来。同时，对他们逐个做思想教育和政策宣传，让他们深刻反省，认识到以前对人民群众的野蛮行为，是违法犯罪的行为。认识到低头认罪，接受共产党教育，服从改造，重新做人，是唯一的出路。

中国共产党关于农村土地改革法中的规定是废除旧体制，建立新体制，贯彻执行新制度。凡被恶霸、地主侵占了田亩、财产，归还原主后，其他没收归为国有，重新再分配。

对财产的分配原则是：对本村贫下中农实行统一重新再分配。达到耕者有其田，居者有其屋，优先贫农、满足雇农、不漏下中农，人人有份，大家高兴。

叶娇带领荷枪实弹的民兵，到地主、恶霸家里搜查，命令他们仅拿一些日常简单的生活用品和必需的衣服、被铺、蚊帐、锅盆、碗筷和部分粮食、农具等，指定他们搬到简陋的房子里居住。

有的一家大小、男女老幼都挤在一小间房子里。叶娇把伟进婶他们赶出大宅院后，重新上好门锁，斜线贴上乡人民政府印章的封条。

此时，她显得更威风，盛气凌人，左手叉着腰，右手指着那些地主、富农厉声地骂道："你们这班恶贯满盈的地主老财，以前害得我们够惨了。今天，我叶娇翻身了，有共产党撑我的腰，当了家，做了主人，现在我掌权，让你们住在这些牛栏里，尝尝牛屎味，让你们体会一下我们穷人是怎样过日子的！现在我宣布：

第一条，凡是你们的房屋贴有封条的，均已被没收归为人民政府所有了，再也不是你们的了，不准打开封条入屋。

第二条，不准你们随便外出，出街入市到什么地方去，要向我请示报告，一户只准去一个人，天黑以前要回来。

第三条，今后，你们有什么屁事，都要向我汇报，只许你们老老实实，不准你们乱说乱动。如果你们不老实，我就生剥了你的皮，活剐你的肉。"

叶娇咬牙切齿声嘶力竭地连讲带骂，吓得地主个个打哆嗦，坐在地上，垂头丧气，小孩子被她吹胡子瞪眼睛，杀气腾腾的咒骂声吓得哇哇直哭起来。年轻妇女也惊呆了，抱着孩子缩成一团，不知所措，任凭小孩在怀里乱抓乱爬。

近六十岁的伟进婶，面向叶娇扑通地双膝跪下，双手撑地，一个劲地向她求饶。伟进婶头发乱蓬蓬的，泪水满面，苦苦哀求说："太特嫂呀！我们都是同一个房系的兄弟叔侄婶母呀！过去我们做得不对，我们知错了，请你多多原谅，网开一面吧！以后我们再也不敢冒犯你们了。"哭着向她求饶。

叶娇两手叉着腰，怒气冲冲，越听越火大，咬牙切齿大声地骂道："你这个老妓婆呀！谁与你同房宗亲？我是窝田人，你是西山人，你姓何，我姓梁。如果你真有念婶母之情，你以前有百亩良田，十几座青砖大屋，猪牛牲口数百，腰贯万两，那时不见你好心施舍点给我。你们风光几代，方圆百里，无人不知晓，我同你做苦工，你怎样刻薄对待我，你心知肚明。你今日成了阶下囚，就想拉拢我放过你？没门！你听着吧，你们难受的日子还在后面呢？等着瞧吧！"说完，叮嘱民兵严加看管他们，气呼呼地匆匆走了。

第二天，叶娇来到伟进婶住的牛栏里查看，打开门一看，一家男女老幼，都睡在地上铺垫的稻草里，一看见她，个个慌忙爬起来，人人的眼皮哭得又红又肿，像一对灯笼，垂头丧气，没精打采，好像一堆泄气皮球坐在稻草上。叶娇站在门口，面肉横展，怒视着他们，伟进婶拖着虚弱的身体，靠近她，想同她说几句情，还未等到她开口，她抢先对着伟进婶骂："老妓婆！你想说什么？"

伟进婶低声地对她说："七年前，你还记得难产阿三（烂仔三）的情景吗？你两日两夜生不出来，滚床蹬席，翻来覆去，喊妈叫爹，叫巫婆烧香拜神，也生不出来。后来，我同你请来大夫，想尽各种办法，割开你的阴道，三四个人帮手，才把你这个大眼仔拉出来，救了你母子两条人命。我看你米缸一颗粒都无，我送给你一石米（十斗等于一石），两担番薯、芋头，衣物数十件，让你渡过了难关，全村上下都知道这桩事。我们昨夜没有合过眼，反复思量，如果我们以前某些地方做错了，得罪了你们，我们对不住你，诚恳向你道歉，希望你多多包涵，我们日后重新做人就是了。"说着又面向叶娇，扑通地跪在她面前，声声哀求。

叶娇神气十足，双手叉着腰怒斥："你以前财大气粗，穿的是丝绸绣缎，吃的是山珍海味，带的是金银、珠宝、玉器，出门坐的是花蓬轿子，座下有丫环左右侍候，你享尽荣华富贵，想不到有今朝的折堕哩！"

伟进婶再哀求说："那些家产、田地都是祖宗传下来的，我们到底犯了那些弥天大罪呢？我求求你好心帮个忙吧！"说着男女老幼，一齐跪地向她求情，齐声喊道："饶恕我们吧！饶恕我们吧！"

叶娇见此情此景，一瞬间内心有怜悯之心，可当她不由自主地看到左臂戴的红袖章时，突然脸色又变黑了，心想，我现在有权、有势、有风就要使尽，于是火冒三丈，大声地斥责骂道："你们以前是怎样对我尖酸刻薄的，你们想我现在放过你们？呸！痴心妄想！"吭了几声，扭转屁股走了。

伟进婶一家无奈，躺在稻草上，垂头丧气，屋内屎尿大半桶，臭不可闻。朱嫂请求看守民兵，把它拿到外面去倒掉，民兵跟随监视着她，一家人出入就这样受到约束限制。村里的所有恶霸、地主、富农、反坏分子，都受到这样的"特殊待遇"，被严加管制起来。

第九回

搜查获珠宝　巨资得缓解

乡政府、农会和土改工作队带领“清算小组”对被没收了的恶霸、地主、富农的财产，挨家逐户进行清点：包括房屋、田地、金银、财宝、现款以及粮食、家具、农具、耕牛等等。动产与不动产，统统清点，一一登记在册。

叶娇带着几个民兵，在伟进婶家中楼上楼下，里里外外翻箱倒柜。忽然，一个民兵在二楼一间小房里，搜出了一包“金圆券”之类的现款和一箱沉甸甸的金银珠宝。民兵小声对叶娇说：“那边有一箱很重的东西，不知是什么家伙？”她走过去叫民兵撬开箱盖，用手电筒一照。好家伙，原来是一箱金光灿烂、闪闪耀眼的金银珠宝呀！民兵说：“是黄金玉器！”

叶娇目瞪口呆死盯着它，伸手拿起一把金链条，掂量掂量，不做声，心想，如果我有这一把，我这辈子就不用再捱苦了。正在忐忑不安之际，陈大姐在楼下听到楼上传出“珠宝”的声音，爬上楼梯口时，见太特嫂手里揣着一把金链条，愣着想什么似的。稍停片刻，陈大姐大声问：“查到了什么呀！”叶娇被吓了一跳，手中金链“沙沙”滑回箱子里。因为她在黑暗处打着手电，全神贯注地看着心爱的东西，一听到大姐的声音，失魂落魄，好像触了电，手发软，金链条自动掉进箱了里。叶娇忙说：“大姐你上来看，这里很黑，小心呀！”说着拿手电筒照着大姐上楼。

陈大姐一看这箱金银，惊喜地喊出来：“哗！这么多呀！”这个长方形的箱子，高约 1.5 尺、宽 1 尺、长 2 尺，漆黑发亮，里面装着大半箱金银、珠宝、玉器之类。大姐情不自禁地“哗”的一声，传到了楼下。

曲队长他们听到，立即爬上楼来，点亮煤油灯和火把，照得楼上通明。这箱金银珠宝，是藏在墙角的夹层里。外边有两大缸谷物叠起做屏障，紧贴夹层，左右有两个大立柜夹住，十分隐蔽。就算拉开大缸和立柜，如果不细致观察敲击墙体，也难以发现。

这引起了曲队长他们再次细心观察现场，他对周围墙体一尺一寸地来回敲击，贴近耳朵细听，看是否有异常声音。忽然，在一墙角处，发现几个青砖缝有异常，用锤子轻轻一敲，砖一下凹了进去。曲队长惊奇地说：“这里有鬼！”大家一听，几盏灯立即都照过来，队长指着裂缝说：“你们看，这里可能还有一条暗道。”他小心翼翼地，把那块松动的砖块轻轻地取了出来，接着又取出几块青砖。大家屏住气，聚精会神看着他小心谨慎地把每块砖卸下来。这时见到一个长方形的黑洞，灯光靠近一照，发现藏有两枝乌亮的步枪，两布袋子弹，一共七十多发。曲队长拿起一支枪检查，来回推拉枪栓，扣发扳机，左看右看说：“枪支崭新，性能良好，俘虏没有抓到，倒缴获了两条枪！”大家笑起来。

那边陈大姐老对着这张雕满龙凤的花梨架床，左看右查，总好像有什么在吸引着她似的。她提着煤油灯，上下照来照去，来回左敲右打好几遍，看个不停。忽然发现靠床口那一块板，好像镶铺上去的，用力往下压一压。突然，这块板弹了起来，露出一支乌黑的左轮手枪，大姐惊喊一声：“手枪！”

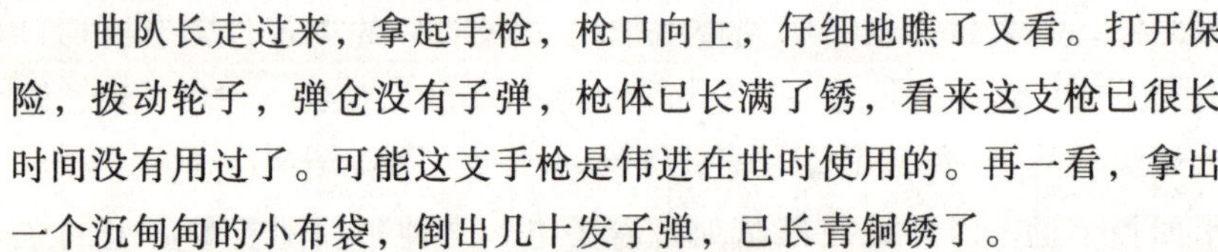

曲队长走过来，拿起手枪，枪口向上，仔细地瞧了又看。打开保险，拨动轮子，弹仓没有子弹，枪体已长满了锈，看来这支枪已很长时间没有用过了。可能这支手枪是伟进在世时使用的。再一看，拿出一个沉甸甸的小布袋，倒出几十发子弹，已长青铜锈了。

曲队长长吁了一口气说：“如果我们晚一步查封，这批金银珠宝和枪支弹药，可能被转移走了，那就不堪设想了。”他高兴地说：“今天大有收获，老天爷有眼，大发善心，大撒金银珠宝，对穷人救灾解难，多谢老天爷！”个个哈哈大笑起来。曲队长接着说：“我们现在有粮、有钱、有枪、有子弹了，打强盗、剿土匪，兵强马壮，必定大获全胜。”他擦了擦手枪，别在腰带上，和大家搬运战利品。两名小伙子抬着数十斤重的金银珠宝，慢慢走下楼梯，放在大厅中央，众人围上来观看着这箱闪闪发光的金银珠宝，个个都目瞪口呆。有的人根本就没有见过金砖、玉龙、银凤是啥样子的。经过清点，有金砖、金条、金链、金镯、戒指、耳环、玉龙、玉镯、银锭、银圆、珍珠等数十种之多，一一登记上册，从早上直到下午两点多钟，足足忙了大半天，人人大饱眼福，午饭未吃也毫无食欲。同志们说："喜获丰收，个个高兴得肚子也不饿了。"清点完了，打包密封好抬回队部。大家随便吃了点冷饭。

曲队长边吃边对大家严肃地说："今天所发生的事，每个人要绝对保密，用人身担保，绝不能流露一个字出去。吃了饭，大家兵分三路：何副队长和小董俩人，火速到县府汇报情况，事情重大，要求派部队来押运。我和民兵连长几个在家看守这箱宝物，誓死捍卫。所有参加清点人员，不准离开这两幢房子。其余队员再到屋内继续认真查找每个地方，再搜查一遍，不放过任何一个死角，不准任何人进屋。

伟进这个家伙，以前在外面与军阀互相勾结，做大生意，赚了不少钱，单靠种田，根本不可能积蓄这么多的金银财宝。"

陈大姐和几位队员再到屋里查找，进行地毯式认真搜查，直到天黑，未发现新的情况，收兵回营。

正巧，何副队长和小董他们也回来了，他俩向曲队长他们作了汇报，县政府和军管会的领导听了情况后，个个精神紧张，几乎不相信。人人惊喜若狂，都认为金额重大，非同小可，这关系到全县的经济发展和人民生活的大问题，一定要将这批金银财宝安全押运回县城入库。当时，解放不久，社会治安混乱，土匪活动猖獗，绝不能麻痹大意，必须挑选精干兵马护送，沿途严密布防，保证万无一失到达目的地。

晚饭后，天色已黑，伍华县长认为：出发时机已到。下令财税局长马林立即带领部队出发。马局长坐在轿子里，四位军人打扮轿夫，十多名全副武装的精锐战士和十几名身怀绝技的便衣侦察兵，个个身藏武器，前后跟随着。这时，已是晚上八点多钟了，马局长一班人马进屋后，曲队长在村中各路口、房屋前后左右，作了兵力部署，把守站岗放哨，民兵在山边、田间巡逻，不准任何人靠近房屋。

民兵连长小宋端着卡宾枪和几名军人持械守住门口。

曲队长锁上大门后，把珠宝清单递给马局长。

局长接过清单细细看了两遍惊喜地说：“好家伙！小小一个村庄，居然是个藏龙卧虎之地！”

曲队长说：“俗语讲，水不在深，有龙则灵嘛！”说着把箱子打开，将金银珠宝放到桌面上逐一对照清单。

陈大姐说：“山不在高，有金则富嘛！”

马局长说：“我第一次看到这么多的金银财宝呀！我听到县长讲有这么多的金银，还将信将疑呢。县长把安全放在首位，他为我们准备这顶轿子上路，把宝物放在里面运送方便，这样掩人耳目，确实高明。”大家感到伍县长聪明过人。

何副队长和小董把金银珠宝全部放到桌面上摆好，逐件一一对照清单无误后，会计师古伟建对每件金、银、玉器、珍珠等宝物进行分类、过秤，造册一一登记。全部过秤后，古会计噼噼啪啪地打起算盘来。不一会工夫，曲队长的卷烟还未抽完，他拿起算盘给马局长、曲队长看着说：“这批珠宝总数量，如果按照现在市价进行估算，其总价值约一百零四万元。”

马局长惊喜地站起身来，右手按住腰间的手枪，左手拿着卷烟，深深吸了一口烟，喷出一团浓烟，感叹地说：“我去年接管了国民党丢下财税局这个烂摊子，全县家底，一穷二白，真是清水衙门，看不到一分钱。县长说，全县几十万人，这个家当找不到几毛钱，这个‘不毛之地’，我这个穷爹又怎么当呢？苦不堪言。”

马局长又说：“我看到县长办公室，连个暖水瓶都没有，只挂着两个军用水壶，他经常拉肚子，我从省财税厅拨来的款中，拿了几角钱，给他办公室添置了两个暖水瓶，还被他骂了一顿，说是奢侈享受。现在有了这笔资金，我这个局长就好当了，县长肯定高兴极了。”

马林原是伍华部队后勤处长，深知县长艰苦奋斗的革命精神。马局长听了曲队长他们这次搜查行动的全过程，高度赞扬了工作队，最后说：“我回去后把你们的工作精神，向县委详细汇报，建议县委给你们记大功。”

曲队长说：“这是我们工作队应该做的职责，是党交给我们的任务，我们必须尽责尽忠。”

曲队长看同志们已把所有的金银珠宝，装进铁皮箱里锁好，外面贴了四五道封条，再用铁线绳索，将箱子五花大绑牢牢捆住。一切工作完毕，看看怀表对马局长说：“现在已是凌晨一点多钟了，我们起程吧！”

马局长下令：“准备出发！各人首先检查手中武器装备，装上弹夹，提高警惕，随时做好战斗准备，记住联络口令。”

王立班长带领十名战士，作先遣开路先锋，提前出发。第二梯队，由何副队长带领八名强壮武装民兵，在后面保持距离前进。如前方发现敌情，立即发出信号，随时做好战斗准备。

不久，大家听到曲队长出发口令。两名战士把这箱沉甸甸的金银珠宝抬上老爷轿子里。这顶轿子是马局长为了隐藏身份坐的，现在放的是金银财宝运回县城。四名轿夫是身怀绝技，暗藏武器的战士，抬着轿子稳健地起行。侦察排排长康宁带领十几名精干士兵，跟随着轿子前后护卫前进。他们静悄悄地摸黑出发，只听到沙沙沙的脚步声，村中的家犬汪汪地叫过不停。轿子后面，二十多名武装人员，护卫着太爷轿赶路，马局长和曲队长一前一后，紧贴轿子两边快步前进。

当晚，伍县长又接到马局长的特急快讯，深知金额巨大，事情特别重大，立即调动了一个加强连，全副武装，分成二十多个战斗小组，迅速赶到三十多里远的沿路两旁，分段埋伏暗中保护，防止半路被劫。

解放不久，国民党残余部队及土匪活动十分猖獗，经常拦路打劫，出没频繁，为防止万一，沿途特别加强防范。伍县长深知当地情况，他原来是岭南一支游击队队长，擅长使用双枪，弹无虚发，枪法犀利，方圆百里土匪闻知伍华，望风而逃。

今晚，他和部队营、连长、警卫员等七八个人，全副武装，骑着红枣大马前来迎接，沿着大路不时碎步小跑，有时慢步溜达，心情总是忐忑不安，只盼马局长、曲队长他们出现在眼前。可跑了十多里路远，还不见先遣部队来到，心里有点焦急。

突然，模糊看见前方有两个小黑点靠近，伍县长他们停止前进，立即拔出手枪，贴近山边掩蔽，密切注视着前方。两名警卫员迅速散开路两旁，占领有利地形，端着冲锋枪大声喝令：“站住！口令！”

先遣部队王立也迅速散开，卧倒公路两旁，枪口对着前方，大声回答："太平！回令！"

对方大声对答："安乐！"这才知道是自己人。

双方站起来，王立跑到县长面前敬礼报告："马局长和曲队长他们就在后面。"

警卫员牵着马，杜营长和岑连长跟随伍县长，快速上前迎接他们。这时，又遇到何副队长第二梯队人马，何副队长向县长报告："马局长和曲队长他们就在后面，话音刚落，只听到嚓嚓的急促脚步声迫近，伍县长快步冲向前，见到曲队长、马局长他们，个个气喘吁吁地走过来，紧紧握住他们的手说："你们辛苦了！"

大家都有说不出的喜悦心情，内心都高兴极了，他俩舒展了一口大气，左手一个劲地往脸上擦汗。

马局长小声说："一路上我们提心吊胆，精神绷得紧紧的，三步当做两步走，只管赶路。拉尿也边走边撒，一秒钟也不敢停。边走边说，前天又下了一场大雨，山路泥泞不大好走。上了大路，就半跑奔走，个个心情紧张，只想快点到家。现在见到你们，我们的精神就没有那么紧张了。"

伍县长看见他们紧张、激动、惊喜交加地情绪，从心底里敬佩他们的革命热情以及对工作的责任感。

县长命令警卫连长挑选几名战士，更换轿夫快步前进，连长自告奋勇，和三名强壮士兵接过轿杆，抬着轿子快步直往县府走。县长和大伙并肩走回县城，叶副县长和军管会等一班领导，个个全副武装，都站在门口等候县长他们胜利归来。

当晚，县委和军管会的领导，听取了曲队长和马局长的汇报后，人人兴奋不已，伍县长激动地说："我们现在是百万身价了，以后，我们为群众办的事情很多，一定要把每一分钱都用到刀刃上，用到人民最迫切需要的地方上，要精打细算，全心全意地为人民服务，不辜负党和人民对我们的信任和期望。没有钱，感到这个家很难当，有了钱，又觉得这个家不知怎样当好。"大家都以兴奋的心情，畅所欲言，谈及各种设想，一直到第二天十一点多钟。

第十回

耕者有其田，居者有其屋

在农村土地改革重新再分配阶段中，严格贯彻“耕者有其田，居者有其屋”的分配原则，将没收的地主、富农、恶霸、反革命分子（五类分子）的房屋、田地、粮食等财物，分给贫、雇、下中农。对其剩余可动资产，如：耕牛、六畜、农具、家具等，则由乡政府和农会对每件物品，进行暗标竞价。以现款或谷物以物易物，价高者得。拍卖得到的款项、谷物，全部上缴国库，利国利民。这就是轰轰烈烈的土地改革运动，斗地主分田地；就是一个阶级推翻另一个阶级，你死我活的阶级斗争体现；就是中国共产党领导下的无产阶级专政。把地主、恶霸等统统赶出历史舞台，剥夺其政治地位，没收其财产，把部分财物分给穷苦大众，缩小了乡村贫富悬殊的差距，这样得到了农村人民群众的认同和支持，使劳苦大众翻身解放当家作主人，扬眉吐气。

土地改革划分了成分，同村、同族、同宗、同房一家人，一夜之间，穷者为王，富者为寇，形成了两种成分、两个阶级、两种待遇、两个阵营、敌我之分、势不两立的局面。这种制度足足延续了五十年之久。

在土改分田、分屋、分财物期间，有个优先条件：要照顾那些特困户。叶娇就是受惠于“优先照顾”的人物，她处处显得格外骄傲，得意忘形。在分配的日子里，更加积极主动，见到好的物品就顺手牵羊，放到一边，贪婪卑鄙。

分屋时，她要那间又靓又大的青砖豪宅；

分田时，她要那几块土质肥沃近家门口的良田；

分耕牛时，她要那头又肥又壮又大的年轻母水牛；

分家私时，她要那些漂亮的花梨木、波罗格的高档家具；

分谷物时，她全部要晚产的靓稻谷等等。

私欲膨胀，自作主张，无所不贪。她认为，村中最穷、最革命的是她，她又是农会副主任，土改根子，全身挂着金牌，有谁比得上我?

真是山中无老虎，猴子称霸王。如果你说她不是，她便连说带骂讽刺挖苦你，嫉妒仇恨你，日后同你算账。谁敢惹她、得罪她，个个敢怒不敢言。

在这次分财产中，叶娇捞得盆满钵满：住上青砖大屋、十亩良田、大母牛、高档花梨家具、晚产油尖谷、猪鸡鹅鸭一大群。屋里屋外，堆得到处都是，伟进婶家中的靓东西都被她搬回去了。

有人说，她拿的最好、最多、最齐全、最有价值。很多群众对她的贪婪行为极为不满。好的先占为己有，与其说分的，不如说抢的!那些差的、旧的、破烂的留给群众。她还大声对群众说：“这是共产党的恩惠，有得分还厌不好？是不是对共产党不满呀?”很多群众对她一贯蛮横不讲理，忍气吞声，肚子气得胀胀的。

自从叶娇分得丰厚的财产，立即住进大新屋，洋洋得意。可是不久，她每天睡到早上八九点钟才起床，工作疲沓拖拉，慢慢地对陈大姐有些冷落。以前的伙食，每餐有点牛下栏碎肉和咸鱼仔之类。近来却一下子没了，餐餐吃些萝卜干、青菜、腐乳之类，油水也少了。

不过，陈大姐不在意伙食好坏，她照样晚睡早起，每天煮好早餐等她起来吃。

叶娇假惺惺地说：“唉呀！大姐！天天要你这个老革命给我们做早餐，很过意不去呀!”

大姐说：“我看你近来的身体好像有点不大正常是吗?”

叶娇说：“是呀！这段时间总睡得不好，每晚将近天亮时才入睡。”

大姐问：“你想些什么呀?”

叶娇说：“还不是上次向你提过那件事，关于阿特的工作问题，几个月了，还没有着落。因为他的事，我每晚翻来覆去，左思右想，睡不着。”

大姐说：“太特的事，我同曲队长他们研究过，想给他在墟镇上安排一份工作是有一定困难的。第一，他不识字，没有文化，抄抄写写的他不会。第二，他沉默寡言，待人接物，不会说话，没有口才。有时出口粗言秽语，没有礼貌，无法与人沟通。第三，他年龄过大。第四，他没有一技之长。这样，很难安排，我们曾向乡政府领导同志也提过，他们也很认真，曾向工商所杨所长讲过，看他那里能否安排一份苦力给太特做。他们也研究过，都说不大好安排，以后看机会吧。”

叶娇坚持说：“能否在集新墟给他找份牛工做做？我只想他长期有个铁饭碗。”

大姐很为难，总觉得叶娇这个人比较自私，但她又是土改根子，村里很多事情要靠她去做。无奈之下，第二天，大姐又去找杨所长。

杨所长对陈大姐说：“太特这个人，我们早都认识他了，他一贯孤言寡语，脾气古怪，粗鲁牛颈，不听人家劝导，若对他劝说几句，他动不动举起拳头想打人。以前，他经常光着膀子，肩上搭条布带，拖着那个烂仔三，在墟市上游来荡去，见到人家卖烟丝、水果、饼干之类好吃的东西，就顺手牵羊，抓一把，拿一个，他长得虎头、牛耳、大眼，人高马大，一身污垢，全身猪骚味，个个都讨厌他。”

陈大姐听了杨所长一席话，觉得有些尴尬，笑着婉转地对他说：“太特这个人自小失去母爱，父亲被人卖猪仔到南洋，母亲改嫁。他长大成人后，父亲才回来，穷人缺乏教育，没有文化，不明白事理，都是万恶的旧社会造成的。我是一个童养媳、放牛娃出身的，不是共产党把我从火坑里救了出来，我也不会有今天。太特原先帮他三叔杀猪宰牛的，经常生意不好，时做时停。他不会种田，到处溜溜达达，对他老婆影响不大好，能否考虑照顾一下，给他一份搬搬抬抬的工作。这个他是可以做的吧？”杨所长苦思了半天，也想不出有什么适合他做的工作。

陈大姐看杨所长十分为难，就说：“如果一下子难以解决，待以后有机会时，尽量给他照顾一下吧！”她临走前又啰嗦了几句。杨所长送走了大姐，独自在办公室门口踱来踱去，费神地想着如何安排太特这个人。

陈大姐回来后，向曲队长汇报了与杨所长商量的情况。

过了几天，曲队长又亲自去找杨所长，恳求地说：“只有通过你才能帮这个忙，叫他扫街也是工作嘛！从土改大局着想，为了照顾叶娇的情绪，搞好土改工作，劳烦所长你了。”

杨所长觉得无路可退，勉强地说：“我尽可能看着办吧。这几天，我正在考虑他的问题，有消息，我通知你们好了。”

曲队长感激地说：“劳烦所长操心。”队长回去后，向大姐说曾与杨所长见过面，谈及太特工作问题。

陈大姐下班后，同叶娇讲及曲队长和乡政府对太特的工作很关心。叶娇一下子高兴起来，暂时没有扭鬼了，每天一大早就起床做好早餐，和大姐吃了就去上班，工作也积极爽快起来。

土改工作队和农会都忙着准备召开群众大会的事。叶娇主动挨家挨户发通知：后天吃饱早饭，带上干粮和水，全家男女老少，八点钟到会场开会。

当时，土改运动都把群众发动起来了，一听到开会，人人积极踊跃参加。第三天早上，全村男女老幼，和往常一样背着水，戴着斗笠，扛着雨伞，拿着凳子，三五成群地走进会场。大家按照划分的地段坐好，左边坐的贫下中农，右边坐的是地主、富农，这叫划清界线。人人准时到场，如果哪个不参加或中途退场，别人就会说他是个落后分子，谁也不愿做落后分子。因此，一听到开会，个个放下一切家务，关门闭户去参加会议了。

工作队同志一讲话，整个会场鸦雀无声，一片肃静，苍蝇飞过都听得到。人人自觉遵守会场纪律，小孩子不敢哭，成人不敢打瞌睡，男女老幼个个聚精会神地听工作队同志讲话。

工作队同志来自五湖四海，普通话、客家话、潮州话、广州话等，五花八门。北方南下的同志，有时想结合当地方言表达，让群众听得明白。可他费尽了九牛二虎之力，反而有时越讲越混乱，越讲越糊涂，群众拉长耳朵也听不懂，事与愿违，徒劳无功。

土生土长的农民，有的祖祖辈辈在农村，没有出过远门，也极少与北方人接触，文化程度又低，许多革命理论知识，也难以理解。但是大家还是抬高头侧着耳朵专心认真听讲，尽管始终不知道他讲些什么冬瓜豆腐。只看见他手舞足蹈，有声有色边讲边笑，大家也跟着哈哈傻笑起来，谁也不晓得笑什么，反正你笑我也笑。

陈大姐看透了群众的心事，为了使党中央的各项方针政策深入到群众中去，她经常做北方同志的翻译员，等他讲了以后，再简明扼要用本地方言，向群众重复讲解一遍，通俗、简明、易懂，使大家明白事理。群众的认知能力和思想觉悟不断提高，这种方式深受群众欢迎和爱戴。

陈大姐原名叫程娟，是粤西杏花村人，在抗日战争和解放战争时期，是名地下秘密交通员。在残酷的战争年代，她独立工作，接触面广，不怕艰险，经常出色完成党交给她的各项任务，受到地委党组织的表扬嘉奖。

她丈夫叫韦俊，广西人，是一位英勇善战的游击队长。在地委领导下，经常活动于云浮、罗定、郁南山区一带，常与日本军队和国民党反动势力周旋游击战。游击队昼伏夜出，白天采点，深夜袭击，骚扰敌人阵地，打得敌军鬼哭狼嚎，速战速决，来无影去无踪，使敌人魂飞丧胆，群众称他们是“黑旋风”。解放军南下时，因许多北方军人，水土不适，伤亡和退役不少。为了补充兵源，把“黑旋风”游击队整编为解放军某部，韦俊被任命为某部队侦察连副连长，后升为某连连长，他带领部队，英勇善战，屡立战功。

1949 年夏天，韦俊带领部队，在广西十万大山一次剿匪战役中，不幸大腿中弹，身负重伤。在这种情况下，他还连续击毙三名匪徒。因伤势严重，他立即被送往医院抢救。由于崎岖山沟的羊肠小道扛着担架难以行走赶路，而且天气炎热，耽误了抢救最佳时间。赶到部队医疗站时，他已昏迷不醒，第三天他就壮烈牺牲了。部队失去了一位杰出的革命战士。

地委和军分区的领导，知道这位英勇善战的好战士壮烈牺牲了，大家的心情十分沉重。地委和军分区的领导，亲自到陈大姐家里抚恤慰问，决定把他们一家人接到肇庆地委安置，并且给陈大姐准备好了两份工作任她选择：一是安排在地委办公室工作，二是在地委妇联工作。

陈大姐一一拒绝了，却要求下乡参加土地改革工作。

地委领导劝导她说：“乡下的土改工作艰苦，你身体不大好，又照顾不了子女，还是留下来吧！”

陈大姐说："张思德同志为革命烧木炭，不怕苦，不怕累，献出了自己的宝贵生命。我是一个共产党员，越艰苦越危险的地方，越是要去。我决心已定，孩子已上学，都很乖，让他们独立生活吧！请组织放心。"地委领导很感动，就同意了她的要求。

陈大姐被编入曲明队长这个工作队，成为一名土改工作队员，跟随着曲队长他们上山下乡，投入到轰轰烈烈的土改运动中去。在乡村，她大张旗鼓地宣传党的方针政策，群众不懂的问题，陈大姐总是循循诱导，从简到繁，耐心细致地解释，和群众打成一片，做群众的知心人，大家都乐意听她的讲话。

上级领导作完报告后，曲队长站起来说："根据广大群众一再强烈要求，把恶霸伪乡公所所长、反革命分子吴沃庆再拉回来公审，把他押上来！"此时，现场一片欢呼声！

只见场外几名武装民兵，从县城押着一个五花大绑的高个子进入会场。群众一看都认识他，他就是"大雁三"，也有人叫他"准枪三"。因他枪法厉害，在数十丈远，能一枪置人于死地。他出枪快、准、狠，百发百中，弹无虚发。"大雁三"长得肥头大耳，前额稍秃，高颧骨，身高五尺一以上。平时耀武扬威，仗着一官半职，有后台撑腰，到处横行霸道，为非作歹，搜刮民财，无恶不作。

当地群众早已对他恨之入骨，几个民兵把他押上来，因为他是重犯，加以重点看护，用绳索就地围了个圆圈，阻止群众进入圈内。可是，群众一见到大雁三，如心中烈火在燃烧，一拥而上，团团围住他拳打脚踢。数十人抓住他狠狠地揍，将他打翻在地，拉起来没头没脑地再打，打得他半死不活，像条死不断气的狗，软瘫在地上。群众围得水泄不通，只听到吵吵嚷嚷，狠揍猛打，乱成一团，数十人围住他打。七八个工作队员和民兵也无法进去劝阻，心急如焚。曲队长怕大雁三这个重犯当场被打死，对县政府不好交代，与乡府和农会领导商量，决定鸣枪警告。

曲队长无奈，拔出手枪向天，嘭！嘭！开了两枪，众人听到枪声，都震惊了一下，个个东张西望。就在枪响一瞬间，几十个民兵和工作队员，冲散人墙，进入包围圈内，把大雁三像拖死猪一样拉了出来。看他已奄奄一息了，立即把他抬上担架，放在荔枝树荫底下，医护人员对他进行抢救，打强心剂，包扎好伤口。他很快就清醒过来了，躺在担架上，睁眼偷看一下周围，又闭上眼睛，不断呻吟着。几位民兵守护着他，小孩子们都围过来看热闹，许多群众拥过来，还想揍大雁二，好像不打死他就没法平息怒气。民兵们立即阻止住大家。

曲队长真怕吴沃庆被打死，拿起广播筒对群众大声宣布说："斗争结束！散会！"群众愤愤不平地离去。

曲队长和乡领导走过去，看见大雁三全身血迹斑斑，好似一头死狗卷缩在担架上，不停地呻吟、唉叹着。医生说他没有大碍。于是决定把他送到乡政府看守所暂时看管起来。当晚，大雁三吃了三大碗饭，一大碟猪肉炒菜，喝了两碗汤，还想吃呢！这个狡猾的老狐狸装死，逃避斗争。

他被关押在有两扇铁门、两把锁的监房里。乡府领导叮嘱守卫民兵要加强看守，没有乡政府领导批准，任何人不得擅自开门。

谁知深夜当班的两个民兵都与吴沃庆有亲戚关系并且吴沃庆曾对他们有恩。于是他们决定把他放走，撬开门锁，割断绳索，给了他盘缠，叫他远走高飞。

他俩坐在不远处，装着沉睡的样子，睡到第二天早上七点钟。来接班的民兵叫醒他俩，看屋里没有犯人，锁被砸烂，一堆绳索，房子空空的，于是立即报告乡政府和工作队，吴沃庆逃跑了！

县政府知道吴沃庆逃脱了。一面通知地委，一面下紧急通辑令："令各乡村组织民兵搜捕，如有情况立即报告。"之后两日到处进行搜查，却毫无结果。

后来多次审讯当班两名民兵，最终他们承认放走疑犯。

第十一回

大雁三逃脱，恶狼入法网

大雁三被放走后，连夜拼命逃跑，每天日宿夜行，潜逃到了广州，企图坐船逃往香港。他四处打听寻找其父未果，盘缠用完，就入屋勒索打劫，打死商店老板，搜掠钱物，为非作歹。当时，广州解放不久，社会治安混乱，他乘乱抢掠，警察无法捉拿，使他逍遥法外。他居无定所，食无定时，胡混了数月后，日夜念母思妻挂儿。他自从被人民政府收押，被打得死去活来，日夜提心吊胆，精神惶恐。虽然事隔数月，当时场景却仍历历在目。现在又不知母亲妻儿近况如何。母亲长期体弱多病，妻儿无人照顾。

他思念母亲心切，凭着一身高强武艺，决定深夜潜回家中看看。谁知，母亲几个月前已过世了，他便禁不住跪在母亲灵堂前，大声痛哭哀悼。

当夜民兵和保甲长巡逻时听到，便立即报告了土改队。曲队长火速派人报告乡、县政府，军管会调动了数十名士兵，由邓连长带队赶到现场，把大雁三的房子团团围住。人人都知道大雁三的枪法厉害，谁也不敢麻痹大意，轻举妄动。围困了整整两日两夜，天天对屋内喊话劝降，却无人反应，也看不到煮饭烟火，房里毫无动静，偶尔只听到几声猫叫声，大家都觉得蹊跷。

曲队长和邓连长根据上级“破门入屋劝降，尽量抓活的，如果负隅顽抗，就当场把他击伤或击毙”的指示，调整作战部署，布置好兵力。两支卡宾枪紧贴门口，邓连长拿着枪，子弹上了膛，带领四名精干士兵破门入屋。

曲队长紧握驳壳枪，和战士们把守住门口，几名战士用杉木撞开大门，冲进去一看，不见人影，空空如也。到处查找，均无发现。奇怪，每天有十几名战士对其屋前房后严密监视把守，谅他插翅难飞。如今，怎么会人间蒸发？

乡政府领导、曲队长和邓连长他们，都觉得愕然，这两天日夜都对大雁三的房子严严实实地包围着，老鼠出来都看得见，可现在屋内四人却去向不明，翻遍整座房子，毫无踪迹，这实在令人费解。

这时，陈大姐进来，她对每个房间左看右瞧，来来回回细致地查找了数遍，像找针线似的。终于在一个大缸底下，发现有移动过的痕迹，叫大伙搬开杂物拉出大缸。只见缸底下，有一块圆木板，撬翻木板，发现一个地窖暗洞。手电筒一照，原来是一条地道，由此断定他们公婆子女，在哭丧那晚，已从地道中逃跑了。

这条暗道有五六百尺长，通往大雁三后山的果园小屋。可是，一直以来，村里却无人知晓。

大雁三带着老婆方氏和子女，携带简单行装，逃到船江村河边，换了衣服，跑到码头，连夜租了一条小帆船，准备逃往佛山。

第三天到了肇庆府码头，肇庆是地委所在地。大雁三叫船家停靠岸边一下，说要上岸买点东西就落船。他叫老婆上岸，小声对她说："我去市区打探一下黄团长和他们的亲戚近况如何，同时打听父亲的去向。他们对我有恩，我和黄团长他们是多年出生入死的朋友，是生死之交。如今在危难之际，不能对他们不闻不问，我顺便买些食物之类带上船，很快就回来。"

方氏劝他说："现在社会很乱，风声又紧，到处严查，万一出了差错，我们怎么办呢？不要去了。"

大雁三执意道："我快去快回，如果一个小时后不见我回来，你们就不要等我，叫船家开船走就是了。如果我遇到麻烦，就从陆地上走，我那个包袱里，有支左轮手枪，枪膛里有子弹，已关上保险。你交给儿子厚志，他会使用，他的枪法也很好，布袋里有几十发子弹，叫他小心，不能随便开枪。你就叫船家运送你们到佛山，先到姑妈家里住下，姑丈在香港。番禺姑妈的亲戚，也有人在香港。估计爸爸也已去了香港或台湾。香港是英国殖民地，比较安全。如果黄团长的亲属还未走，并愿意跟我们走，我带他们几个人下船一块走。他们以前对我们有恩，今日在患难时刻，不能见死不救啊！"

大雁三说完就走，刚走出两步，又转过身来叮嘱方氏："你叫船家把船开到河中间抛锚等候我。"又从口袋里拿出怀表给方氏，再次叮嘱："如果一小时后，还不见我回来，可能发生变化。你们就不要再等我了，赶快起航去佛山。"

说罢，只见大难鸳鸯各自飞：一个匆匆赶路寻知己，一个急急盼夫回！

方氏落船后，叫船家把船开到江中央，仨人坐在船头等大雁三回来。等呀等，个个聚精会神地望着对岸，不时看看怀表。时间一秒一分地过去，方氏总觉得怀表走得太慢了，心里忐忑不安。一刻钟过去了，半小时过去了。一小时到了，不见他回来，又过了一刻钟，还未回来。再过一刻钟，还不见他的身影。一家三口都坐在船头上，心里万分焦急，六只眼睛同时盯着岸边，看呀，等呀，望呀，足足等了三个多小时，个个心急如焚，一个望夫殷切，两个盼父心急。为何还不见回来呢?

当地传说："广西有个老人洞，肇庆有个望夫归!"他们坐在船上，只有望呀！盼呀！想得发愁！望得发慌！西边的太阳已经落山了，还不见他回来，眼都望穿了，天黑了，什么也看不见了，看不见对岸，也看不到他的身影，到处一片漆黑。方氏苦着脸对儿女说："你爸爸现在还不见回来，可能从陆地上走了，现在还……不……见……他回……"泣不成声，话未说完，已泪如泉涌。仨人抱成一团，大声痛哭起来。

几位船家看到他们如此悲伤，也禁不住伤心落泪。一面安慰劝解他们，一面叫他们耐心再等一会儿。方氏怕再等，会惹来更大的麻烦，后果不堪设想。就越想越害怕，心情恍惚，颤抖着说："不等了，开船吧!"

船家一边望着对岸，一面双手慢慢起锚。她们母子几个坐在船尾，还依依不舍地注视远离的码头。可是，眼前的幻影只是漆黑一团。只见远方显现微弱的光点，再也看不到什么了。寂静的江河，只听到滔滔的江水，小帆船在急流奔腾直冲而去，艄公双手紧握住长竹杆，不时顶住山崖峭壁，防止船只碰撞。有时船边擦着峭壁奔流直落，站在船头船尾的两名艄公抓紧长竹，死死顶住岩壁，把船只顶出来，不让船只靠近岩石。否则，船只撞到岩壁上，就有翻船的危险，所以一点也不能麻痹大意。

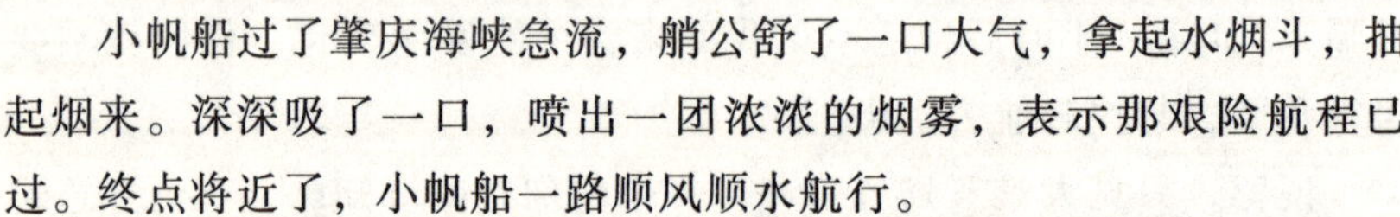

小帆船过了肇庆海峡急流，艄公舒了一口大气，拿起水烟斗，抽起烟来。深深吸了一口，喷出一团浓浓的烟雾，表示那艰险航程已过。终点将近了，小帆船一路顺风顺水航行。

第二天下午四点多钟，小帆船顺利到达了佛山祖庙码头。船家对方氏说："这就是佛山了"。

方氏他们多付了船家船费，船家高兴，将他们的行李搬上马路，又帮他们叫来两辆三轮脚踏车，给她们装好了行李，叫他们上车，目送他们走远了，才返上船。

两位三轮车夫，按吩咐的地址门牌号码，将他们送到了姑妈家。

姑妈叫佣人把他们的行李搬进屋里，问："阿三（吴沃庆）呢？"

方氏把前前后后的经过，一五一十地讲给她听。

姑妈说："现在天下大乱，我这里也很乱，人心惶惶，有钱人走的走，躲的躲，有的穿州过埠去避风了。你姑爷前天和你三个表哥、表姐他们已去了香港，他说安排好后，再上来接我走。你爷爷和一班朋友早已到了香港，他叮嘱我，叫我打听你们的消息，正好你们来了。今晚我打电话到香港，通知他们。你们这几天不要出门，在家等候。"

方氏几人总是挂念着大雁三的安危，日夜坐卧不安，左思右想。如今兵荒马乱，改朝换代，又有谁能掌握自己的命运呢？只有听天由命，祈求上天保佑他平平安安，早日回来！

话说大雁三上岸后，买了一顶布帽子戴上，乔装打扮，掩人耳目，直奔黄团长妻舅家，想打听黄团长下落消息。可只见门户紧闭，便立即转往东坡路平安里 76 号，黄团长的表弟李六的四妹家。可这里门也锁上了，敲了几遍门，叫了几声，也没有人答应。心想，估计他们怕受牵连都走了。

出到路口，迎面走来一男一女，男的戴顶鸭舌布帽子，手里提着一个菜篮子，装着一些物品，女的跟随其后。

大雁三迎面上前问："先生，你们住在这条巷吗？"

这位先生一听，声音有点熟，抬头打量，好像又有点面熟，反问来者："大人有事吗？"

来者问："没有什么要紧事，请问 76 号有人吗？"

先生回答道："有呀！你是不是找白先生的？"

来者说："是的！"，接着又问："你知他们什么时候回来吗？"

先生操着肇庆口音说："我刚才在路上正遇着他们，顺便问了他一句到哪里。他说去朋友家里玩玩。"

来者又问："他大约什么时候回来呢？"

先生回答说："那就说不准了，如果你有急事，我可以帮你叫他们回来。"

来者问："离这里有多远？"

先生说："不远，走路一刻钟左右"。

来者试探着问："你能否带我去找他？"

这位先生笑着回答说："可以！可以！"先生问来者："请问大人从何而来？尊姓大名？"

来者笑着随口说："从广州来，小姓陶。"他反问道："先生贵姓？"

先生回答曰："小姓范，名桂才。"

通过来回对答，范桂才确认来者不是姓陶，他就是罪恶累累的伪所长吴沃庆，花名绰号"大雁三"也！这回来者不善，善者不来。范桂才心情有些紧张，但很快又静定下来，心想，这回是他自投罗网，又是狭路相逢。范桂才对"陶大人"说："请陶大人稍候一下，我把东西先放回家，再同你去，好吗？"

大雁三回答说："不要紧。"他站在巷边等候，眼睛辘辘顾盼四周动静。

范桂才和夫人骆丽，都是共产党地下联络员。范桂才原名叫朱涛，郁南人。以前曾在集新乡茶馆做厨师，大雁三常到该茶馆喝茶、饮酒、吃饭，长年赊账。人人说他："手臂起剪，吃喝不付钱。"多数由别人替他支付。大雁三经常喝得酩酊大醉，胡说八道。

有一次，他醉酒胡说鱼肉菜肴有毒，硬说厨师想谋杀他，把范桂才拉出来，狠狠地毒打了一顿。范桂才肋骨给他打断了两条，躺在床上动弹不得，医了两个多月，痛苦不已，后来还被老板辞退了。大雁三到处为非作歹，无恶不作。范桂才对他的可恶面孔记忆犹新。新中国成立前夕，他参加了共产党，成了地下联络员，在肇庆七星岩酒楼当跑堂，掩人耳目。

今天，冤家对头，真是穷巷尽头遇仇人，范桂才操着当地口音，怕对方认出自己。赶快把篮子放回家，他对老婆骆丽说："这个人就是地委通缉要犯，我先把他引到星州里，那里是便衣队的驻地，有利于抓捕。"事不宜迟，范桂才叫骆丽立即通知地委和军管会。骆丽立即打电话通知上级组织："一号通缉犯吴沃庆，花名大雁三，跟桂才去星州里了。"地委早已接到新隆县紧急通告——吴沃庆逃跑的消息，并已在全市加强了兵力侦察布控，特别对黄老二和李六等人的住所严密监视。同时，凡与他们有关系的亲戚朋友前来探访的，都要提高警觉。常有特工在周围巡视着所有来往人员的一举一动。大雁三一踏入肇庆市，就等于恶狼入法网。

如果大雁三真的上岸买些食物下船就没事了，他仗着身怀绝技，双枪飞刀无敌手，自以为艺高胆大，不把老婆的话放在耳边。当他一进入市区，特工队见他是陌生人，就跟踪上他了。一站传一站，互相连接，一直跟踪到底。正可谓天网恢恢，疏而不漏。

大雁三在街巷等候范桂才时，时时警惕地东张西望。一见范桂才出来，急着上前就说："范先生，我们走吧，我还有别的事呢！"

范桂才回答说："我也很忙。"反问道："陶大人！你在这里等着我回来，好吗？"

大雁三机警地说："我们一块儿去吧！别人叫我捎几句话给他，说完我就走了！"

马路旁边有两辆三轮脚踏车停靠着，见他两人过来，两名车夫主动上前问："先生，坐车吗？先生，坐车吗？"

范桂才问大雁三："陶大人！坐车吗？"

狡猾的大雁三说："没有多远就走路吧！"

两辆三轮车的车夫也是特工人员打扮的，他们接到上级命令后，立即赶过来跟踪监视。

范桂才随和地说："走路也是很快的，过了两条街口就是了。"说罢，两人便一并向前走。

大雁三问范桂才："先生今年贵庚？"

范桂才答道："今年刚好三十六。"并反问："陶大人高寿？"

大雁三笑着说："小弟今年正是三十五，我应叫你哥才是。兵法中孙子有三十六条计谋，走为上计！桂才兄，你是三十六计之人呢，走才是上策嘛！"大雁三和范桂才走着，边讲边哈哈笑起来。

范桂才说："怪不得我刚才问大人，你等着还是一起去的时候，你说走吧。原来走是上策！我只读了几天私塾，没有什么文化，什么兵法，我都不懂。陶大人一定读过好多书了？"

大雁三说："守株待兔，等于坐以待毙！"

范桂才说：“有时走路，也有走差踏错的。”

大雁三纠正他说：“不是走差踏错，叫做行差踏错。”

范桂才笑着说：“对！对！对！我不会讲，反正‘行’、‘走’都是一个意思吧？”

大雁三回答说：“大概意思差不多吧！”

两人并排行走着，显得一高一矮，大雁三个头高大，桂才的脑袋仅到他的肩膀，两人边走边聊，有说有笑！范桂才眼神斜视两边行人，已知有特工暗中跟着他们。

大雁三特别警惕，左顾右盼，前瞧后看。不到一刻钟，两人就走到了星州里路口。他们进入巷内一半时，后面两辆三轮车载着两个人进来。两人下车后，叫车夫在外等候，这两人进入屋内，监视着大雁三，做抓捕准备。

大雁三特别警觉注视着一切动态，已到街尾尽头，是死胡同了，疑虑地问范桂才：“是哪个门牌号码？”

范桂才答道：“就是这个，一一四号。”范桂才上前敲了几下门，不见人应。又敲了几下，还没有人应。

大雁三觉得不对，恐怕有诈，转身想走。一看巷中有四五个大汉正逼近他，气氛不大对劲，转身大步往外走。

后面有人大声喊：“三爷！三爷！”

他愣了一下，知是范桂才的声音，头也不回。

范桂才冲到大雁三后面，死死地抓住他的衣服。

大雁三双手用力一甩，两臂如铁，把他抛出数丈远，四脚朝天。

范桂才不顾伤痛，迅速爬起奋勇追上去，猛喊：“三爷！”

巷中那几条汉子摆开阵势，企图挡住大雁三的出路。

大雁三拔出手枪往后面一甩，“啪！”一声枪响，正中追上来的范桂才的腹部。范桂才双手捂住腹部，往前走了两步便倒在地上。

那几个汉子同时拔出手枪指向大雁三，发出不准动的口令。说时迟那时快，左右门口又跑出两人，抓住大雁三的衣服。

大雁三双枪齐发“啪啪！啪啪！”连开四枪，正中四人头部、胸口，个个立即倒地。他冲出巷口，又见两名三轮车夫令他站住。大雁三“啪！啪！”又是两枪，用子弹回答了对方。两人同时倒地。

大雁三飞快跑出马路抢了一辆自行车，骑着就往七星岩方向逃跑，接着又劫持了一辆摩托车，用枪指着司机，直往鼎湖山方向逃窜。

星州里小巷里，短短几分钟，居然在特工队据点门前，横七竖八躺着六七名死伤者，一时轰动了整个肇庆市。

军管会谢司令员随即命令：“独立营两个连出动追捕大雁三，一定要把他活抓。”

大雁三劫持摩托车，逃到了鼎湖山山脚下，送给摩托车司机一颗花生米（子弹），把他的尸体和车推落深沟后，只身就往山上逃窜。

第十二回

英勇杨剑辉，活捉大雁三

从独立营开出五辆苏制解放牌卡车，载有两百多名官兵和特工队员，个个全副武装。后来又增援了一百多名民兵，搜捕吴沃庆。根据群众举报，摩托车司机载着一个人开足马力，直往鼎湖山方向奔驰。车辆驶至鼎湖山山脚下，就不知逃犯和司机的去向了。后来，搜查发现那辆摩托车与司机尸体被抛落在深沟里，由此判断大雁三毁尸灭迹后，潜逃到鼎湖山上去了。

鼎湖山，位于北纬 23 度、东经 112 度。北回归线穿过的地方，都是沙漠和干旱区，而鼎湖山海拔一千多米，森林茂盛，植物有一千八百多种，鸟类有一百八十多类，空气负离子十万个立方厘米，在国内属其最高。鼎湖山因此被誉为“绿宝石”。

鼎湖山西南面只有两条羊肠小道，分别通往庆云寺和山顶仙湖。山高峻峭，山顶时而吞云吐雾，似是雨来日又出。悬崖峭壁，崎岖石道，乱石重叠，潮湿阴暗，灌藤丛生，参天大树，耸入云端，太阳西斜，寒气悚然。

部队赶到鼎湖山山脚下，已是下午两点多钟了。官兵们下车后，高忠营长下达如何围捕吴沃庆的作战方案及注意事项。官兵们分成若干个战斗小组，左右拉开距离，形成半个大包围圈，并往山上推进搜索，各个路口设卡把守。

高营长从侦察连中挑选了二十多名精干的侦察兵，组成一支突击队，亲自指挥作战。侦察兵，人人精通射击、攀爬、搏斗、擒拿等各种技能，由排长杨剑辉担任队长，迅速沿着小道直往崎岖山路攀登。不一会儿行走缓慢下来，队员们双手撑着膝盖使劲往上蹭，一步一步仰着头往上爬。因为背着几十斤重的枪支、弹药、水壶等物品，队员们个个满头大汗，脸色苍白，上气不接下气，有的冲上几十步就站住喘大气了。大家放慢了步伐，艰难地往上爬，却谁也不想停留。

有两名战士，很快就爬到了半山腰，见有一个小湖，此湖名曰"龙潭"。湖面方圆约十多丈，湖底深不可测，湖水清澈，有瀑布直泻十多丈。

据传说，龙潭湖通往西海龙王宫殿，海龙王常带着龙子龙孙，到天鼎湖旅游玩耍。龙潭湖位于半山腰，而天鼎湖坐落在近千米高的山顶上，周围密林庇护，正是"青山道道催云雨，绿荫处处百丈渊。"湖面长宽数百丈，深不见底，四面环山，幽雅清静，故而天鼎湖又名"静仙湖"。真是"高山云来鸟不知，幽湖鹿过苔还青"。湖水清澈如镜，天上的星星、月亮和雀鸟飞过，如在眼前展现，玲珑清晰，奇观异彩。仙湖中间有一小岛，夜深人静，西海龙宫的子孙常在小岛上戏珠玩球。仙湖是龙泉甘露，长年盈满不衰，不论雨季旱季，湖水始终保持丰满水位，分毫不差，这大概是西海龙王常派龙工运送水源补充之故吧！

龙潭瀑布飞落湖中，甘泉清爽怡人，这两名战士很快来到了龙潭湖边。因为喉干颈渴，便放下枪枝，卷起衫袖，把军帽往脑后一挪，两手叉地，虎卧姿势。他们正想喝口甘泉润润喉咙，突然"啪！啪！"两声枪响！

只见两名战士，毙命湖边，鲜血随泉水急流直泻！

后面几位士兵，听到枪声，机警地快步往上蹭，见两位战友倒卧在水边上，警觉地注视着周围，正想上前抢救战友时，又是"啪！啪！啪！"三枪，三名战士中弹，摇晃了几下便倒地不动。其中一名战士中弹栽倒，顺着石阶，轱辘轱辘地滚了十多丈远。后面的战士听到枪声，拐个弯，看到一名战士滚落卧在石阶上，中弹负了重伤，立即把他背下山抢救。

其他战士往前仰望观察，见几位战友毙命倒地，鲜红的血随着急流冲下，顿时感到怒不可遏！

高营长下令：“停止前进，原地掩蔽，密切监视龙潭穴洞周围情况。”

战士们个个占据有利地形，就地掩蔽起来，同时紧握枪杆，数十双眼睛警惕地盯住前方，密切监视着龙潭洞穴和周围一草一木的动静，谁也不敢轻举妄动。

高营长派通讯员飞快下山，向指挥长刘德智副政委汇报敌情。当听到发现了敌人，战士们个个精神抖擞，急速向山上汇合。

刘副政委和高营长，用望远镜对龙潭洞穴的周围环境、地形地貌、一草一木进行了反复细致的观察，认为数名战士都是在离洞穴不远处被冷枪暗算的。大雁三在黑处看得见明处，真是明枪易挡，暗箭难防。黑森森的岩洞，哗啦啦的泉水流落深潭，潭中过盛，水满溢流，飞瀑直泻十丈，战士们正顺着悬崖石阶往上攀登到湖端。面对穴洞，战士麻痹大意，没有防备，正进入了手枪的有效射程。大雁三企图先发制人，却将自我暴露，他射杀我几名优秀战士，将付出巨大代价。

刘副政委愤慨地说：“非要抓活的，不获全胜决不收兵。”这一席话激起了大家的战斗热情！

于是，刘副政委和高营长、严敏连长、杨排长他们反复研究具体的作战方案，官兵们就地摆起沙盘作业。人人献计献策，具体分析了龙潭洞穴周围的地形地貌。为何几名战士都牺牲在龙潭湖边？上龙潭这段石阶，路径复杂，五六十度斜坡，四十多步崎岖的石阶，凹凸不平，加上之字形路线，九曲十八弯。登上这段陡坡，就见到约十尺宽的水帘洞，黑洞穴处于龙潭绝壁上方，约两丈高。洞内涌泉奔流直泻龙潭。龙潭深不可测，潭周约十来丈，要上天鼎湖必经龙潭这条峭壁石道。爬上平台，便居高临下，下方四周的一草一木都能清楚看到。所以，这里的地形对防御具有绝对优势，仿佛一夫在洞，千军莫及。

刘副政委、高营长、严连长、杨排长及几名侦察班长，根据上述地形进一步制定出擒获大雁三的作战方案，并进一步调整战略部署。一面把敌情速报军管会首长，一面作出围捕的具体作战方案，一面加速调动作战军需器械用品，以最快速度完成各项作战物资准备。随即下令调动所有兵力向龙潭方向靠拢，在手枪杀伤范围之外，对龙潭洞穴进行层层包围，布控擒拿大雁三。

各战斗小组接到命令后，听说要活抓大雁三，人人摩拳擦掌，都火速包抄围拢过来。严阵以待，随时作好格斗擒拿准备。

部队首长锁定目标，大雁三就是藏匿在穴洞中。他居高临下，占领有利地形。他在暗中，我在明处，他的枪法，快、准、狠，只要进入他的射程范围，人人都有生命危险。这个穴洞在悬崖峭壁之中，四面陡峭，离湖面近两丈高，穴洞直径方圆约一丈多，深不可测。

传说这个洞穴，通过七八个县，与广西十万大山某条河流的一个水帘洞贯通，曾有人试验过，把十箩筐白麻骨条切碎晒干，倒进广西那个入水洞口。五天后，白麻骨从龙潭的洞穴里顺水流出来，捞起来有六七箩筐之多。经过比照，果然就是广西入口时留下来的白麻骨。

大雁三有可能经此洞潜逃，刘副政委、高营长他们认为只能智取活抓，不可轻敌。要想办法耗尽其弹药，消磨其意志和体力，牵制住敌人，采取等、拖、诱的战术节奏，使其烦恼、急躁、焦虑、思想混乱、斗志衰退、丧失抵抗能力，最后以强大的攻势一拥而上，生擒活抓。经过反复推敲，最后决定：第一，要摸准凶手藏匿的准确位置；第二，准备几只小木船，并备梯子、绳索、救生衣等工具；第三，准备钢盔、防弹衣、棉衣、信号枪、催泪弹等；第四，再准备两只小木船，渡潭登上洞穴，活抓大雁三；第五，所有围捕人员，不准开枪，卸下弹夹，准备徒手搏斗；第六，对参加这次围捕战斗表现勇敢的官兵给予立功奖励。

突击队队长杨剑辉一马当先，自告奋勇请战。刘副政委认为：杨剑辉能胜此重任，批准了他的请求。杨剑辉原是侦察排排长，聪明机智，精明灵活，经验丰富。刘副政委令他接近洞穴，先摸准凶手藏身位置，诱惑消耗敌人子弹，灵活指挥突击小组作战，一定活抓大雁三。

杨剑辉内着防弹衣，外穿大棉袄，头戴钢盔，携带手枪、信号枪、催泪弹等武器装备，跳下水坑。一身湿漉漉的棉袄，负重数十斤，手里还拿着一大包用具，快步往龙潭出水口处进发。当爬上了三十步石阶时，见左边有一低坑，他滚下去匍匐前进，一面往前爬，一面举起钢盔，有意引敌注意。

指挥所刘副政委、高营长、严连长他们都举起望远镜，监视黑洞并观察杨剑辉的一举一动。突然，听见从黑洞中传出“啪!”的一声枪响。

杨剑辉手上的头盔“砰!”的一声！他立即收回头盔，一看，好家伙，凹了二分，还没有击穿。由此测定这里距离穴洞约十五六丈远，手枪杀伤力减弱了。他就在原地卧倒和大雁三玩起游戏来。一面举起钢盔作掩护，一面窥测岩洞情况。

突然，黑洞中又“砰!”的一声枪响！杨剑辉卧着不动。

他中弹了？大家的心情骤然紧张起来。莫非受了重伤？正在疑虑之际，忽然发现坑中杨剑辉的身躯慢慢移动着。

刘副政委、高营长他们抹了一把汗，舒了一口气。见杨剑辉又把头盔往石阶边处悄悄地伸出去，当他钢盔刚露出石面时，“呯!”的一声枪响，又打中了钢盔。再举起头盔，又“呯!”的一枪射过来，正射中自己戴的头盔前额。他缩了回去，再次举起钢盔，不见枪击了。

大雁三知道这是在欺诈他。

杨剑辉摸摸头盔的前额和右脑处，两个凹陷窟窿都在一条线上，枪法犀利，好危险呀。如果射程稍近几尺，就会穿透钢盔了。

大雁三的枪法虽然准，一旦射程过远，弹道偏差，准确度就差了，杀伤力也就减弱了。

这时，杨剑辉心中有数了，他举起手枪对准黑洞两边，“呯!呯!”射出两发子弹，立即躺倒，却不见反应。又慢慢地举起伪装钢盔，洞内“呯!”又射来一枪，正着那钢盔中央。乖乖！和原先那一枪都打中一处，是准还是巧？不过，也只是凹了进去，没有大碍。

为了消耗大雁三的子弹，小杨左手举着钢盔，右手举起手枪对着黑洞“呯！呯！呯!”连发三枪！

洞里又对准头盔打来两枪！

杨剑辉又连放几枪，然而这些子弹铅头卸掉了，换上了木塞弹头，是没有杀伤力的。

而洞内射来的发发子弹，都是要结果人命的，有一枪跳弹击穿了小杨的衫袖，擦破了一点皮肉。杨剑辉的手枪对准穴洞，连打几枪。

洞内许久没有反应了。大雁三可能意识对方到要他消耗子弹，停止了还击。

杨剑辉突然站起来，举起枪对准洞口连放三枪。洞内立即“呯！呯！”射来两枪，正中杨剑辉左胸部，杨剑辉即刻倒下了。

刘副政委、高营长他们几十双眼睛，都看见杨剑辉倒地一幕，刘副政委为之一惊，高营长见小杨倒地，也一下蒙了。在场的官兵都看见杨剑辉中弹倒下，个个神经紧张。正在大家担心忧虑之时，突然杨剑辉举起手枪往黑洞连扫数枪，而洞中仅还击一枪。

这时，大家的心情暂时平静一下，为他战术灵活机巧而喝彩！

原来杨剑辉是根据首长的指示行动的。首长让他一要摸清大雁三的准确位置；二要想办法消耗他的弹药；三要掩护配合战士渡潭攀登穴洞；四要随时向首长发回信息，同时在第一线灵活指挥作战。而第二项比较关键，又不知道大雁三有多少子弹。此时，大雁三已识破了你消耗他子弹的意图，只有用身体引他射击，才能再消耗敌人两粒子弹。只要多消耗敌人一颗子弹，战士们就多一份安全。杨剑辉把危险往自己身上移，把安全让给战友，这种自我牺牲的精神，大大鼓舞了现场官兵的战斗热情。

杨剑辉内穿防弹衣，外穿湿棉袄，子弹难以穿过。他中弹后立即倒地，是迷惑敌人。这时，估计大雁三的子弹所剩无几了。他已出色地完成了第一项、第二项任务。他躺在石缝里掏出信号枪，装上两发绿色信号弹，向空中放了两枪。信号弹瞬间通绿，照亮了幽暗的森林。官兵们知道主攻战斗开始了，精神振奋，战斗意识绷得紧紧的，个个严阵以待。

刘副政委命令：“抬船渡潭登穴。”只见八名英勇的侦察兵，身披防弹衣，头戴钢盔和防毒面具，全副武装。其中四名战士抬着一只加固的小木船，一个劲地往龙潭上冲，将近洞穴时，把小船放在石阶上，四人从后面推着小船前进。因小船周围加固了一层厚厚的硬板，船体很重，只能艰难地一步步往上推进。一到龙潭水边，前面两名战士快速跳上小船，后面两位战士用脚往后一蹬，也跳上了小船。两人划撑，小船直往穴洞方向驶去。

大雁三见有船驶过来，举枪对准船连开两枪。战士们都躲在硬木板后面，弹头掉在木板下，战士安然无恙。

杨剑辉见大雁三连开两枪，立即对准黑洞还击几枪，掩护战友前进！

另一条小船快到龙潭边了，洞中又连射两枪，有两发子弹都射中头盔。弹头掉落船中，战士毫无损伤。小船下了水，一个劲地冲往洞口下方。

洞内“啪！啪！”又射来两枪，都打在木板上。战士冒着生命危险，使劲将船朝洞口划去，两只小木船刚在洞峭壁两旁停靠，洞内便伸出一个脑袋窥探。说时迟那时快，杨剑辉快速举起信号枪，对准黑洞阴影，连打两发催泪弹。瞬间，洞穴浓烟滚滚，溢出洞口。那个身影不见了，于是杨剑辉再往洞中深处射去一发！

几分钟后，听到洞内不断传出咳嗽声。大雁三中招了！催泪弹已起了作用。

小船上举起两个假人，洞内人对准假人，又打来两枪，把假人缩回来，战士一看，不知打在哪里。两条船又同时举起两个假人，洞中又连续射出两发子弹，结果一发打在假人身体的右下方，另一发没打中，如此便知道洞内凶手眼睛模糊看不清了。

杨剑辉知道登洞时机已到，立即指挥船上战士出击，大声命令：“戴好防毒面具，立即架起云梯登上洞穴，活抓大雁三！”

埋伏在周围的官兵当听到杨剑辉“活抓大雁三”时，同时发出活抓大雁三、活抓吴沃庆的口号声！响亮的战斗口号声，回荡在整个龙潭山谷！

这边，几名战士飞快地爬上了洞穴，卧倒在洞口两边，侦察洞中逃犯动静。里面漆黑一片，一时看不清敌人躲在哪里。因为从强光到黑暗处，反差太大，一下子不适应环境，只听到远处连续打喷嚏的声音。

战士们打开两支强光探照灯，照射过去。洞里亮如白日，好家伙，见大雁三在数十丈远处顺着洞壁边，慌张地往洞深处逃跑。大雁三躬着背，捂住脸一个劲地咳嗽，跌跌撞撞地往黑处窜，这时见有灯光射来，转过身举枪对准战士“呯！呯！呯！”连发几枪，作垂死反抗。

有两枪打在战士的盾牌上“噹！噹！”响了两下。而两支强光探照灯，始终锁定大雁三的背后，八名战士沿着光滑的石洞，快速追上，潮湿路滑，有人摔倒了爬起来再追，越追越近。

大雁三又举起手枪射来一发子弹，打在洞壁上，只见洞壁擦出一道火花，飞弹打中了一名战士的小腿，他全然不顾，奋勇直追，迫近大雁三，猛冲上去。

大雁三听到后面的脚步声越来越近，他快步往纵深方向逃窜，企图趁着灯光往洞内逃跑。他流着眼泪鼻水，哪里有战士跑得快！摔倒了又爬起来，慌张乱窜。

八名战士同时大喊：“站住！缴枪不杀！”口令震得洞中嗡嗡响。

大雁三哪里听你这一套，只顾拼命往洞中深处跑。全身湿漉漉的，像只落水狗，战战兢兢、左右摇摆、跌跌撞撞地逃窜。当战士迫近他时，他负隅顽抗，突然飞出两把五角星飞刀，一把插入一名战士的大腿，顿时鲜血直流。

这名战士拨出利器，忍住痛苦，紧追不舍，奋不顾身冲上去，一把抓住大雁三的衣服。另一名战士也冲上去右手紧紧锁住他的喉咙，又一名战士抓住他的右手往后背一扭，还有一名战士抓住他的左手，把他压倒在石头上，五花大绑，捆得严严实实。随即缴获了他身上所有的枪支、暗器、利器，将他押出洞口。

杨剑辉一见活捉到了大雁三。立即向天，连打三发红色信号弹。满山响起了胜利的欢呼声。“抓到吴沃庆了！我们胜利了！”

军管会主任毕司令员、刘副政委、高营长和战士们都注视着龙潭洞口，看着八位英勇的战士，把吴沃庆吊下潭中的小木船并驶过来。只见这个罪恶滔天、血债累累的大雁三，全身湿漉漉的，像条丧家犬。垂头丧气，泪水鼻涕一直往下流，全身发抖。从他身上搜出两支左轮手枪，一支子弹已打完了，另一支子弹卡壳了，轮子无法转动，还剩下三发子弹。在腰间搜出六把五角星飞刀，小腿绷带中，搜出一把锋利的匕首，他全身暗藏着各种杀人凶器。这个狡猾多端的杀人凶手，终于被勇敢机智的中国人民解放军战士制服了。专车把他押送到地委重刑监狱牢房，等待他的只有严惩。

不久，肇庆市军管会和军分区，召开庆功大会，表彰了广大指战员、特工人员、民兵以及在这次抓捕反革命分子吴沃庆行动中表现突出的同志。给予杨剑辉记大功一次，给予牺牲的四位战士、七名特工人员，记一等功一次，并追认为革命烈士。给予朱涛记一等功一次，给予邓明、郭嘉禾、陈广志、伍玮、江海涛、聂勇辉、何守军、谭达能、叶树德、骆丽等记三等功一次，受嘉奖表扬的数十人。这次行动大大地提高了广大指战员和特工人员的战斗士气，增强了部队的战斗力。

第十三回

吴沃庆伏法，黄老二失将

1950年12月14日，新隆县政府在天龙岗召开了全县万人公审大会。会场红旗招展，到处贴满了“打倒反动派！”“打倒反革命分子！”“打倒恶霸地主！”“中国共产党万岁！”“中国人民解放军万岁！”等标语口号，处处都有全副武装的解放军战士站岗放哨，会场庄严肃穆。

上午9点钟，十几名解放军战士背着苏制步枪，从囚车上押下一个个重刑囚犯。令人注目的是，这个伪乡公所所长、反革命分子吴沃庆，绰号“大雁三”，被五花大绑，捆绑得像个裹蒸粽，又白又瘦，双眼充血，头发胡须脏乱，愁眉苦脸，全身发抖，好像已知今日气数已尽了，所以木鸡似的，垂头丧气。数百双眼睛怒视着他，人人对他咬牙切齿、恨之入骨。很多群众早就看到县人民政府颁布的公告，公开宣判吴沃庆等十多名重犯，枪毙一批罪大恶极的反革命分子。于是大家欢欣鼓舞，一大早山冈上已挤满了群众，人山人海。

大会宣布：“把伪乡公所军阀、恶霸地主吴沃庆押送上来！”顿时，场内一阵骚动，人人都站了起来，提起脚尖伸长脖子，看看这个丧尽天良的坏家伙、双手沾满了人民鲜血的刽子手，今日是怎样下场。

广大群众一听到公诉大会开始，有冤申冤，有仇报仇。话音刚落，数百人一窝蜂地涌到犯人面前。外围用竹竿拦住，群众离犯人有一丈多远，只能指着大雁三大骂。大雁三低着脑袋，沮丧绝望，吓得愣怔怔的。群众的公诉声一个比一个大声，粗言秽语，一个劲地指着他骂：“恶霸、土匪、军阀、流氓、烂仔！”人人骂得脸红脖粗，可谁也不能进去。

这时，有一名跛汉子，一瘸一拐直冲过来。他低着脑袋，窜过人群，穿入围栏。他对吴沃庆恨之入骨，迅速从口袋里掏出一块尖利的石头，对准大雁三的脸猛砸过去。警卫战士上前制止时，已来不及了，大雁三脸上鲜血直流。跛汉正要打第二块时，被警卫战士一手抓住，推他出去。

这个跛汉子，本来脚不瘸。1945 年 12 月某日，这人在墟市卖红薯，因与人争占摊位，互相打起来。双方的亲戚朋友都来帮忙，先拿着扁担竹竿对峙，后来打起来，双方都得头破血流，场面混乱。当时围观的人很多，伪乡公所两个兵痞，多次上前劝阻无效，跑回报告。所长大雁三来到现场，二话不说，拔出手枪，对准双方对峙的地面“呼！呼！呼！”连开三枪，企图威吓双方散伙。结果，三颗子弹头像长了眼、会拐弯似的，造成了一死两伤，发发命中。吓得个个弃械逃跑。死者叫吴玉兴，经常在圩市代人霸占好摊位，收保护费混饭吃，人人都叫他二赖子。两名伤者，一个叫邱杰，被打中左小腿。一个叫余小三，被射中右臀部，弹头接近盆骨。两人痛得倒地直打滚，叫爹喊妈。

大雁三叫身边马仔找人把死伤者抬去医疗站，他一走了之。

余小三臀部的子弹粘连在骨头上。一年后才取出来。

邱杰被打断了脚筋，走路一拐一拐的，终身残废，成了瘸子，受尽了痛苦。这次，一看到县府张贴出公告，开万人公诉大会，看到有

吴沃庆“大雁三”的名字时，就怒火中烧，埋藏数年的刻骨仇恨，今天终于有出气之日了。于是，他身藏锋利石块，一大早就到了会场前面守候，发誓报仇。如果不是被警卫战士及时制止，像这样数十人一拥而上，早就把大雁三砸成肉酱了。

现在，众人只是在外围死劲地对他大骂出气，你一言，我一句。“你以前横行霸道，恶贯满盈，把我们当烂泥捏，我差点死在你的枪口下了，我命大死不了，你害得我终生残废……你活活打死了我哥哥，打伤了我，你害死了多少人……今天你死有余辜，你不知道有今天的下场哩……所谓善有善报，恶有恶报，你昨天作恶多端，罪恶深重，就是你今天的下场，死到临头了！”

大雁三眼肿脸胀，嘴巴肿得像猪八戒，口水、鼻水、泪水、血水流到地上一大堆，看他欲生不能，欲死不得，今日如此狼狈，他会有所悔恨么？他恶劣的本性，决定了他为非作歹的行为；他的枪弹欠下了人民的血泪账；他的言行违背了仁义道德，违背了人民，违背了公理，违背了法律，天地难容，死有余辜，不杀他不以平民愤！

最后，公审大会宣判了罪大恶极的吴沃庆死刑，剥夺政治权利终身。在验明正身后，押赴刑场，就地枪决，立即执行。还了人民的一个公道，伸张了正义，广大人民群众扬眉吐气。

1949 年新中国成立前夕，在政局动荡未稳之时，大雁三的母亲曾经多次劝说他，跟他父亲和黄团长远走高飞，离开此地。若他一走了之，也不会有今天的可耻下场！可能这是天意注定！

当时，解放大军南下攻陷了粤北各县城。岭南的国民党军队，看到大势已去，闻风而逃，不攻自溃，纷纷丢掉枪杆，脱掉军服，四处逃命。有的跟随部队逃往台湾地区，有的逃往港、澳或海外各地。那些恶霸、地主、富农、资本家也纷纷扶老携幼，外逃避风躲难，另谋生计。

偏偏天意弄人，那时大雁三正遇着他妈病重，卧床不起，不忍心离开。他妈知道将来解放了，共产党夺取政权后，要铲恶锄奸，是不会放过他爷俩的，一直催促他跟父亲一起逃亡。他的老婆儿女哭哭啼啼，进退两难。所谓恶魔心软，狼子爱母仍是本性，他怎么也舍不得丢下她们一走了之。

他妈哭着说：“你不走，我就服毒自杀了断!”他和老婆孩子，都跪在母亲床前哀求：“妈妈你不要这样!”他妈泪水满面摸着他的头说：“我只得你一个儿子，你是唯一继承祖宗香火的呀！你才三十多岁，你的日子还长着呢！你只听我一句话，跟着你爸远走高飞，走得越远越好，我死也闭眼了！快走吧!”

大雁三泪如串珠，回房里拿了一些银票、衣服，身藏手枪匕首，连夜逃到了县城。看父亲的两间门店紧闭，多次敲门无人反应，不知父亲去向。两天来到处打听，都不知其下落。又听到解放军已打到省府，广州已解放，国民党在佛山、南海、番禺一带已失守，肇庆市也即将解放，而此时父亲去向不明，不知如何是好，心急如焚。

大雁三的父亲叫吴大得，人人叫他“得爷”。大雁三早年跟随父亲在广州十三行做生意，后来回到县城，他爸买了两间铺面，一间做金银首饰，一间做高丽人参、花旗洋参、麝香、鹿茸、犀角及贩卖鸦片的生意，暗中与军阀互相勾结，大发横财。他父亲因此结识了许多国民党高官、军阀要员，买了枪支弹药，有左轮、驳壳、曲尺等枪支，经常在自家的果园里练打枪。大雁三也常常跟着父亲打枪，后来，他也练得一手好枪法。他很有诀窍，为了射击准确，天天在家中练臂力，长年坚持不懈地苦练，十斤重的沙袋子挂在手腕上，伸直手臂，可以坚持一刻钟。有时在别人的田坎上，打靶练枪法，在百步以内，五寸方圆大小的靶子，百发百中。在三十步远的距离，立个鸭蛋，枪响蛋碎。

邻近数十里，无人不知他的枪法厉害，谁也不敢惹他，不敢得罪他。虽然他刚刚二十五六，可是，人人遇见他，不论男女老幼，都称他为“三哥”，都要点头哈腰，或是避而远之。

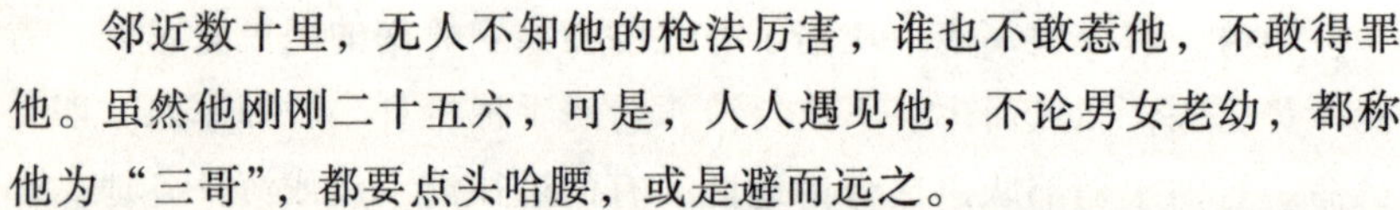

一次，他父亲领着国民党黄团长到家里做客，有人对那位少校保安团黄团长说：“得爷的公子枪法了得哩!”

黄团长惊讶地问：“是吗？试试看？”大雁三站起来，脸红脖粗，怕羞低下头，不敢正视团长。黄团长看着他赞扬说：“一表人才嘛！你的枪打得很准？打几枪给我看看!”

大雁三点点头，走进室内，拿出一支德国造的乌亮左轮手枪和一袋子弹。

黄团长站在门口等着，正在思索怎样叫他试几枪。刚抬头仰望，忽然，见一只麻雀飞到屋脊梁角上，大约有十五六步远，指着麻雀问大雁三："能打中这只麻雀吗?"

大雁三谦虚地说："试试看。"拨动左轮手枪子弹上膛，手起枪响，麻雀掉落地上。

黄团长用力拍了一下大雁三的肩膀，大声褒奖道："好枪法呀！好枪法！"接着吴家的家丁，拿出四个鸭蛋、四个茶杯，走到门口对面的稻田上，把茶杯倒过来，把四个鸭蛋放在四个杯底上，每个间隔一尺左右，射程大约十丈远，家丁布置好跑回来。

黄团长笑着对大雁三说："有把握吗?"

大雁三举起枪，"呯！呯！呯！呯！"连打四枪，四只鸭蛋都打得稀巴烂，四个杯子完整无缺，用四声枪响回答了黄团长的问话。大家猛鼓掌，夸他说："好样的！"都对他称赞不已。

黄团长问他："你现在干什么工作?"

大雁三哼哼哑哑地说："同人做点买卖，混碗饭吃呗！"其实，他和那些黑道分子混在一块，到处对那些边远的弱势个体，敲诈勒索。有时夜深人静时，出去打家劫舍，干的是不为人知的肮脏勾当。

黄团长问："你想当差吗?"

大雁三大声答道："想！很想！"他心想，走明路好过走黑道，有职、有权、有后台，容易升官发财。明的可以明目张胆、名正言顺，不用担惊受怕。暗的可以互相勾结谋取私利，一脚踏两船，黑白一起捞。

黄团长爽快地问："当我的侍卫怎么样?"

他迟疑着，不敢答应，斜视着他父亲。

他父亲忙说："还不快下跪拜谢黄团长?"

大雁三扑通一声，双膝跪向黄团长面前，三拜三磕头说："多谢黄团长收留！多谢黄团长携带！"

黄团长笑着说："起来！快起来！"大雁三不肯站起，黄团长上前拉他起来，他垂着脑袋站在团长跟前，聆听团长的教诲。黄团长和蔼地说："我同你父亲是多年的老交情、老朋友了。今次，登门到贵府拜访。”

得爷抢着说：“不敢当！不敢当！是黄团长给小弟面子！”

黄团长接着又说：“这次，见到世侄的枪法，我喜出望外，真令我大开眼界，真是好样的！”

得爷对黄团长谦虚地说：“黄团长过奖了，我这个小子，个性顽皮好胜，贪玩不成材，我恨铁不成钢。你送给我那支左轮手枪，教会我射击，但我总是打不准，心想，打不准对方，又如何自卫防身呢？于是我一回家，就到后山果园里练打靶，他每次非要跟着去，那时才十四五岁，见我在十五步远的距离，连打十发子弹，才中两发，笑我怕死鬼，举起枪手就发抖，上下左右摇摆，枪未响就闭眼睛。我举枪瞄准时，手臂不断发抖，扳机一扣，手枪有时朝天上打，有时往地面打，子弹头不知飞到什么地方去了。有时打在自己的脚面前，好险呀！”

“黄团长你教我打枪的方法，我总是掌握不了要领。这小子老是对我哈哈大笑，说我老是打不中目标，光打中地，差点打中自己的脚面呢！他非要我给他试打两枪，我按照黄团长教我打枪的方法告诉他：两脚与肩同宽，站稳姿势，右手握紧枪把，打开保险，枪口向下，往弹仓装满子弹，扳回弹仓连接，拨动轮子，子弹上膛，关上保险。如举枪射击时，打开保险，紧握手枪，不能晃动，对准目标，三点成一线，即缺口、准星、目标平衡对齐，丝毫不差，憋气，食指慢慢扣动扳机，自然中靶。我上了一发子弹，让他试打一枪，他用双手扼紧枪柄，对准前方目标，呯的一声枪响，把枪交给我，他跑去看是否打中。一看高兴极了，打中了靶心，就指着弹孔给我看。他继续又打了几枪，五发子弹中了四发，这是他第一次尝试打枪，这小子玩枪有点门道哩！”

“后来，我每次回家，他都跟我去射击打靶。我有条规定，如果他打得比我差，就不让他跟去。结果，他次次打得都比我好，准确度十有八九，进步很快，而且打得又快又准。他说，你打得慢，人家早都把你撂倒了，要想打得准，举枪的手臂就不能发抖。他的窍门，首先就要练好臂力，这是基本功。这小子，天天坚持练臂力，双手伸直挂沙袋，从半斤挂到十斤重，从一分钟挂到一刻钟，手臂一动不动。

再举一斤多重的手枪，如一条铁臂挂着一条筷子，十拿九稳。打枪打得准，臂力是关键。”

黄团长听了得爷一席话，深有感触地说：“这小子下了苦功哩！真有门道，有牛劲，有志气。行！行！我收他为徒了。”又叹口：“唉！我如今的枪法也不如以前了，子弹随我打，反而准确度不如过去，年纪大了臂力也下降了，现在只靠巧劲。真是英雄出少年呀！”

黄团长的随从官叫李六，是团长表弟，上尉军衔，他说：“黄团长的枪法可厉害哩！是位有名的神枪手呀！他与敌人作战时，临危不乱，弹无虚发，才是过硬本领呢！他当敢死队队长时，在一次遭遇战中，队伍被冲散，他和六个弟兄被几十名共军包围在一间破庙里，双方对峙打到临近天黑，共军大部队吃饭去了，留下部分兵力严密把守，门前左右两挺轻机枪把守住，以为瓮中捉鳖了。黄团长选择天黑前夕突围，是最佳时机，商量好分工后，两个弟兄往后门掷去两枚手榴弹，接着乱枪扫射一通，迷惑敌人。多次来回骚扰他们，麻痹敌军，消耗他们的子弹。共军把一挺轻机枪转移到后门，分散了他们的火力，前面那挺轻机枪的子弹不多了。黄团长果断地带领四名兄弟，从正门冲出，掷去一枚手榴弹，把那挺机枪炸坏了，一刹那间，瞄准机枪正、副射手‘呯！呯！’两枪，敌人倒地，失去了有效的火力。这边边冲边杀，黄团长使用双枪，左右开火，发发命中。几分钟的功夫，打死打伤共军十几人，冲破了敌人重围，逃脱成功。自己兄弟，无一伤亡。共军在庙宇中，看到黄团长写下几个大字：‘黄老爷走了！共匪拜拜！’准把他们气得呼呼的。往后，黄团长指挥战役屡战屡胜，战绩显赫，很快升为团长，个个都敬他三分，威信很高。”

黄团长原是一名土匪头目，据山霸寨，打家劫舍，善于使用一对捷克驳壳枪和飞刀，都称他“双枪飞刀黄老二”。打枪百发百中，弹无虚发，活靶飞刀，十拿九稳。远近讲起黄老二，人人竖起大拇指，个个佩服得五体投地。后来独霸一方，“称王称霸”，敌对者谈“黄”变色，都不敢轻举妄动。

后来，黄老二被国民党一位贺师长看中了，他重视奇才，多次宴请黄老二。出重金补偿，收编他们的队伍，封给他副营级，正营级薪金待遇。他弃寨带队入伍，为国民党军队编制，编入贺师长部属，大大增强了部队的战斗力。

黄老二加入了国民党军队后，按照他的要求，以他手下的兄弟为骨干，组成一支特别行动部队，直属贺师长指挥，黄老二当队长，与营长同等待遇。黄老二有贺师长抬举撑腰，他的才能也发挥得淋漓尽致，深受贺师长器重。

黄老二一贯慧眼识才，手下的兵，个个都是身怀绝技的精英。每次战役都大显身手，个个作战勇敢。他很快升为正团，兼管数个地区的乡公所，中饱私囊，也少不了贺师长一份，两人狼狈为奸。

黄团长提起那次被解放军数十人包围在破庙里惊心动魄的情景时，总说："几位弟兄缩在庙里，兵临城下，我们总不能等死呀！只有冲出去，才能有逃生的希望！当时，我不知道能不能逃得出去。为了自我壮胆，鼓足士气，写了这两句话'黄老爷走了！共匪拜拜！'反正，我黄老二活也逃走了，死也走了，死活都拜拜！"大家听了大笑起来！

笑声中，从县城请来的名厨，已摆好了美酒佳肴，海参、鱼翅、燕窝、果子狸、穿山甲、鹿肉、鹧鸪等山珍海味，满满两席。杜康、茅台酒，芬香扑鼻。真是：名厨、名菜、名酒，款待名人。个个饮得酩酊大醉。

宴席后，大雁三收拾了简单行装，就跟随黄团长去肇庆市军营报到了。从此，大雁三就在黄团长身边混了多年，处处得心应手，深受黄团长赞赏。

后来，集新乡成立乡公所，大雁三多次向黄团长要求，返回家乡当个所长，做个地头蛇，可以随心所欲。

乡公所编制有二十多名官兵，归属黄团长管辖。黄团长开始不肯答应大雁三的请求。他走了就再也找不到更适合的人选，做他的贴身保镖了。大雁三多次向黄团长保证，每年给他进贡巨额的银两。黄老二看在钱的份上，割爱让他返乡。于是，大雁三当上了乡公所所长。

他一上台，就招兵买马。很多人都想当这种兵，因为薪金高，又有衣、吃、住，供给制，只是维持当地社会治安，不用去打仗，平时又有油水捞，许多人托亲戚，找关系，走后门，登门拜访，请客送礼，求吴沃庆大人，捞个一兵半卒。大雁三公开说：一个兵，起码送他二十枚银元，当个班长，要五十枚银元。他一上任就刮到了第一桶金。他说，国民党就是刮民党。

乡公所的任务是：维护当地社会治安，协助当地政府征粮、征税、征兵等工作。

多年来，大雁三与当地政府官员互相勾结，狼狈为奸，增加地方各项税收，欺诈勒索，横行霸道，强加民意，搜刮民财，无孔不入，无恶不作，贪得无厌，坏事做尽。广大群众苦不堪言，人人听到“大雁三”的名字，都心惊肉跳，恨之入骨。

大雁三自己也很明白，他一贯作恶多端，所作所为，不得人心，得罪人太多了。新中国成立后，中国共产党和广大民众，是不会放过他的。

他妈深知儿子的好歹，固执地以死胁迫他，叫他赶快远走高飞，避灾挡祸。而他是个孝母爱妻的汉子，不忍心丢下一家老少，单独逃逸。

他又是一个不忘本、不忘恩的小子，还是一个充满着江湖义气的忠实信徒，在兵荒马乱之际，仍然念念不忘自己的老上级黄团长和朋党的处境。他觉得知己与命运是紧紧联系着的，他可以不顾个人的安危，单枪匹马，去探望老上级老战友。他在危急关头，置生死之度外，抛下妻子儿女，冒着风险去搭救战友死党。这种江湖义气、精神实在令江湖人士心服！但是他这种盲目、鲁莽、冲动的行为，必然导致其彻底失败，自食恶果，最终命赴黄泉。

第十四回

破封建迷信，扫农村文盲

无产阶级取得政权以后，开展农村土地改革运动，斗地主分田地，专了地、富、反、坏分子的政。可虽然把他们打倒了，没收了他们的财产，剥夺了他们的政治权利，却并不等于征服了他们根深蒂固旧的封建迷信思想体系。旧的观念、旧的风俗习惯仍然存在。

由于文化落后、思想落后、经济落后、科学落后等诸多不利因素，给农村开展改革运动，造成了极大的困难和阻碍。没有文化的军队，是愚蠢的军队。而没有文化的农村，是落后的农村。数千年来，由于封建制度的统治，重男轻女，农村大多数妇女和穷苦大众，多是文盲，时时受人欺负。由于没有地位和权益，又时时受人压制。

新中国成立后，扫除文盲，解放思想，破除迷信，穷人当家做主人，是共产党在农村工作的重要任务。

土改队陈大姐和小董他们白天工作，还利用晚上时间，在各个村庄办起了业余文化室（夜校）。通过这个活动平台，教群众文化，灌输知识，贯彻党的各项方针政策。他俩自己投钱买回各类书籍，以及小黑板、粉笔、桌子、凳子、油灯、煤油灯等各种教具，每人一套书本、纸张、笔墨。陈大姐和小董充当老师，每晚吃完饭后，轮流到各个村庄，当义务教员，教大家识字、作文、算术、唱歌、跳舞等。

先教大家学写自己的名字，家庭成员的姓名。从“我”开始，一划一点，一字一句，手把手地教，反复背诵朗读。从易到难，从简到繁，从单字、单词到组词、组句，再到写信、作文章等。循循善诱，耐心启发。还经常举办写字写作文比赛、评比等活动，使他们懂得有文化有知识，就不会被人欺负。这样调动了大家的学习热情，每个人都越学越有兴趣。有的学到深夜十一点多，还不想离开教室，很多人把小黑板、粉笔拿回家，利用空余时间练写字，做功课。

天一黑，不管刮风下雨，个个带上学习资料去上课。有的一吃完饭，就带上书包，背着小孩，打着火把，准时到夜校来上课学习。并且自觉坚持练习，一个月两个月，不间断地坚持认真学习，做功课交作业，学习气氛浓厚。数学课上，从一加一开始学，到三位数加减乘除，大家都能计算不误。有的还学会了珠算，算盘打得流畅利落。个个进步很快，夜校深受广大群众欢迎。他们感到无文化的痛苦，有知识的甜头，越学越想学。夜校办得很成功，扫除了文盲。

文化局在全县推广了陈大姐和小董的做法。陈大姐和小董被要求在全县各乡村巡回作报告介绍。他们分别被县委、地委评为“优秀工作队员”，并荣立三等功。

解放初期，农村贫穷落后的劳苦大众，学习文化，如饥似渴，如千年枯竭的森林，盼来了甘露雨水。陈大姐和小董给他们送来了及时雨。阳光雨露禾苗壮，山花烂漫齐奔放。红太阳照遍了祖国山河大地！

广大群众深深懂得没有文化知识，同人做牛马，苦累自己知，有了知识文化，不受人歧视欺负，扬眉吐气，精神爽利。他们把学文化知识，当作是第二生命，文化室夜校是他们首选的活动场所，是日常生活中不可缺少的精神寄托。

土改工作队，经常利用文化室这个平台阵地，宣传贯彻党的各项方针政策，不断提高广大群众的思想觉悟和政治水平，以便把土地改革进一步深入下去。把群众充分发动起来，放手让他们积极参与农会各项工作，使农村土地改革的工作开展得更扎实。

第十五回

恶人终害己，母子变猪头

叶娇是个斗地主的急先锋，她觉得斗地主能够摆出自己的威风，总认为伟进婶这个人不老实，她家里还有好多金银财宝没有交出来，于是闷闷不乐，无心上夜校学文化。

一天，土改工作队都去县城参加学习班了，剩下她一人在村里。可谓山中无老虎，猴子称霸王。她私自招集一些群众开斗争会，拉出两个人，一个富农阿江嫂、一个地主伟进婶。二人被反手捆绑，推到鱼塘边的荔枝树头下。叶娇威风凛凛地走到阿江嫂面前，见她低着脑袋，一把抓住她的头发往上提，故意大声地问：“你认识我吗?”阿江嫂不答话。

又厉声问：“你装聋还是扮哑?”对着她的脸“啪！啪！”左右扫了两个耳光，左手拧住她的耳朵往下狠拉，骂道：“你这个死黄面婆呀！你还记得吗？那年，我儿子挖了你几颗花生吃，被你捉住，把他的嘴巴打得血淋淋的，你对一个六七岁的小孩下这么重的手，这样心狠手辣！”接着抓住阿江嫂的头发使劲往前拉，阿江嫂痛得弯腰拱背往前走。叶娇右手脱下穿着的木屐，对着阿江嫂脸上“啪！啪！啪！”左一屐右一屐，把她打得脸肿鼻青，血流满面。

阿江嫂哭着说：“我没有打你的孩子呀！冤枉！我见他经常偷别人的东西，吓唬他几声！他慌张逃走时，跌落高坎下的荆棘中起不来，我还把他拉起来！哪有打他呀？我好心无好报，真冤枉呀！冤枉！”

叶娇明明是报私仇解恨，左邻右里，小摩擦免不了，平时积怨甚多。这回借题发挥。她咬牙切齿，恶狠狠地骂道：“你还嘴硬！”又脱下木屐举起要打她。

这时，农会委员阿芬叔冲上前阻止叶娇，把叶娇拉开，劝说道：“你打成她这个样子了，不要打啦！工作队知道了，我们要受批评的。”

叶娇无奈，还喋喋不休地骂：“我不打死你这个黄面婆！誓不罢休，今天便宜你了！”

她又走到伟进婶面前，卷起左右衫袖，双手叉腰大声责令：“你把头抬起来！”伟进婶还是低着脑袋，一声不响，不敢动。叶娇歪着脑袋又大声辱骂：“你这个老妓婆呀！一贯不老实！我问你，你家里的金银珠宝到底藏到哪里？你要老老实实地交代出来！今天，我的手已打累了，不想打你！如果你不老实招供，我就要你尝尝这棵树上金丝大蚂蚁的毒针是什么滋味的！”

人人见到这种金黄色的大蚂蚁都避而远之，它的毒液与黄蜂一样厉害。一旦被毒针刺到，伤口立即红肿起来，疼痛入心难忍，全身火辣辣的，脸上发烧。严重时，麻痹大脑神经，头晕眼花，休克昏迷，不及时救治，有生命危险。

伟进婶一听到要放金丝黄蚁咬她，额头冒出黄豆大的冷汗，全身发抖打哆嗦，面如土色，话也说不出来，麻木愣呆了。尽管对她左问右审，前后推拉，伟进婶始终不开口。

叶娇叫她儿子烂仔三拿来一支长竹竿，对准树上的蚂蚁窝一捅，蚂蚁受到外来袭击，纷纷争着冲出巢穴，捍卫家园。那大队毒蚁撅起尾巴的毒针武器，成群结队，气势汹汹，愤怒无比，顺着竹竿直往下窜。在场的男女老少，个个看见金丝毒蚁，都毛骨悚然，跑得远远的。

这里只剩下叶娇和烂仔三两母子，她右手抓住伟进婶衣领，左手拿住捅进蚂蚁窝的竹竿，企图等蚂蚁将近跑到竹竿尾端时，把竹竿搭在伟进婶的衣领上，让蚂蚁钻入她的衣内螫刺她！谁知已有几只打头阵的先锋大工蚁，悄悄地从竹竿的背面，迅猛地直往下冲来，顺着叶娇左手的衣袖钻进了她腋窝里了。她却全然不知，毫无感觉，只看见竹竿面上的蚂蚁还未跑下来，当她正想把竹竿搭到伟进婶的衫领时，她腋窝内的几只大蚂蚁弯回毒针，狠狠地螫入她的肉体，耗尽毒液，其尸首与毒刺都沾在叶娇的肌肉里，为蚁族舍针捐躯殉职，自我牺牲，死而后已。

叶娇突然惊跳跺脚，丢掉竹竿，尖声惨叫着“哎呀！哎呀！”右手猛抓左腋窝，人人见她痛得团团转，个个被吓得逃之夭夭。

伟进婶和阿江嫂也逃离现场，阿芬叔和强哥帮她俩松了绳索，叫她们回家。这边叶娇把竹竿撂在地上，蚂蚁撒了满地，到处乱跑。

烂仔三想用小木棍，挑起蚂蚁放到伟进婶她俩身上去螫她们，可是，伟进婶和阿江嫂早已离开现场。

结果，蚂蚁从他的裤脚往他的裤裆里爬去，烂仔三全然不知，又见到他妈被蚂蚁螫得叫苦连大，左手还抓着棍棒跑过去想救他妈。谁晓得木棍上也有几只蚂蚁，已爬上了他的衣领，他右手抓住他妈的衫尾，一个劲地抖落，企图帮她抖出身上的蚂蚁。然而他拿着那支棍棒上的蚂蚁，已爬到他的前额上，狠狠螫了两针。烂仔三大声惨叫“哎呀！”一巴掌打在自己的额头上，把蚂蚁打死。两只大黄蚁的毒针，被他大力一拍，针扎得更深。毒蚁尸体死死沾在额头上。他大哭起来。好家伙，下面裤裆的蚂蚁又螫他的阴囊，他痛得要死，双手一个劲地抓裤裆，跺脚蹭地。他脱掉裤子，只见他的“小亲袋”还沾着两只大蚂蚁，小阴囊肿得如拳头大，痛得他头晕眼花，难以忍受。这“小弟弟”红肿淤黑，上下剧烈辣痛难忍。这叫福无双至，祸不单行。

烂仔三哭着倒在地上团团打滚，大声惨叫。他想害人，却反而害

了自己，自找苦头吃。他跑到他妈面前，倒在地上，双手抱着脑袋，疯癫般滚来滚去，双脚左蹭右蹬，狂叫嚎哭。叶娇的肋窝和裤裆里，同样被蚂蚁咬得苦不堪言，难忍至极，早已哭得眼水鼻涕一串串。头发乱哄哄，像个癫婆。她见儿子被螯得在地上打滚，汗水、泪水、鼻涕与泥土混在一起，全身是泥浆，人不像人，鬼不像鬼，脑袋肿得像个猪头，眼睛肿得像对灯笼，有气无力，全身瘫软。她抱住安慰他也无用，她张开自己的嘴巴，用手指甲刮出一大团牙屎，敷在蚂蚁螯过的针口处。她以为这就可以消炎止痛的。看见烂仔三阴囊肿得如拳头大，两只金丝蚂蚁被掐死还沾在上面，叶娇照样用牙屎敷在他的阴囊上。

过了一会儿，她问烂仔三觉得好些了吗。可是她自己的阴部羞耻之处，没有照此方法敷药治疗，她觉得全身火辣辣的，头晕眼花，天旋地转，全身瘫软无力，一屁股坐在地上。她双手抱着烂仔三，闭着双眼，头发乱糟糟，歪着脑袋，母子俩蜷缩坐在地上，有气无力地呻吟、叹气："唉呦！呦！"喊个不停。

群众早已离去，全村没有一个人怜惜他们，谁也不理睬她。只有几个小孩站在远处看他俩的狼狈丑陋的衰相，多数人怒视她一眼就走。有人说，她做的亏心事太多了，心太黑，恶有恶报，蚂蚁的毒针是长眼的，专门找恶人螯的。村头巷尾的群众七嘴八舌议论着她。

许多外地人路过，见她母子俩蜷缩在地，都停住脚，看个热闹。

工作队董明从县城回来拿点资料，听到群众议论纷纷，找阿芬叔问个究竟。阿芬叔把叶娇私自开斗争会，想用毒蚂蚁螯伟进婶迫供，反而弄巧成拙，自己惹得一身蚂蚁被螯的经过，详细向他叙述了一遍。

天快黑了，小董赶到现场，只见她母子俩还坐在地上，脸肿得像猪八戒，面目全非。烂仔三瘫在他妈的怀里，头贴着腿昏睡了。小董叫醒她母子俩，把他们拉起来，搀扶着他们摇摇晃晃地回家，将他们安置好后离去。这叫做失道寡助，害人害己，上天有眼，以其人之道，还治其人之身。

小董连夜赶回县城，把叶娇私自开斗争会，企图用蚂蚁螯伟进婶，反而被毒蚁螯得她母子半死的事情，一五一十向曲队长他们作了汇报。

曲队长认为，叶娇这个人品质有问题，没有组织纪律，行为极端错误。

第二天，曲队长叫何副队长和陈大姐他们，先回村中了解情况。陈大姐和何副队长回到叶娇家，放下背包，喊了几声，无人回应。又敲了敲房门探问："叶娇在吗?"站了片刻，还是不见人回音，刚转过身来，听到里面"当!"的一声响，叶娇把门闩锁上了，拒人探访，不让陈大姐进去。她自知羞耻，干的见不得人的丑事，无法面对。她自知违纪鲁莽行事，自作主张，自找苦头，自闯灾祸，心中理亏，难以交代。

陈大姐和何副队长无奈，只有坐在厅中等待。可一直等到陈大姐煮好饭，叫她吃饭，也不见出来。

第二天一大早，陈大姐和往常一样早起，洗碗刷锅，烧火，煮好番薯、芋头做早餐，又到泉井挑满了一大缸水。再把房子里里外外、屋前屋后，打扫得干干净净，收拾妥当，等着她起床。可直到上午九十点，还不见他们母子起来。

陈大姐怕他们有什么不测，多次敲门，又等了许久，听到房里面发出声音才放心。再等到十一点多钟，才见叶娇没精打采，拖着沉重的身躯慢吞吞、懒洋洋地搀着烂仔三从房里出来，只见烂仔三的脑袋肿得像个猪头，两只眼皮，胀鼓鼓的，睁不开眼，像个瞎子，叶娇扶着他坐在小矮凳上。

陈大姐一见她母子俩，便心痛地问："怎么搞成这个样子呀?阴宫!"端来一盆温水，拿来毛巾，为烂仔三洗脸，边洗边可怜地问："阿三!你的眼睛怎么啦!"

烂仔三不说话。

大姐又问："你看得见东西吗?"

他一副苦瓜脸，不耐烦地大声说："什么也看不见。"

大姐又故意问叶娇："孩子怎么变成这个模样呢?被黄蜂螫的吗?"

叶娇不耐烦地说："还不是被那些金丝蚂蚁螫的!我的腋窝、裤裆和屁股，全身都被螫肿了!"边说边卷起衣服给大姐看，接着又说："这两天，全身像火烧一样，昏昏沉沉、迷迷糊糊、头晕脑涨，难受死了！我整个晚上都没有合过眼！"

大姐疑惑地问："你怎么被金丝蚂蚁螫成这个样子呢？"

叶娇迟疑一下道："还不是昨天开斗争会惹的祸！"

大姐好奇地问："你为什么开斗争会？谁决定的？"

叶娇蛮有理由地说："群众说伟进婶家里，还有好多金银珠宝未交出来，大家要求拉她们出来狠狠地斗。她是个狡猾多端、顽固不化的死硬派，她怎么也不肯讲，迫得我用毒蚂蚁来螫她，谁知这些该死的黄丝蚁不螫她，偏偏螫我母子俩，该死的撅尾鬼（指黄蚂蚁）！这种大毒蚁腿长，走得快，奔跑时撅起尾巴的利针，耀武扬威，有人叫它毒尾蚁。好毒呀！害得我们咁惨！算我当衰！倒霉！当初，我只想用金丝黄蚁吓唬吓唬那两个老妓婆！谁知这些该死的毒蚁不去螫她们，反而我们行了衰运！我好心好意为群众服务，结果好心无好报。当我被蚂蚁螫得半死时，却无一个人来帮我，关心我！还说我活该！罪有应得！你说，我怎样吞得下这口气呀！"讲着就伤心地哭起来。

大姐关心地说："我出去同你们找些草药回来治疗一下吧！如果昨天用了这些药可能今天就好多了。"说罢，拿起篮子镰刀，匆匆出去找草药。不一会儿工夫，提着一大篮子草药回来，有佛甲草、马齿苋、夏枯草、蒲公英、金银花、七姐妹、鬼针草、半边莲等一大堆生草药。

大姐对叶娇解释说："这些草药有用来敷伤口的，有的煲水当茶饮，有的煮水洗澡用，各种配方不同。"说完，大姐先锤烂一些草药，敷在他们身上，帮他们取出蚂蚁毒针。那边何副队长忙着为他们煲好药水、茶水，斟好一碗碗摆在桌面上晾凉。叫他们先喝两碗，再去浸泡草药汤洗澡。大姐和何副队长为她母子忙个不停。

一连几天，同他们内外结合治疗，效果很好。叶娇母子全身已消肿，退烧痊愈了。

曲队长在县府办完学习班回来后，卸下背包，就立即到叶娇家里，询问她开斗争会的情况。她把情况简单汇报后，曲队长严肃认真地对她说："作为一名工作队员，就要处处遵守纪律。我曾经多次讲过，我们每个工作队员，都要像部队那样，遵守三大纪律、八项注意，一切行动听指挥。开斗争会是件大事，你事先没有请示报告，就个人私自决定开斗争会？我们每次开斗争会，都要事先集体讨论研究，经乡政府请示报告，批准后，才能进行。你却背着上级，自作主张开斗争会，还带头动手用木屐砸人，用毒蚂蚁螯人，这样恶毒残忍的手段，你都敢用！实在卑鄙不人道，影响很坏。有损中国共产党的形象！有损土改工作队的形象！我们工作队的每个成员，绝不能够胡作非为。你感情用事，随心所欲打人，放毒蚂蚁螯人，这已经侵犯了人权。不论他们是地主、富农、资本家还是恶霸、反革命分子，我们解除了他们的武装，剥夺了他们的政治地位，没收了他们剥削得来的财产以后，对他们只能用文攻思想教育，批倒斗臭他们的坏思想、坏行为，使他们老老实实地改造思想，跟着共产党走，服从政府领导，遵纪守法，重新做人。这是我们的方针。”

叶娇胡搅蛮缠地说：“什么让他重新做人？毛主席讲‘我们穷人翻身作主人’。今天我们扬眉吐气，中意斗他们就斗他们，喜欢打就打他们。现在有机会不打他们，出不了以前被他们打过的恶气。打死他们活该！”

陈大姐严肃地对她说：“你打人的行为，是侵犯人的权益，是违法的行为。作为一名工作队员，要执行和贯彻党中央的各项政策，不能感情用事呀！打人是犯法的，你随便抓人，又严刑拷打，这是不允许的！”

叶娇未听完陈大姐的批评，就大哭起来，耍臭脾气，好像受到了极大的委屈，边哭边说：“我是为穷人出气，好心被雷劈！好头戴烂帽！蚂蚁螯不到地主婆，反而自己惹来一身毒刺！冤枉呀！冤枉！我为什么呢？唉呦！呦！”哭着喊着又耍赖说：“你们工作队什么都叫我带头，我不知怎样做才是呀！以后我不做你这个‘根子’了！”说罢，气冲冲地走回睡房里，关上房门，在里面大哭起来。赌气压铺板，闭门不出。

曲队长他们无奈，深有感触地说：“教育农民是个严重的问题。”

这段时间，三同户的陈大姐，每天早晨做完家务，吃完早餐去上班，叶娇还未起床，也不去上班工作了。大姐上班她起床，大姐回来她躺床，天天同你捉迷藏！

一天中午，市场工商所杨所长来找陈大姐，谈及太特的工作问题，叶娇在房里听到，立即走出来，笑嘻嘻地对杨所长说："所长大人，你真是关心我们的！阿特是不是到你们所里做管理员呀？"

杨所长为难地说："有些困难，正想和陈大姐商量商量怎么办呢。"

叶娇顺口说："哎呀！有什么好商量的，不就是你一句话说了算！你安排好，直接同我讲就得了，不要同他们说了吧！"

说话间，曲队长、何副队长和小董他们也进来了，何副队长和杨所长是老战友，原来都是东江纵队的小鬼队员。大家坐下，曲队长把话题转移到如何开展下一步的工作问题。

杨所长说："我不打扰你们了，我还有点事先走！"

陈大姐送杨所长出到门外，两人就太特的工作问题商量。"暂时先试用他几个月，看他表现如何，然后再说。"杨所长说完匆匆离去。

曲队长简短地总结了前一段的工作经验教训，表扬了突出的土改队员，也表扬了叶娇在前期土改运动中好的一面。同时，严厉指出她的严重错误："我"字第一，感情用事，私开斗争会，使用残酷暴力殴打他人等行为，违反了队规和党的方针政策。今后必须吸取教训，绝不能重犯，改正错误，努力工作，争取做出好成绩来。曲队长进一步强调："今后，我们每一个工作队员，都必须牢牢地掌握党的方针政策，遵纪守法，在工作队中，一定要杜绝打人或变相以各种残忍手段，对待地、富、恶、反、坏分子及其他人的行为。在本村的土改运动中，我们应注意到，多数是同姓、同族、同房、同亲的大家庭的成员，各家各人的知识有差别，生产经营方式不同，财富收人多少都有区别。所以，现在阶级成分高低也不同，虽然有差别，但都是一家人，不是势不两立的敌人。他们天天朝夕相处，都是叔伯婶母、兄弟叔侄，都是一个大家族，不要搞得太过火了。"

叶娇不服气蛮横地说："地主、富农是阶级敌人，我要和他们划清界限，打他一下有什么了不起。"

曲队长再次严厉地指出："你打人是侵犯人权，是违法行为。省人民政府对我们每个土改工作队队员再三强调，要提高思想觉悟，提高政策水平，掌握好党的各项方针政策。政策和策略是党的生命。我们每个队员的一举一动，都代表着党的方针政策，具体在农村中落实的表现，我们肩负责任重大，谁也不能乱来。”

同时，再次提到叶娇几次打人的恶性行为，并对她耐心地说：“你已经多次出重手打人了，我们绝不能用个人感情，代替党的政策呀！不然，我们很容易给阶级敌人钻空子，有机可乘进行造谣破坏活动，诬蔑攻击我们工作队，诋毁伟大的中国共产党的声誉，造成不良的影响！”

叶娇顽固地说：“我做我的，与工作队有什么关系？他们是地主老财，我是穷光蛋，他们以前对我不公平，我有深仇大恨，你们一会儿叫我们有仇报仇，有冤申冤，一会儿又叫我不要报私仇，我不知怎样做才是。如果怕我影响，我不做你这个队员了。”越讲越激动，又耍赖放声大哭起来。大家轮流耐心地劝导她，却都徒劳无益。她突然站起身，一脚把坐的小木凳踢翻，跑回房间，“呯”一声关起门，躲在房里不出来。

陈大姐讥讽她说：“这个人本性难移，她一发牢骚就摔盆打碗，压铺板躺倒不干。”

大家对她软硬兼施启发教育，反而效果很差。她这种冷热古怪的坏脾气，蛮不讲理，不时给你泼来一盆冷水，大家都心灰意冷了。

曲队长说：“走吧！”

小董说：“驯兽师要驯服一头野狼，非一朝一夕之事呢！”

叶娇又一连数日，不去上班了，每天等陈大姐上班去了，太阳晒到她床头才起床。独自坐着，怒气满腹未消似的，也不同陈大姐说话，板着面孔，每顿饭也不同陈大姐坐在一起吃，挟些菜就走到外面吃完，洗了自己的碗，有意避开大姐。

过了好几天，一个傍晚，太特提着一包碎牛杂之类，高兴地回家，一见陈大姐就说：“今天杨所长叫我明天到所里做工了。”

陈大姐反问：“真的？他叫你做什么工？”

太特支支吾吾地说：“叫我搬板扛凳，还有……还有记不清了。”

陈大姐高兴地说：“那你以后就好好听从杨所长的话，他叫你干什么，你就要勤勤快快地干好什么啰！服从领导，不要偷懒，不要贪小便宜，不要随便拿别人的东西，知道吗？”

太特歪着脑袋不吭声。

陈大姐接着又耐心地对他说“你以后千万不要同人吵嘴打架了，要注意团结同志，人民政府、共产党，对你们一家人够特殊照顾的了，你要好好珍惜这份工作呀！懂吗？要记住呀！”

太特像木头似的站着不做声。

叶娇装病，有意躲在睡房避开陈大姐。当听到老公太特有份工作了，突然从房里跑出来，笑嘻嘻地说：“还是共产党好，大姐啊！大姐，我现在才知道你真是关心我们的，我想不到阿特这个蠢佬，真的有份工了！以后，我家里有两个‘铁饭碗’了。我们也有大鱼大肉吃了！多亏大姐你好心肠！”她真像条变色龙，刚才面肉横飞，现在嬉皮笑脸、油腔滑调、故弄玄虚。她大声责令太特：“你还不快多谢大姐！”

太特转过身来低声地说：“多谢陈大姐！”

叶娇假惺惺地对大姐说：“还是大姐好！我这段时间经常头痛失眠，全身不舒服，不知怎的，没有参加农会土改工作，总是心挂挂的，好过意不去。”

陈大姐顺她的意说：“你身体有病不舒服，又不吃药，老是躺床，这样怎么会好呢？”

叶娇转而说：“现在好多了，没有什么大碍了。阿特有份政府工，我也要好好工作了！大姐，你说阿特有多少钱一个月呢？”

陈大姐惊讶地说：“他还未去上班，不知道他能不能做得了那份工呢？谁知道他的工资有多少？”

叶娇叮嘱阿特说：“你以后呀，首先要改掉你这股牛精脾气，不要动不动就想打人，小偷小摸乞人憎，揈衰家！”

陈大姐对阿特开导说：“以后要彻底改掉那些流氓习气，从头做起，积极工作，做出好成绩来，不负众望。”

太特点头，表示决心。

叶娇有意大声地对太特说：“大姐讲的，你听到了没有？以后不要那么懒了，要勤快点，不要无事就睡觉，推一推动一动，踢一踢辘一辘。人家说你日日在墟市上，见人家卖烟丝就起烟瘾，见人家卖点心就流口水，抓一把偷一个。如果你死性不改，就败坏杨所长的名誉，人家看见你这副怪相恶样，到处偷偷摸摸，影衰我！你要记住，你老婆现在是土改工作队队员了，出街入市，人人都称我叶娇同志！不显富贵，也显个威风嘛！你以后要检点检点，不要失礼于人，砣衰连累我，看你这个衰相呀！衣服不穿一块，成何体统？以前无衣穿啫！现在分了这么多布匹衣裳，你还整天搭条烂肩布，真是衰出骨，无人有。现在烂仔三也学着你了，打光板穿条牛头裤，跟着你到处逛，随巷通街走，见什么就想拿什么，小偷小摸。真是有其父必有其子，一点没错，个个生得一副衰相。如果你们以后还死性不改，我就赶你们出去瘔街边，你们听到了没有？”太特和几个儿子，个个好似木头站在一旁，聆听她的训话，谁也不敢吭声。

叶娇气愤地接着说：“睇到你几个衰相！我都饱了，真气死人！”

他们说话间，文书小董进来悄悄地坐在一旁听着。

陈大姐笑着缓和劝解道：“好了！好了！哎呀！我们以前穷，饭也吃不饱，有补丁衣服穿都不错了。朱德、毛委员为了穷人翻身解放，南征北战，在延安艰苦战争时期，还不是穿着补丁的衣服呢！阿特他们现在舍不得穿，留到过年穿，穷人识得节衣省食，精打细算，有什么不好呢？”

叶娇唠叨着说：“这些贱骨头，冷死也不穿衣服，宁愿光着身子，搭着肩布烘火炉，你说他衰不衰格呀！”

太特听得不耐烦低声地说：“肩搭布是你以前从被套里剪下给我的，教我白天披肩作衣，晚上睡觉当被。”

陈大姐和小董听着禁不住笑起来。陈大姐在太特家里和他们同吃、同住、同劳动几个月来，从来没有听过太特讲过这样风趣的话。

小董捧腹大笑，笑个不停！眼泪都流出来了！

平时，太特极少讲话，经常单独一个人坐在厨房小矮凳上抽卷烟。

陈大姐对太特说：“特哥讲的是以前的事吧！你明天要到工商管理所上班了，接触面广，穿着要整齐一些，待人接物要和气有礼貌，坚持岗位，完成任务。不要拿小商贩的物品了，工作要积极主动。”

叶娇抢过陈大姐的话题对太特幺喝道：“你装入耳了没有？”

吓得太特愣了一愣，低声应道：“知道了。”

叶娇又指责他道：“睇你这个衰人呀！日日不洗澡，一身污垢，一身臭酸馊味，几丈远闻到都作呕，真砤衰家。”

太特臊眉耷眼地瞧她一下，不讲话。

陈大姐和解着说：“好啦！你们以后都要讲卫生、讲环保就是了。阿特今晚担几担井水，好好洗干净，明天穿件靓衣裳，我陪你去所里报到上班。”

第二天一大早，太特穿着一件三个口袋的唐装衫，下身还是穿着一条牛头短裤衩，脚穿一双木屐。

陈大姐看见太特这个打扮，禁不住地笑着说：“看你呀！上身穿的像过年，下身着的似去耕田！”

叶娇听到从房里跑出来，见他这个打扮模样，指着就骂：“睇你这个衰样呀！上穿长袖龙袍，下着裤衩木屐，出洋相，笑死人！蠢到无药医。土改分了我们这么多好衫好裤，你不穿！真是个贱骨头。”她回房里拿出一大沓靓衣服摆在酸枝椅上，拿起这件，又翻出那条，说着：“你看，你看，这件够好啦！那一套也不错嘛！你偏偏不要！”

太特说：“是你叮嘱我不要穿这些好的，留着给阿三长大时穿。

叶娇听了，因在大姐面前，想怒又不敢怒，脸变色忍着气，丢去一条绸缎长裤：“那！这条合你穿的了！”

大姐叫太特穿上看看，他穿好了，大姐上下打量，忍不住又笑起来。看他穿起这条裤，裤脚离脚面短了有五六寸多，像条短筒休闲裤，又宽又短。可能哪个地主老财，是个矮胖子。如今，太特一身装束，非商富豪，而穷则又有裤。太特苦着脸低下头，左看看右瞧瞧，总觉得周身不自在。大姐勉强地笑着说：“还凑合嘛！就这样啦！”催着太特起程去报到。

他跟着大姐到所里，很远就看见杨所长在门口打扫卫生，杨所长一见到陈大姐，就上前迎接她们到办公室里坐。

大姐笑着说：“我带阿特来向你报到了！昨天晚上，我们同他做了许多的思想教育工作。他肯不肯做、做得好不好、称不称职，在他本人了。”

杨所长说：“试用几个月看看吧！”

陈大姐说“最近队里的工作也很忙，我要回去了。”

杨所长送走了陈大姐后，对太特庄重而认真地交代说："你的主要任务是：第一，每天一早一晚，市场各个摊档老板租用的本所木板、长凳等用具，全部由你负责包送包收。板凳烂了，负责修理保管好。第二，协助管理员维护好市场秩序。第三，每天两餐要帮助厨房洗菜做饭、清洁室内外卫生。每天工作九个小时，准时上下班，不得迟到早退，不准偷懒，团结同志，和气礼貌待人，不贪不偷，遵守所里的各项规章制度。你能不能做到？"

太特回答说："能。"

杨所长期待地说："如果试用期满，大家认同你，就继续做下去。若是表现不好，违反规章制度，情节严重就要开除你，无得捞。"

太特点头同意。

从此，太特天天穿着那套上布下绸的服装，手臂上戴着"工商行政管理"的袖章。做完搬板扛凳后，在墟市上走街窜巷。这里瞧瞧那边看看，不时用脚踢踢小摊贩的箩筐，叫他们摆好点，小贩们看到他如今穿着打扮时髦，未知来头如何，都不敢言语，服从管理。他在所里工作一段时间了，总算还可以。太特把每个月的工资全部交给叶娇，她眉开眼笑，最近也不叫头痛了。吃了早餐，就和大姐去队里上班了。

第十六回

小权谋大财，一夜暴发户

叶娇听人说，大地主伟进婆家里，还藏有好多金银珠宝未交出来，便始终念念不忘。她经常想，以前做工时，看见她家中的男女老少都佩戴着各种各样的金银首饰，土改前后，就不见了。心里总觉得疑惑不解，认定他们早已转移收藏起来了。但是，几次斗争伟进婆都不说。数天来，叶娇日思夜想着那些金银首饰，咬定珠宝还在伟进婆手里，绝不能放过它。她暗下决心，利用手中的权力，暗箱操作，摸清底细，见机行事。

一天晚上，乌云密布，雷鸣闪电，倾盆大雨顺势而下，叶娇认为此时到伟进婶家里看个究竟，正是天赐良机。晚上九点多钟，她披上蓑衣，戴着竹帽，打赤脚，趁着雨势，匆匆跑到伟进婶住的那间泥砖屋敲门。人们早都进入梦乡了。

伟进婶一家老少五口，都挤在这间泥瓦房里。外面下着倾盆大雨，伟进婶朦朦胧胧地听到急促的敲门声，便叫醒媳妇起床看看。

朱嫂点着火把，走近门边问："谁呀？谁呀？有什么事？"

叶娇嘴巴对着门缝小声地说："是我！太特嫂！"

屋内朱嫂又问："你是谁？"

外面的人又回答说："我是！太特嫂！"

朱嫂问："这么晚有什么事呀？"

叶娇又对着门缝大声回答说："我有要紧事同你们商量，快开门！"

朱嫂问伟进婶："娘！太特嫂说有要紧事找你。"

伟进婶叫开门，让她进来。叶娇闪进屋内，转过身立即把门锁上，脱下斗笠、蓑衣，放在门边。瓦檐上水滴滴答答个不停，只见房中间放着一个大木盆，接住破屋顶上漏落来的雨水。

伟进婶一家看见叶娇进来，个个都坐起身，惊恐地望着她，不知是凶是吉。如老鼠见猫，忐忑不安，朱嫂点着煤油灯。

叶娇走近伟进婶说："二婶，我有件事想同你商量一下，我们到厨房里谈谈好吗？"

伟进婶如在魔鬼手中逃生出来似的，早已惊恐万状。在几次斗争会上，被她打得死去活来，魂飞魄散，头发皮肉被扯脱，伤口还在发炎流脓水，脸上身上紫一块青一块。每次被斗放回家后，整天卧在床上，不吃不喝不说话，忧愁泪下，瘫落床上，全身如散了骨架似的，不想起来。今晚，光见到她这副凶神恶煞的面孔，就心惊肉跳，失魂落魄了，只好从命，慢慢撑起沉重的身躯，艰难地爬起床。朱嫂搀扶着她，一手拿着油灯，拖着碎步走到厨房，挨靠着墙边滑下坐着，面容憔悴。心想这个心狠手辣的泼妇，不知道她今晚又要要什么阴谋诡计。

叶娇叫朱嫂走开，说有要紧事单独同伟进婶商量。

朱嫂拒绝她说：“我娘有病，我要陪着她。”心里想，谁知道她今晚冒着暴风雨，突然闯进来有什么不轨的想法？黄鼠狼入屋，肯定不怀好意。

伟进婶有气无力地说：“太特嫂，我前世和你无冤无仇，我们都是同房、同宗、同族的婶母叔侄，你对我们这样深仇大恨，我们有什么得罪过你呀！何必闹得六亲不认，水火不容呢？我都快六十岁人了，这把年纪死已无憾了！你才三十多岁，多积阴德吧！”

叶娇打断她的话说：“你不要讲这些话了，我有正经事同你说，土改斗争还未结束，如果你还不老实，更难受的日子，还在后头呢！工作队说你还有很多金银首饰玉器未交出来，只要你坦白交代，才能得到从宽处理。否则工作队是不会放过你的，你必死无疑。如果你给我四两金子，我会免除你今后肉体上的痛苦，保你全家老少平安！”

伟进婶沉默许久为难地说：“我哪里有这么多的黄金呀？我家里所有的财产都给你们拿去了，只剩下几张破棉被和衣服。”

叶娇追问：“你们以前戴的金银首饰都到哪里去了？”

伟进婶解释说：“早已变卖了。”

叶娇怀疑地问：“你不要骗我了，你家里几百亩良田，每年上千担谷子、几百担番薯、芋头，一百多头猪、牛，还有家禽出售。以前你老公、大老爷在广州、县城做大生意，年年赚大钱，常常邀请那些省、县衙门的绅士、官僚光临，设宴摆酒，山珍海味，一次就花上百两银子。虽然抄了你的家，我知道你还有大把金银收藏起来了，你糊弄过他们，骗不过我！你是逃不出我这个如来佛掌的，只要你好好同我合作，我免你皮肉之苦。否则你们吃苦头的日子还长着呢！我是土改工作队员，是农会主任，是土改依靠的根子。曲队长和陈大姐他们都听我的，我叫他们为太特找份政府工，他们很快安排他到工商所工作了。这个村庄，我说了算。对你们这些阶级敌人，我能让你生，也能让你死！你的钱重要？还是你的命宝贵呢？黄金有价，生命是无价的，你好好掂量掂量！”

伟进婶苦闷低着脑袋，慢慢地哀求诉说：“前几年，我老头子伟进长期有病，到处求医，花了不少钱。这么几年来，丧事喜事一个接着一个。从那以后，我们都很节俭了。往日朱门酒肉臭，今日，我们住破屋，已山穷水尽了，我哪还有金银呀？”

叶娇威吓她说：“你不要讲这么多废话了，我今晚的来意，同你说明白一点，就是与你做一笔生死的交易，你到底要钱，还是要命？上次的金丝蚂蚁螯不到你，反而差点咬死我，这都是你的罪过！”

叶娇咬牙切齿地说：“你今晚不讲，我过几天再来，很快又开斗争大会了，看你的嘴巴硬，还是我的木屐硬！你还未尝够木屐硬的滋味哩？不要敬酒不饮饮罚酒！等着瞧吧！”站起来想走。

伟进婶在黑暗的煤油灯光下，恍惚看见一个长牙咧嘴要吃人的豺狼，心里一震，扑通！跪在她面前，泪流满面苦苦哀求她说：“特嫂呀！特嫂！你大人有大量，放过我们吧！”伤心地哭着说：“我好怕呀！我受够苦了，你网开一面，好心放过我们吧！”

叶娇这个贪婪黑心鬼，怒斥道：“你这个死贱货呀！无识做人，无衰搵来衰！真抵死！”

叶娇想走，伟进婶一把抓住她的衫尾迫于无奈说：“你要我给你多少钱，才肯放过我呀？”

叶娇立即转过身来，温柔细声地问：“你有多少钱给我？”

伟进婶不大情愿地说：“我只能向人家借些银圆给你，买个人情罢了！”

叶娇高兴地问：“你给我多少？”

伟进婶迟疑地说：“给你十个银圆吧。”

叶娇贪婪地质问：“什么？十个银圆就可以赎回你这一条命？”伟进婶知道她是个馋鬼，只好说：“再给你十枚。”

叶娇察颜观色，又得寸进尺地敲诈说：“二十枚银圆，等于二十担稻谷，二十担谷子，可垫回你这条命吆？太便宜你了！”

伟进婶苦于无奈，沉默无语，僵持许久。叶娇如馋狗等骨头，急不可待，对伟进婶摊牌说：“你再给我二十枚银圆，一共四十枚。否则，我不会放过你的。银圆掌握在你手上，你这条命掌握在我手中，是祸是福，看你自己选择了。现在很晚了，我不同你啰嗦了！”

这时，大雨已停了。叶娇披上蓑衣，戴上斗笠，轻轻地开了门，先伸出脑袋，往左右两边鬼鬼祟祟地瞧了几下。无人路过时，急速闪身出门。故意压低前额竹帽，垂着脑袋，匆匆忙忙跑回家。

这一夜，叶娇和伟进婶异床难枕，躺在床上，各怀心事，无法入睡。这边，伟进婶对叶娇这只狡猾狐狸忧心忡忡，要用四十枚银圆换走皮肉之灾，保住一家老少平安无事。如果达不到她的目的，又不知道她日后又会怎样折磨我们呢？左思右想翻来覆去，一夜未有合过眼。那一边，叶娇老谋深算，敲山震虎，威逼利诱，略施小计，使伟进婶乖乖地双手奉来银两。她反问自己，如果她撒谎糊弄我呢？又怎么办？若是她真的能给我四十枚银圆，我也享受好几年啦！无论如何，先把这笔银圆拿到手再说，越想越兴奋，无法入睡。天亮了，听到陈大姐的扫地声，立即爬起床。

连日来，叶娇内心总是乐滋滋的。又过了几天，一个晚上，她乘天黑又窜入伟进婶家里，坐下来，态度一百八十度大转弯，笑着说："二婶，你真是个识大体顾大局的婶母哩！"先把她赞扬一番，接着就追问伟进婶："那些银圆拿回了吗？"

伟进婶说："恐怕还要过几天。"

叶娇说："那好，一言为定，再过几天我再来。"说完她转身闪出门外。她狡猾地往公共厕所那边兜了一个大圈，以为神不知鬼不觉，仓促大步地转回家。突然，踢翻了一块石头，"唉呦！"一声响，身体往前冲了两步，差点摔倒在地上。吓得她心中一惊，出了一身冷汗，忍着痛匆匆赶回家一看，小腿上五寸处瘀肿起来。可又痛得不敢出声，怕陈大姐知道。

她躺在床上翻来覆去始终睡不着，一边心想那些银圆一到手，我也不再穷了，也可以过上一段地主、富农的日子了。另一边又胡思乱想，万一被工作队知道了，那就糟糕了，只要伟进婶不讲出来，谁也不知道，只有天知地知，她知我知。他们的命运掌握在我的手里，肉在砧板上，她敢讲吗？俗话说，一物治一物，斑鱼治塘鲺。发财梦像兴奋剂，使她精神充沛，一夜没有一点睡意，甜滋滋地望着屋顶上的小天窗回味着，眼光光地等到天亮。

过了几天，一个晚上，大雾降临，天黑路暗。可能气压偏低的原故，陈大姐的老毛病风湿骨痛发作，很早就上床睡觉了。

叶娇觉得今晚正是她活动的好时机。等大姐入房后，她身藏一块头巾，悄悄地出了大门，披上黑头巾，仅露出一双眼睛，急急忙忙往伟进婶家里走。不时警惕地前顾后盼，怕人跟踪她。一到伟进婶家门口，就“嘭嘭”地敲门。朱嫂知道是叶娇又来了，点着煤油灯去开门，一见她用黑头巾包住脑袋，像鹧鸪怕见人藏头露尾。

入屋后，收起了头巾，只见一家老少蜷缩在稻草堆上。伟进婶他们见到她进来，个个用憎恨的眼神望着她。伟进婶立即爬起床，拖着沉重的脚步走入厨房，儿媳扶着家婆坐下。

叶娇自己也拿来一张矮凳坐下，迫不及待地问：“那些银两拿到了吗？”伟进婶惋惜地说：“哎呀！还没有取回来呢！”叶娇疑虑地问：“你不是答应我过几天有货给我的吗？”

伟进婶怯声怯气地说：“事与愿违，暂时还不行。你能不能再给我一些时间呢？”

叶娇不高兴地质问：“你是不是骗我？你讲话不算数。”

伟进婶忙解释说：“那个人不在家，我们去了两次，都扑空了。你能否再给我十多天时间？”

叶娇反问：“为什么要这么长时间？”

伟进婶回答说：“因为我们受管制，不能频繁外出活动，有时只能偷偷地去找他。不然，我确实没办法，你打死我也没法子了。”

叶娇怒气中盘算着想：如果过于急迫她闹翻了，恐怕以后想要一个银圆都难！想到这里，怒面变笑脸，婉转地对伟进婶说：“是的，你们出入多了是惹人注目的，那就再等几日吧！你抓紧点，我过几天再来。”

伟进婶不愿意地说：“对不起！”

叶娇临走时再三叮嘱：“尽量快点！”

这时，已是晚上十点多钟了，她匆匆回到自己门口，慑手轻脚地掏出锁匙，慢慢打开大门，慢慢地进来，不想惊醒陈大姐。谁知陈大姐因风湿骨痛翻来覆去睡不着，又冷，起来烤烤火炉，独自一个人静悄悄地坐在厅中烘火炭取暖。

叶娇从外面悄悄地进来，大姐看得一清二楚，叶娇一眼见到陈大姐，独自一个人坐在这里，好像知道她的行踪，专门等候她似的，吓了一跳。惊慌地说：“唉呀！大姐！这么晚了，还不睡觉呀？”

大姐说：“天一变潮湿，腰腿风湿病又发作了，睡不着，起来烤烤火就好一点。”反问道：“你不是已睡觉了吗？这么晚你到哪里去了？”

叶娇撒谎说：“我肚子不大好，上厕所去了。”

大姐关切地问：“是不是吃错了什么东西？”

她随便答道：“我也不知怎么的！很晚了，大姐回房睡觉吧！”

大姐回答说：“你先去睡吧！”

叶娇回到房里躺在床上，总想着银两的事，翻来覆去睡不着。

陈大姐夹些火炭放进火筒（烤火的瓦罐）里，回到床上，被子盖着火罐挨坐着。心想，最近叶娇行迹有点诡秘，几次晚上出去，深夜回来，有点反常，琢磨不透她。叶娇经常睡懒觉，八九点钟才起床，但工作表现好像比以前勤快，说话也多了，无明显异常。不过，犯冷热病是她的本性，喜、怒、哀、乐、好、恶、欲，七情六欲，未知其内心如何。

一天，陈大姐和叶娇从田间劳动回来，可能是劳累的缘故，又遇着天气变化，风湿病复发，痛得厉害，行走艰难。县政府军管会领导，下乡检查工作时，看到陈大姐的病情严重，劝她入医院治疗，她死活不肯，最后强拖硬拉她上车，把她送到县人民医院住院治疗。

叶副县长知道陈大姐住院，立即来看望她，并叮嘱温院长，要把她的病治好了，才让她出院。

叶娇知道陈大姐去了医院，心里像落下了一块大石头，没有这支顶心杉，舒了一口大气。心想陈大姐在她家，使她活动很不方便，好像经常有人在她身后，监视着她的行踪似的，时时提心吊胆，日夜不安。现在，这道障碍不见了，她可以无拘无束自出自入，为所欲为了。

几天后，她有意路过伟进婶家门口，伟进婶刚好坐在门口的石凳上晒太阳。叶娇向她使了个眼色，探个虚实，伟进婶摇了摇头，表示无货。

又过了几天，一个下午，当叶娇经过伟进婶家门口时，见其媳妇招手，示意有消息。她心里一动。好不容易等到天黑，农村习惯天黑后，就关门闭户睡觉了。她趁着黑夜摸去伟进婶家里。朱嫂听到敲门声，估计叶娇来了，出去开门，带她进入厨房。伟进婶一家几口，围坐在炉灶旁取暖。

叶娇坐下就问："二婶，银两拿回来啦？

伟进婶为难地说："去了几次，还是取不回来。"

她心急地追问："怎么取不回来？你一次又一次来糊弄我？你到底到哪里去取？你老是骗我，是不是嫌命长？"

伟进婶恐慌地答道："我不是骗你，我实话实说！"

叶娇威胁道："只许你老老实实，不准你胡说八道！"

伟进婶怯懦地说："我不敢欺骗你，我现在确实没有办法了，希望你谅解我们的难处！我知道你对我们关心，我也想报答你，看来我力不从心了。"

叶娇觉得她心里可能有难言之处，问道："你有什么难言之处，你不要躲躲闪闪，老实同我说清楚。"

伟进婶心情沉甸甸的，忐忑不安，不知如何面对这头馋鬼。如果不把实情讲出来，冤鬼上身，长期对你死缠烂打，一世不得安宁，唯一摆脱她的办法，只有把那实情讲给她知道了。伟进婶被迫说："我老头子前几年临死前，同我讲过，有一罐银圆放在大院一个地方，也不知道有多少。一直以来，都没有动过它。我叫大云、二云两兄弟，晚上偷偷地去挖回来，要爬围墙进去。那天晚上，大云踏住二云的双肩，爬到围墙顶端，一不小心，铁锹从墙上掉下来，响声惊动了巡逻的民兵，被他们发现了。他俩撒腿就跑。民兵喝令他们站住，他们拼命一直跑到山上躲藏起来。等到天亮，还不敢回家，直到中午，他俩扛着一捆柴草，掩人耳目地回到家，整天失魂落魄，吓得他们屙青屎，几日都还不过神来！"

又过数日，一个晚上，大雾降临，乌天黑地，兄弟俩见伟进婶整天愁眉苦脸，忧心忡忡，尽管开导劝解，也无济于事。为了使母亲摆脱内心上的痛苦，两人等到深夜人静，再次壮着胆子，把布袋、铁镐等工具绑在腰间，作了充分的准备，再次冒险去掘银两。趁着雾黑，摸到大院附近，潜伏在竹林中，静悄悄地观察一切动静，又见到哨兵在大院周围巡来巡去，手电筒不时四处照射。从晚上子时，一直等到四更，巡逻民兵始终不离开这幢房屋的周围，鸡已叫了数遍，弟兄俩无法入手，天快亮了，他们只得扫兴回来了。

伟进婶一见到俩心肝儿子，又空手而返，母子各自心乱如麻，愁眉苦脸，谁也不愿说话，谁也无法表达各自的感受。母子同心，个个默默无语。也许这样，更能胜过千言万语的安慰吧！

叶娇忍耐地听着，大家见到她那副恶狼般的狰狞面孔，个个惊恐万状！

又在一个毛风细雨的晚上，天气阴湿寒冷，伟进婶他们早已入睡了。

深夜子时，大云兄弟俩认为：今晚正是行动的最佳时机，俩人心照不宣，硬着头皮，披着蓑衣，戴上斗笠，再次带上工具，冒着微风绵雨悄悄地又出去了。很快靠近大院后面，慢慢接近围墙附近，隐藏在一堆稻草里，观察着周围动静，等了几个时辰，不见民兵巡逻，他俩迅速靠近围墙底下，正准备搭人梯爬进屋内，忽然听到有讲话声音，兄弟俩就地蹲下，谁知脚步声越来越近，哨兵手电筒照过来，看见墙脚下蹲着两个人，大声喝道："是谁？干什么的？"老大回答说："拉大便的！"哨兵追问："怎么到这里拉？臭哄哄的，快走！快走！"他俩已是惊弓之鸟，听到大声吆喝，已失魂落魄。趁黑撒腿猛跑，怕哨兵追踪上来，他们直往公共厕所方向那边跑，跑进厕所，迅速把作案工具抛入屎坑里。在脏臭多蚊的厕所里，熬了一个多小时后才回家。

伟进婶每次看到兄弟俩出去挖银，心里总是忐忑不安，因为被划为大地主成分，是阶级敌人，限制他们晚上外出，一旦有违法不轨行为，就随时被审问、挨斗、受打，说你不服从改造，再给你多戴上几顶坏分子的帽子。规定只准你老老实实，规规矩矩，日出而作，日落而归，不许你乱说、乱动、乱窜。若违背规定，就会被人打得两脚朝天，无人可怜。

所以，每当兄弟俩一出门，伟进婶总是提心吊胆，祈求上天保佑，盼望他俩办成事回来。她们一夜躺在床上，眼巴巴地等着他们回家的开门声，可是天都快亮了，还不见他们回家，不知是凶是吉。

天刚蒙蒙亮，忽然听到吱喳的开门声，见兄弟俩披着蓑衣，垂头丧气又空手而回。但是不管事情办得成与不成，母亲见到他俩安全回到家，心里像落下了一块大石头，舒坦多了。

他们兄弟俩每次回来，都把作案经过讲给她们听，伟进婶总是细心听着，内心里有说不出的难过。而每当两个儿子出去作案时，心中有一种可怕的恐惧感。他俩次次失败而回，预料到叶娇一定会对他妈臭骂、污辱、恐吓和威迫，对他们心理和肉体上进行残酷的折磨。

大云二云兄弟俩，为了孝顺母亲，一次又一次地冒着危险，企图盗得银圆，双手奉给叶娇，免除阿妈皮肉之灾。

可是天意弄人，偏偏每次行动都事与愿违，空手而去，又空手而归。尽管掏尽孝心，也无法满足叶娇这个贪婪狂徒的欲望。

在一个寒风啸啸的夜晚，突然伟进婶家中两扇大门“嘭！嘭！”两声巨响。门往两边趟开，大家吓了一跳。只见一个披着头巾的女人闯进来，原来是叶娇这个幽灵又来了。朱嫂上前引她入了厨房，伟进婶深知黄鼠狼人屋，不怀好意，她走进厨房坐下。

叶娇却站着，迫不及待地问：“银两弄到手了没有？”

伟进婶礼貌地说：“你坐下来，我慢慢同你讲。”

她极不高兴地训斥道：“有，你就拿出来，没有，就拉倒，还讲什么？真扯蛋！”

伟进婶解释说：“不是没有，是一下子拿不回来。”

叶娇反问道：“怎么拿不回来？”

伟进婶看见她怒气冲冲，再解释下去也无用，如果还是左推右挡，实在难以消除她的怒气，反而对自己很不利，迫于无奈，她只能把儿子几次企图盗取银两的失败经过，一五一十地向她讲述一遍。

叶娇边听边觉得，这个狡猾的老狐狸，还真的藏着一批珠宝呢。她沉住气，边听边琢磨着，如果我偷偷地把它掘回来，这笔珠宝不就是都归我的了？心中乐滋滋听着。

伟进婶把偷银两的全部经过，都讲给了叶娇听，苦苦哀求说：“我已把实情都同你讲了，俩儿子胆小怕事，现在再也不敢出去了，只能再过一段时间，另想个办法吧！希望你大人有大量，多多谅解我们吧！”

叶娇沉思良久，忽然态度和蔼地追问伟进婶：“你那些银两，具体是放在什么地方呢？”一连几次地追问。

伟进婶低着脑袋迟疑很久，想前想后，讲不讲给她知道呢？如果把具体实情告诉了她，一旦她取了回来，分文不给我们，她会做得出的。再说，也确实不知道那个罐子有多大，到底有多少银两。如果不把具体位置讲出来，她说我不老实骗她，她绝不会放过我们的，恐怕日后对我们更加残忍。因为她手中有“土改根子、农会副主任、土改队员”的权力。所谓胜者为王，败者为寇。她大喝一声，恶霸、地主、富农个个心惊胆战。她对你，恶之若其生，恶之若其死。我们的命运，都掌握在她手里，命只有一条，钱乃是身外物。若要钱不要命，最后，命也没有，钱也没有；如要命不要钱，性命保存，命在钱也有。权衡之下，留得青山在，不怕无柴烧！在激烈的思想斗争中，觉得还是如实告诉她才为上策。

叶娇这回忍耐再忍耐等待她很久很久了，也不敢生气，怕伟进婶与她赌气起来，不把藏宝的具体位置告诉她，金银唾手可得，一拍两散，等于煮无米粥？不过，饿狼见到树上的猎物，偶然也会暂时等待着！叶娇再次细声温柔地问：“伟进婶，那罐银两，具体藏在什么地方呢?”

伟进婶经过激烈的思想斗争后，认为，只有讲给她知，才会放过我！于是，把藏匿的位置和盘托出，如实告诉了她。

叶娇听得一清二楚，假惺惺地对伟进婶说：“你告诉我知道，我也不会去拿它的，我也不会同工作队讲的，我会同你保守秘密。你放心，这件事，只有你知和我知，将来有机会时，我们一起想办法把它挖回来，两家平均分就是了。暂时一定要保密，先不要动它，知道吗！军管会要求我们每个土改工作队员，都要像解放军那样，遵守三大纪律，八项注意，不准拿群众一针一线，你们放心好了！”

伟进婶听了她有铁一般的组织纪律制度。她再三保证，一定会同你保密，再三叮嘱，千万不要把这件事情告诉土改队。否则他们说你有这么大的事情隐瞒不报，欺骗他们，你就罪大恶极，到时你们大难临头。伟进婶被吓得不敢说话，只是默默点头，更加忧心忡忡！一家呆愣无语，个个傻乎乎地坐着，谁也不知道在想什么。

叶娇兴致勃勃地跑回家，躺在床上，双手垫着后脑，眼睛望着天窗，翻来覆去无法入睡，好像吃了兴奋剂一样，精神十足，总想着伟进婶同她讲的金银财宝埋藏的位置，没有一点睡意，越想越兴奋，越想越激动，全身冒汗，爬起来坐在床上，下决心非要把这批金银珠宝偷回来，据为己有。但是，如何实施呢？她作了几个设想方案，自己又一一否定了。五更鸡鸣过，天已蒙蒙亮，她起床，吃了点早餐，就去工作队里上班了。一进屋，见曲队长他们正在围着一大盆红薯、芋仔吃早点。

小董问叶娇："今天这么早就来了？"

叶娇说："为人民服务嘛！"

大家吃完早餐，曲队长作了工作安排，队员们分组，到各个村庄，做宣传发动群众工作，召开座谈会、忆苦思甜、学文化、教唱歌、跳舞、宣传党的方针政策。号召群众积极参加农会，成立互助小组，劳力强和劳力弱的相互搭配，一户帮一户，人多帮人少，互助互爱，有问题大家商量解决，有困难共同讨论处理。做到人与人，组与组，队与队，村与村，和谐团结。在农村发扬了共产主义互助精神。群策群力，使农村发生了根本的变化，家家户户，五谷丰登，六畜兴旺，喜庆丰收，一年好过一年，到处一派欣欣向荣的新气象，改变了农村贫穷落后的面貌。使农民真正得到了政治、经济、文化生活的实惠，处处听到农民唱着："没有共产党就没有新中国……"的歌谣。他们唱出了自己的心里话，唱出了大家最爱听的歌，人人感到骄傲和自豪。

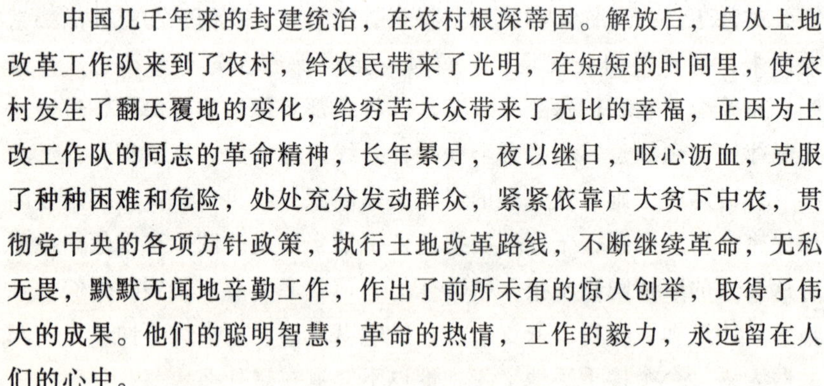

中国几千年来的封建统治，在农村根深蒂固。解放后，自从土地改革工作队来到了农村，给农民带来了光明，在短短的时间里，使农村发生了翻天覆地的变化，给穷苦大众带来了无比的幸福，正因为土改工作队的同志的革命精神，长年累月，夜以继日，呕心沥血，克服了种种困难和危险，处处充分发动群众，紧紧依靠广大贫下中农，贯彻党中央的各项方针政策，执行土地改革路线，不断继续革命，无私无畏，默默无闻地辛勤工作，作出了前所未有的惊人创举，取得了伟大的成果。他们的聪明智慧，革命的热情，工作的毅力，永远留在人们的心中。

共产党推翻了"三座大山"，建设新中国，无数的解放大军从战火硝烟弥漫的战场上下来，又投身到轰轰烈烈的农村土地改革运动中去，不为名不为利，不贪图安逸，全心全意地为人民服务，为劳苦大众彻底解放而战斗不息，在这个土地改革的战场上，到处涌现出无数的无名英雄，像曲队长、陈大姐他们，身负伤残、疾病，还忘我地坚持在农村第一线，在平凡的工作岗位上，作出了不平凡的惊人成绩，他们高尚的思想品质，坚定的革命信念，崇高的革命热情，聪明智慧，确实难能可贵。

在热火朝天的土地改革运动的洪流中，也难免掺杂着一些投机分子，乘机挖社会主义墙脚，乘机夺取革命胜利果实，利用手中权力，企图以恐吓、欺诈、诱惑等手段，私分私吞，刮共产党的油水，大发横财，妄想做新的富农暴发户。

那个所谓土改根子、农会副主任叶娇，自从她知道了伟进婶藏宝的秘密后，总是天天妄想把它窃为己有，朝思暮想。晚上精神兴奋，无法入睡，老是想着那些财宝到底是什么东西，有多少。整天胡思乱想，经常一夜想到天亮，她想一夜成为暴发户，迫不及待，一连几天，跑到那座藏宝大院，通过门缝反复进行侦察，把院内的情况一一默记下来。

一天早上，她正在偷偷摸摸地紧贴近门缝观察时，正巧遇着曲队长晨练跑步到这里，看见叶娇，马上停住脚。吓了叶娇一跳，叶娇尴尬地强笑，为掩人疑虑主动问："队长，你每天都这么早起来跑步吗？"

队长气呼呼地说："天天早起锻炼，身强力壮！打起仗来，多抓两个俘虏兵呀！"反问："你一大早到这里干什么呀？"

叶娇撒谎回答说："我也散步呀！"随机应变。

叶娇回到家里，心情有点紧张，怎么又偏偏给队长发现呢？难道我的行踪他都觉察到了？不会吧！自问自答，左思右想，总是忐忑不安，久久不能平静，独自坐在厅里。平静下来后，她分析了大宅院外面的围墙，足有六尺多高，屋内瓦檐右墙角下，确实有个长方形的木鸡笼。难道发亮的金银真的藏在鸡屎底下吗？鸡屎里面藏金银，是没有人注意的，鸡屎里面的金钱，是没有臭味的。只要翻入围墙，就唾手可得，易如反掌。如果我会飞檐走壁，我就发达了，独自一个人坐着，越想越发呆，忘记去上班。

上午快十点钟了，文书小董进来，看见叶娇一个坐在厅里发呆，问：“叶娇你今天有事吗？”

叶娇被吓了一跳，马上回过神来，支支吾吾地答道：“啊！没事！没事！”

小董说：“曲队长吩咐我和你去医院探望一下陈大姐！”

她口快答应：“好！好！我差点忘记了。”

于是，俩人到县城买了些水果、糕点之类的礼物去医院，刚进入大门口，一眼就看见陈大姐坐在树底下的石凳上，全神贯注地看报纸，旁边挨放着一副拐杖。

叶娇大声地喊：“陈大姐！”快步走到大姐面前，紧握她的手关心地说：“唉呦！你身体有病，还在看书报呢！还不好好休息呀？”

大姐说：“腿有点毛病，脑袋没有毛病嘛！不学习头脑就会生锈的，跟不上形势，怎样去工作呢？”

小董敬佩地说：“陈大姐是个老革命、老模范，队长他们经常号召我们向她学习。曲队长他们很关心你，叫我们专程来看望你，叮嘱大姐你安心好好养病。既来之，则安之，队里的工作很顺利，叫你放心。”

大姐感动地说：“曲队长他们很关心我，上星期，何队长和小杨他们都来探望我。你们那么忙，我有点小毛病，让大家牵挂着，又影响你们的工作，我心里过意不去，时间这么宝贵，我知道目前土改工作正在深入发展，很多事情等着我们去做。我在这里住院，见到从前线打仗受了伤的战士，伤还未痊愈，就要求出院重返战场，他们说解放军战士的本质——干革命，就要一不怕苦，二不怕死，为人民求解放，死而后已。我深受感动，很受教育，他们满腔热情的革命精神，深深地印在我的脑海里，使我无法再蹲在医院了，我曾两次要求出院，都被拒绝了，过几天我一定要出院，不能耽误了土改工作的进度，赶不上其他队的速度，会影响整个大局的。”大姐催促他俩快回去，小董听了大姐的话内心感动，暗下决心，今后在工作中加倍努力，多做工作，作出成绩，不辜负党和大姐的培养和期望。

叶娇说：“你有病就好好地在这里养病嘛！不要这么快出院，大家都很关心你，叫你治好病了再回来。”

小董关心地说：“大姐你有好几种病，曲队长叫我同医生讲，你的病未有完全治好，就不让你出院的。”

大姐说：“好啦！我知道了，你们早点回去吧！”小董和叶娇临走时，再三叮嘱大姐，安心好好治病，保重身体。

叶娇回到家后，总是寝食不安，琢磨着如何尽快挖回银两。如果真的有四五十枚银圆的话，一个银圆等于一担谷，五十枚银圆，就等于五十担谷，全家不用劳动，坐着可以吃五年也不发愁，也享受着地主、富农的生活了，想到这美好的情景，她心花怒放。她每晚都做着这样的美梦，整天吃不好，睡不着，坐卧不安。担心如果陈大姐回来了，行动就不方便了，一定要趁大姐未出院之前，把银圆起回来，事不宜迟。

于是，当晚就同太特反复研究，制定出入屋盗挖珠宝的计划。第二天，叫太特到现场进行勘察，熟悉地形地物。

太特透过门缝观看鸡笼的位置，再到围墙边，一伸手已摸到了墙头瓦面了。太特信心十足，心中自喜，好像满有把握似的。回到家同老婆说：“周围的环境我都看清楚了，如果那里真的有珠宝，那就不用吹灰之力，唾手可得。”

叶娇严谨地说：“那么高的围墙，你讲得轻松。”

太特满不在乎地说：“那幢围墙约六尺高，我伸起手已摸到了瓦面，平时我一跃，就跳过三尺高，翻过这道墙，轻而易举。”

叶娇听他这么一说，内心自喜，满脸笑容，乐滋滋的。太特从来沉默寡言，平时不懂说话，今晚讲盗金银讲得有纹有路，口齿清晰，盗取珠宝，十拿九稳。

的确，太特长得牛高马大，手臂粗壮有力，上树攀枝摘果如猿猴般灵巧，有飞檐走壁之特技。众所周知，他力大过人，独自一个人杀猪宰牛，练就一身屠宰本领。杀一头千多斤重的大水牛，易如反掌，他用绳索绑住牛脚，用力一拉，大牛四脚朝天，把绳索绑在柱上，他上前左手紧紧抓住牛角，死死压住牛头，右手紧握锋利的长尖屠刀，对准牛的喉咙凹窝部位，用力迅猛往牛的心脏里捅进去，鲜红的热血沿着刀缝喷射出来，血液也飞溅到他的手臂和脸上，他全然不顾，大牛痛得死劲挣扎，太特紧紧抓住插入心脏的刀柄不放松，大牛痛得睁大眼睛流着痛苦的眼泪“吁吁”地呼救着，他依然不动，直到大牛的鲜血流尽，牛眼瞪大翻白不动，全身瘫软，才拨出尖刀，解开绳索。接着开肚剥皮，起骨切肉。他杀一头牛，只需五刻钟就完成了。

太特杀猪宰牛，心狠手辣，手脚利索迅速，无人能比。叶娇知其一身牛劲，怕他粗心大意，坏了大事。再三对他严肃而认真地说：“伟进婆亲口同我讲的，那个鸡笼底下，藏有好多金银珠宝呀！你行动时，千万千万要小心警惕！她两个儿子，几次想去偷回来，都被民兵发现了。你带上铁锹、麻袋等工具，动作要快，要轻轻地挖，不要像杀牛那样鲁莽，不要发出声音，一定要记住，不让别人发现，悄悄地进去，悄悄地出来，人不知鬼不觉，把金银起回来，我们就发大财啦！以后，我们一辈子都有好日子过了！懵佬！要记住呀！”太特不作声，记在心里。

一连几个晚上，叶娇贪财心切，想趁天黑深夜，人不知鬼不觉，把财宝盗回来。可是，月光光照地堂，四面八方放光芒。她在院子里踱来踱去，坐立不安，像热锅里的蚂蚁，看着月亮就发怒，骂天弄人，阻碍她发财。她抬头骂明月，低头思银两。她晚晚焦急难忍，好不容易熬到九月初九那天晚上，大雾降临，乌云密布，天昏地暗，伸手不见五指，叶娇开心地说：“今晚是我发财的时候到了，正是行动的好时机，老天爷保佑我。”她点燃几支香，面向西天祈求，双手合拜许愿，喃喃自语毕。出发前，再三对太特和烂仔三说：“今晚行动是最好时机，你们要互相配合好，一定要成功，不许失败。不然，陈大姐回来了，就不好行动了，记住自己的任务、联络暗号、逃走和返回线路，注意隐蔽，监视哨兵巡逻动态，见机行事，灵活对付新情况。”教他俩如何防避民兵发现，如何接近目标，从哪里潜进院内，怎么挖掘金银等等，特别叮嘱烂仔三，不要打瞌睡，协助他爸，随机应变，战场父子兵，齐心合力，生死关头，不能麻痹大意，遇到问题，多动脑筋。太特低着头，不作声；烂仔三眼巴巴，看着妈妈讲话，一味点头，表示明白。

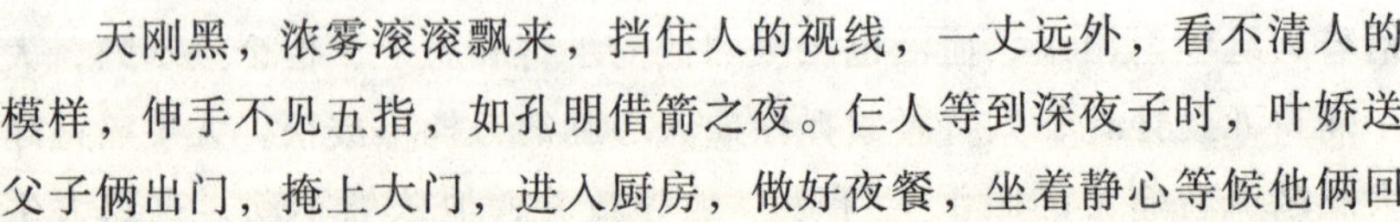

天刚黑，浓雾滚滚飘来，挡住人的视线，一丈远外，看不清人的模样，伸手不见五指，如孔明借箭之夜。佢人等到深夜子时，叶娇送父子俩出门，掩上大门，进入厨房，做好夜餐，坐着静心等候他俩回

来。

太特和烂仔三，匆匆忙忙走到大宅院附近，两人蹲在一个坑洼里，凭着旁边一丛小灌木作掩护，观察周围动静。大约过了两刻钟，模糊看见远方走来两个人，各人肩上背着一支长枪，斜挎着一排子弹，拿着手电，慢慢从他们不远处走过。烂仔三吓得直打哆嗦缩下脑袋，躲在父亲屁股后面不敢动。

太特见巡逻民兵走远了，对烂仔三小声说：“记住暗号，我进去啦！”

烂仔三害怕，低声地说：“好！”

太特腰扎搭膊布，背着一把短柄铁锹和麻袋。大步走到大院的墙脚下，搬来几块砖头垫高，左脚踏上砖块一跃，双手抓住墙脊背，使劲往上拉升，转身跳入院内，正好落到墙角的鸡笼边。他原地蹲下，顺手轻轻地移开木鸡笼，双手拨掉那层干枯的鸡屎，用铁锹撬起几块红方砖，手摸了摸，果然有个圆口大瓦罐，有两层盖密封住罐口，似用蜡密封住的。小心翼翼地揭掉两个盖子，伸手往罐里摸，抓起一包沉甸甸的银两，赶快装进麻袋里，一连装了三大包。当提到底下最后一包时，可能布袋发霉，刚想往麻袋里装，突然散包了，“哇啦啦”地洒了满地。太特吓了一跳，精神慌张，满头大汗，急着摸回银圆。可漆黑一团，什么也看不见，太特一时慌张，措手不及，左摸右抓，凡摸到圆圆的，就往麻袋里装，手忙脚乱，真是做贼心虚。

忽然，听到烂仔三打来两块石子，暗示外面发现情况了。吓得他不敢再到处碰摸，停下手来，他马上用绳子轻轻地绑实袋口，这袋沉甸甸的银圆，足有二十多斤重。卷入搭膊布里面，扎住两头，挎搭肩背，打结扎稳，背着银圆，拿起铁锹，随时做好翻越围墙逃跑的准备。太特觉得身体背负沉重，跃起有困难，正准备搬来鸡笼垫高越墙逃走时，烂仔三又飞来两块石子，一块落在院子里，一块正好砸中太特的脑袋上，“当！”一声，脑袋立即肿起了一个大包。太特捂住脑袋，痛也不敢吭声。

忽然，他听到外面有俩人同烂仔三说话，肯定被巡逻的民兵发现了，知道情况不妙，即时身体贴着墙边，两腿直打哆嗦，紧握铁锹，精神特别紧张，心惊肉跳，憋住气，硬着头皮。他清晰地听到审问烂仔三："你半夜三更在这里干什么？你叫什么名？住在哪里？"

烂仔三见到荷枪实弹的民兵，早已被吓得失魂落魄了，连问几句，他都不知怎么回答，呆若木鸡。等了许久，他才撒谎说："今日我同人打架，被阿妈狠揍了一顿，不给我饭吃，把我赶出来。"

民兵小郭关心地问："今晚这么冷，你在这里怎么行呢？"

烂仔三假装害怕地说："我不敢回家。"

民兵说："我送你回去吧！住在哪里？"

烂仔三对民兵放空炮说："住在村头。"

民兵怜惜催促他说："你起来！我们送你回家。"把他拉起来。

烂仔三手里拿着两块小石头，边走边敲响石块，暗中给阿爸发出信号，他走了。民兵小李和小郭打着手电筒，慢慢地跟着他后面行走，走了很远。

太特听不到敲石的声音，是否民兵都送烂仔三去了？他轻轻地踏上鸡笼，伸出脑袋往外四处窥探侦察，不见有动静，是否有诈？又不敢妄动翻墙，又缩了回去，靠着墙根，憋住气，静心等待着。不久，只听到村头方向的狗叫得很凶，估计儿子把民兵带到村头去了。太特抓起一块石头，脑袋伸出墙头，用劲把石头往远处抛去，试探虚实，结果毫无反应。于是决定尽快逃离现场。

太特使尽全身力气，一跃翻出围墙，双脚落地，就拔腿飞步狂奔，趁着天黑，凭着熟悉路线，沿着叶娇预先设定好的线路逃跑。低着脑袋，穿过一片灌木丛，跑过晒谷场，又穿过密密麻麻荆棘横生的小路，跃过一道高坎，跳下一条窄巷，越过篱笆，隐蔽地进入自家的菜园地。又挨着断头围墙边走，拐了个弯，转身一闪，入了自家的院子里，锁上大门。

那两位民兵跟着烂仔三后面，慢吞吞地走，绕过一个鱼塘。到了村头，家犬汪汪地叫个不停。一路走到了村头的最西面那幢房子停下来，他手里还拿着那两块石头，低着脑袋站在这幢房子的门边。

民兵问他："这是你的家吗？"他故意不说话。民兵上前敲了几下门叫喊："喂！有人吗？我们把你的儿子送回来了，出来开门吧！"过了一会，仍不见回应，再叫了几声，还不见人出来，对烂仔三说：

"你自己叫你妈出来开门吧，我们有任务要走了。"他要着娇，忸忸怩怩的，哼哼哈哈的，好像不大愿意叔叔离开。装着无奈，站在那里看着民兵消失在黑夜中。

这一招，谁能料到？烂仔三是个人小鬼大的猾头仔，他"调虎离山"之谋略高呢！他家本来住在村尾，居然撒谎住在村头。村头最西边那幢小房，是别人用作放柴草的小房，他认作自己的家门。八九岁的小毛孩如此荒唐狡诈，敢诳语瞒哄全副武装的民兵？真是胆大，岂知其日后是龙是虫？是神是鬼？

叶娇在厨房里，总是心猿意马，坐立不安。突然听到关门声，她立即跑过去，见太特背着一大包沉甸甸的东西。叶娇拉他进入厨房，帮忙卸下，打开麻袋，一见这么多的银圆，欣喜若狂，一时说不出话来。忽然，听到外面"嘭！嘭！"的敲门声，吓得急忙藏起银两，塞进灶底，用柴草把它堵住。仔细一听，原来是烂仔三敲门。叶娇出去开了门，叫他快进来，上下闩好大门，拿了几条红薯给他，叫他吃了就睡觉，不要出来。撵他入房反锁住，不让他出来。

她进入厨房，把门锁上，拨亮煤油灯，望着这堆闪闪发光的银圆发呆，如今，真是美梦成真了。叶娇对着一大袋银圆，心花怒放，脉搏加速跳动着，脑海里翻滚起伟进婆没有说假话。不过这个老狐狸骗她，只给她四十枚银圆，我憎恨她。她拿起一个又一个的银圆左照照右看看，放进嘴里咬一咬，辨别是真是假？这么一大堆，何止四十枚呢？越看越心慌，心脏快跳出来似的，精神高度兴奋。又递过油灯给太特，她把银元全部倒了出来，清点到底有多少枚。第一回，数得一百九十九枚，第二回，才数得一百九十七枚，第三回，却点得一百九十八枚。三次清点，没有一次和数，可能神经高度紧张，心慌意乱，情绪不定，手脚不灵，数来点去，也不知哪一次准确。总之，数额在两百枚左右。

她思量，这两百枚银圆大洋，按当时市值估计，等于两百担稻谷的价值啊！足够我全家人吃二十年了。打断双腿坐着，也不愁没饭吃了。

可是，这批银圆藏在什么地方才比较安全呢？暗自琢磨：地主老财敢把这么多的银两放在院子里，却没有人知晓。俗话说，最危险的地方，也是最安全的地方。到底藏在哪里比较稳妥呢？想来想去，认为要藏在自己经常看得见，又不惹人注目的地方。如果藏得不好，万一被人发现，那就一切都完蛋了。越想越烦躁，不知如何是好。天快亮了，她计上心来，俗语说狡兔三窟，叫太特拿来铁锹，就在厨房炉灶旁边，放柴草的那个角落里，挖个深坑，藏个瓦煲，用布包好二包银圆，装入瓦煲盖好，铲两铲草木灰密封住上面，再盖上一块木板，填平泥土，铺上一层树叶草碎，上面再堆满柴草与平常一样，恢复原状。其余的银圆，再分开两包，一大一小。大包，埋在睡房内的墙角地下，上面叠着两个大瓦缸。小包，藏在床脚底下的一个深坑里。留下两枚，放在大衣柜的衣服口袋里，作为日后花销。

藏好后，叶娇觉得一身舒服，心情也平和许多，脸上流露出微笑。平时工作也异常积极主动，凡分配给她的任务，都提前完成。

自从烂仔三跟着他爸去盗宝后，老是问他妈："那天晚上阿爸偷了什么宝贝回来呀？"

叶娇发脾气骂道："你这个死衰仔呀！我都同你讲过了，什么也没有。以后，不准你再说偷什么宝贝的事了，记住吗？别人打死你，也不能讲那天晚上你爸爬墙入屋的事情，知道吗？说没有、不知道就是了。"

烂仔三噘起嘴巴不高兴地答道："是，不讲就不讲！"

乡政府为了方便土地改革运动的工作，将附近几个村庄的干部合并办公。决定把办公地点设在原来伟进婶那座大宅院里，乡政府启卸了封条，工作队和农会干部个个动手，清理打扫室内外卫生。当搬开墙角这个破鸡笼时，发现被人挖掘过的痕迹。揭开方砖，看见一个空瓦罐子，大家疑惑不解。曲队长、何副队长和乡政府领导等齐齐蹲下，细致地观察，反复勘查现场，在鸡屎堆里翻出两枚银圆。初步断定，罐子中藏有一批银两，已被贼人盗走了。于是，下令立即保护好现场。

曲队长即刻派人报告县人民政府。第二天，县军管会派法制科雷坚科长和小杜同志，到现场反复勘察调研。他们先把被盗现场原貌绘图出来。然后，对拾到的那两枚银圆进行分析，其中一枚银圆正面是袁世凯的人头像：另一枚银圆的正面，是孙中山的半身像。银圆大小都一样，重量均为七钱二分。提起瓦罐，见底下放有一张已霉烂了的黄纸咒符，还有一串光绪年间造的铜钱。左右四周再掘挖查探，均无异常发现，木鸡笼长约三尺、宽二尺、高二尺左右，被移动到围墙边，鸡笼顶上方斩断了两支横条，明显是盗贼逃跑时，作梯级踏脚被踩断的。围墙顶端有几块压顶砖已松脱，有两块瓦片掉在墙脚下面。外面围墙边有几块砖头，地面上也有几块碎瓦片，是从墙头顶上掉下来的。没有其他异常。

雷科长认为案情重大。县府和军管会决定：由雷科长、黎副乡长、工作队曲、何队长和小董等人成立一个专案小组，破获这起重大盗窃案。雷科长他们，首先听取了民兵小李和小郭在这段放哨巡逻时的情况。他们向组织作了详细的汇报。

小李说："在本月初九那天晚上，雾大天黑，大约子时左右，发现有个瘦男孩，离这个院子距离五六丈远的地方，半躺着在玩什么。问他这么晚了，你一个人在这里干什么？他说被他妈打了一顿，不给他吃饭，把他赶出来，不让他回家。问他你住在哪里？他说住在村头。后来，我们把他拉起来，将他送了回家。"

"还有，在上个月的一个深夜，大约凌晨时分，刚巡逻到这幢房子的门口，忽然听到围墙边有响声。跑过去，手电筒一照，见两个人顺着墙边逃跑，追了一会，不见人影了。第二天，我们把情况向何副队长作了汇报。他叮嘱我们，日后多加注意这幢房子，提高警惕，防止敌人搞破坏。平时，我们对有封条的房屋，都加以巡逻监视，其他没有什么特别的情况。一下子也想不起来，想起来再汇报。"

雷科长默默认真听取了小李他们汇报的每一个细节，不断作笔记。

曲队长听完汇报后，问小李说："初儿那天晚上，玩耍的那个小孩你认识他吗？叫什么名？有多大？住在那里？"

小李答道："天很黑看不大清楚，问他叫什么名。他不讲，大约有八九岁，瘦高个，住在村头最西边那幢房子的。"小郭插话说："那小子有点怪怪的，手上老是拿着两块石头，一路敲着到他家门口，又不敢叫他妈开门，老站在门边，我们帮他叫了几次，不见人出来，我们就走了。还有上个月下旬那一天晚上，村里的狗叫得特别凶，四处查探，没有发现什么异常情况。”

曲队长听了小李和小郭的汇报后，又提出了几个问题：“其一，这起盗窃案，贼人肯定蓄谋已久，经过精心策划的。其二，盗贼熟知内情，对藏宝的具体位置很清楚。同时，知道财宝的数量。其三，贼人熟悉这里周围环境的地形地貌，并多次到过现场踩点，曾几次趁夜深人静企图盗取，均被民兵发现，未能得逞。其四，这起盗窃得逞，贼人身材肯定是大高个，而且动作敏捷迅猛有经验。其五，贼人作案时，必有多人配合放哨、接应，被窃那一晚，夜深暮黑，正是作案的好时机。”

雷科长说：“曲队长刚才提出的几个问题很重要，我补充几点，请大家加以思考。一、藏宝的位置以及数量，只有当家的主人，才知道藏宝的秘密。二、盗窃者，当然是深知内情的人，一缸金银财宝，非同小可，他既然窃取得逞，非一般人所为。三、伟进婶家人是最大的嫌疑，但不排除他人所为。首先锁定伟进婶一家人身上，对其家人要进行耐心教育，政策攻心，找出破绽。四、寻找与伟进婶关系最亲近的人，了解情况，找到蛛丝马迹，深入调查研究。”

大家围绕着雷科长、曲队长提出的几个问题深入地进行讨论分析，同时，分工查找搜集线索，明查暗访。

连日来，雷科长和曲队长，分别对伟进婶一家人耐心反复地做思想教育。但他们个个守口如瓶。后来，扩大范围，凡与伟进婶有亲戚关系和来往的人，都作了摸底排查。数天来进展却不大。

不久，社会上到处议论纷纷，大地主家中大批金银财宝被盗的消息，到处传得沸沸扬扬。

在医院养病的陈大姐，听到后就坐立不安了，她曾经几次向温院长请假回去看看，温院长说：“县领导批示，你的病未治好，就不让你离开医院。”

大姐恳求着说：“我只回村里看看就回来。”

院长说：“那也不行，我不能违反县领导的命令。”

陈大姐见怎么说也无用，就在吃过晚饭后，多穿了几件衣服，佯作外出散步。在门口不远处，正遇着一位搭客的单车师傅，坐上单车尾，趁天黑回到了村庄。陈大姐掏出钱准备付车费。这位师傅调转车头飞身上车，陈大姐边追边大声地喊：“师傅！师傅！我还未付车费给你呢！”这位师傅头也不回，边走边大声说：“陈大姐！我认识你，你是个善良的好人！”骑着车呼呼地消失在夜幕中。

陈大姐丈二和尚摸不着头脑，他为何无端把我载了二十多里路程。路烂不好骑，不让我下车，推着我走。他满身大汗，辛苦了一晚，却分文不收，实在过意不去。想来想去，我这里无亲无故，又何来他认识我呢？站在门口，心里不得其解。

叶娇在屋里听到陈大姐的声音，跑出来迎接她说：“唉呀！大姐你回来啦！你的病治好了吗？看你还是一拐一扭地走路，还没有痊愈，就出院了？”

大姐勉强地笑着说：“想你们呗！”大姐问叶娇：“咦！刚才送我回来那位师傅你认识他吗？”

叶娇答道：“不知道是哪一个？”反问大姐说：“怎么啦？

陈大姐解释说：“刚才骑单车那位师傅，从县城载我回来，分文不收就走了，我以为与你有什么亲戚关系呢？”

叶娇敬佩地说：“有很多人都关心你，问你什么病，想到医院去看望你。唉呀！我这段时间也很忙，没有空去看你。”

陈大姐说：“老毛病，没什么大不了。到了医院，总是挂心队里的工作，听说最近伟进婶原先那座大宅院里，被人盗走了一批珠宝是吗？”

叶娇随即回答说：“是呀！我也是前两天才知道的。”

大姐追问叶娇：“有多少财宝？查出来没有？”

叶娇回答说：“不知道有多少，县法制科雷科长、曲队长和乡政府的同志，专门查办这件事。”

大姐说：“有人传说，伟进婆家里的钱财满地都是，鸡屎里都藏有金银。”

叶娇答道：“伟进婆这个老狐狸，我早都说过啦！她肯定还有好多金银珠宝，不知藏在什么地方呢？你们都不相信我讲嘛！她一贯讲假话，欺骗我们，以后她讲什么，你都不要相信她就是了。”

大姐疑虑地问：“那批珠宝又是谁盗走的呢？”

叶娇肯定地说：“百分之百，是她家里的人偷走的。收藏的地方，只有她们才知道，还有她的外家、亲戚，除此以外，再也不会有人知道的了。”

大姐随和应答说：“是呀！”

叶娇对大姐说：“很晚了，睡觉吧。”

陈大姐躺在床上，翻来覆去琢磨着盗宝这件事，百思不得其解。整个晚上睡睡醒醒。第二天大早起来，到那间大宅院门口，透过门缝左看右看。

正好曲队长运动路过这里，见到陈大姐觉得很突然，惊讶地喊：“大姐！你什么时候回来的？”

大姐转过身，满面笑容亲切地说：“昨天晚上，回来已很晚了，整天在医院闷得难受，听说这幢大宅院里，被人盗窃了大批财宝？心里总念挂着，回来看看。”

曲队长关心地问：“你的病好了吗？”

大姐说：“好多了。”

曲队长说：“到部队里坐。”

大家见到陈大姐回来，都格外亲切。问大姐的病好了没有，嘘寒问暖。曲队长对陈大姐说：“现在县法制科和乡政府派人来，成立一个专案小组。目前正在寻找线索，看来案情复杂，现在还没有什么头绪。你回来得正好，有你这个军师，再难的问题也不怕了，你在床上可以摸出枪支弹药来，在地下能探出数百丈远的通道，你是天灵地通，上知天文，下知地理的奇才呀！又是知人、知面、知心底的智多星呢！”工作队的同志个个哈哈大笑起来。

雷科长佩服地说：“我早知道陈大姐，是位足智多谋的高参呢！现在我们还一头雾水，一筹莫展，请你同我们疏导疏导吧。”大家又笑起来。

陈大姐不好意思地说：“唉呀！你们不要开我的玩笑了！你们有眼不识泰山呢！雷科长才是在世包公呀！断案如神。前几个月，肇庆市一家农业合作信用社被盗窃了十几万，震动整个广东省，雷科长不到十天功夫，就破了此案。受到省人民政府嘉奖表扬，大小报纸都刊登了他的事迹，榜上有名。我是小巫见大巫，自知惭愧呢！”

曲队长抢着说：“陈大姐的事迹，也曾在县土地改革报刊第三期头版头条刊载，号召我们向她学习！”大家齐齐鼓掌。

黎副乡长说：“现在，我们的专案组增添了一员得力干将，如虎添翼了”。

说话间，医院温院长和一名女护士，满头大汗地闯进来。温院长一见陈大姐就说：“唉呀！大姐呀！你可把我们急坏了！昨晚吕护士长值夜班，找了你一个晚上，也不见你回来，今早天未亮就来找我，哭着说，陈大姐一个晚上都没有回来，不知道你到哪里去了，她担心死了！我安慰她，别着急，你下班回去睡觉吧，我会把陈大姐找回来的，小吕非要同我一道去找你。叶国雄副县长曾专门叮嘱我，一定要把大姐的病治好了，才让她出院。否则，我无法交代！”

叶副县长以前与陈大姐丈夫是一个游击队的战友，她丈夫是正队长，叶副县长是副队长，俩人并肩作战，出生入死。多年来，同甘共苦，结下了兄弟般的深厚感情。大姐丈夫在解放广西桂林的一次狙击战役中，身负重伤，牺牲前对国雄说：“我爱人陈娟是个穷苦孩子，自小历经磨难，她在做地下党联络员时，曾被敌人抓获严刑拷打，把她抛到水牢里浸泡了两日两夜，后来我们把她营救出来，已奄奄一息了，在山洞里躺了十多天，有时昏昏迷迷，她的意志很坚强，终于活过来了，拾回一条命。我欠她太多了，希望你以后多关照她。”叶副县长说：“我永远都记住老上级老战友老大哥这番话。”

叶副县长在那次狙击战斗中，也身负了重伤，打尽了子弹，凭着一个手榴弹，冲上敌人据守的制高点，炸死炸伤数名敌军，夺过轻机枪，调转枪口，对准敌群狠狠扫射，打死打伤数十人，敌军全连被消灭。叶副队长，全身挂彩，两颗子弹头、三块弹片至今还在身上，未能取出来。他曾荣立大功二次、一等功二次、二等功四次，被授予全军战斗英雄称号。后来，升为三八八师一团团长。广东南粤解放时，叶团长带领部分指战员，接管了新都县伪政府及其机关部门，实行军事管制。他身兼数职：军事管制委员会主任、副县长、剿匪团团长、土地改革工作队副指挥长等职。

温院长原是叶团长部队的卫生队长，叶副县长是他的老首长、老上级，绝不敢违抗他的命令。今早，温院长刚起床，就听到吕护士长报告，说陈大姐下落不明。温院长顾不了洗漱，骑上自行车直往集新乡奔驰，他深知陈大姐是个工作狂，肯定回了工作队里，果然不出所料。

院长对陈大姐认真地说：“我是抓你这个逃兵来的！副县长把我们两个撤职了，没饭吃，来这里向你讨饭吃了！”大家都笑了。院长接着说：“你这个逃兵，等一下要老老实实地跟我们回去！不然，我会被县长炒鱿鱼的。”

大姐苦笑着说：“不会这么严重吧！你们一大早把部队的好思想、好作风、好医术，送到农村中来了，这样优秀的院长，他会贬你的官吗？绝对不会的。”

雷科长对温院长半开玩笑地说：“你是县长重要的左右手，全县人民的健康掌握在你手里。等待炒鱿鱼的可能是我呢！哪里会轮到你？”大家又笑了起来。雷科长接着说：“现在我手上有个烫手的山芋，这个大案很辣手，如果我破不了此案，叶老板（县长），先炒我的鱿鱼！”大家又笑起来。

温院长严肃地说：“叶副县长的党性、纪律性、原则性很强，他对党对人民忠心耿耿，办每件事情，都认真负责。他交给我们每一件事情，都要坚决完成。不能马虎草率了事，否则，他就对你不客气了。”

雷科长对温院长试探地说：“听说叶副县长是你的救命恩人是吗？”

温平院长感慨地说：“是的。”他忆起往事，他父亲叫温健，是一位杰出的骨科医生。有一次，父子俩在山上采草药时，突然发现大批日本鬼子，全副武装，开着汽车，拉着大炮，跟随大队人马，扛着日本帝国的“膏药旗”，浩浩荡荡往村庄里进发。他俩转身想跑回村里报告，不料被日本鬼子发现了。他们被怀疑是八路军的侦探，喝令站住，并开枪警告。温院长父子俩躲着不敢动，被数十名鬼子围捕抓住，审问拷打，遍体鳞伤，始终不承认是八路，说是骨科医生，上山采草药的。

后来，有个汉奸认识他们，对皇军说，他们是有名的，大大的骨科医生。皇军怀疑地问：“有什么证明？”汉奸威迫温健说：“如果你俩人不想死，就把你医骨科最有把握的功夫拿出来，给皇军大佐左藤看看。”温健左思右想，只有保存自己，将来才能歼灭敌人。

于是他俩被几名日本兵押着上山采草药，他们边采边用口嚼烂装在篮子里。回来，叫抓来一头大猪，当众把猪的两条前腿打断，猪痛得叫个不停，无法站立行走，只能在地上直打滚。左藤在现场亲自监看，温健父子俩把嚼烂的生草药，掺些米酒，敷上两条断猪手，用竹衣竹壳紧紧夹住固定猪腿，装进猪笼，四脚往下，把猪笼吊起来，捆住猪身，不让它动。每天喂猪的饲料里，掺些生草药，喂养八天后，把猪放出来，猪就能飞快地奔跑。

日军左藤看到猪跑得这么快，觉得医术神奇，举起大拇指说："琐呱！琐呱！"于是决定把他父子俩留在日本军营里当医生。但是经常受日本军医的虐待、歧视、污辱、毒打，受尽折磨，难以忍受。

一天晚上，他把一包蒙汗迷魂药洒在茶水中，日军所有医务人员都喝了，沉睡不醒，父子俩乘黑夜，逃出了日本鬼仔的虎口。一路拼命逃跑，在不知方向的山路途中，遇着游击队，正是叶副县长他们夜袭鬼子军营凯旋归来。父子俩见他们抬着一名负了伤的游击队员，在撤退中摔下山崖，小腿骨断裂，便连夜找些草药，给他包扎好。叶副队长问明他俩情况后，恳求他们跟随游击队。父子俩进退两难，逃出来了，如果回家，一旦被日军抓到，那肯定全家性命难保。流浪在外，无依无靠，难以维生，何去何从？

那正是一九三九年十一月上旬的一个晚上，朔月寒风，细雨深秋之夜，饥寒交迫。听了叶副队长他们一番温暖热情而耐心劝解的话，便毅然跟随着叶副队长，回到营房，穿上游击队服装。从此，父子俩参加了游击队，活动在岭南山区一带。不久，游击队被改编为中国人民解放军，父子被编入医疗队，父亲是医疗队队长，始终跟随着叶团长部队，转战南北。父亲在一次战役中，上战场抢救伤病员时，被敌军飞机猛烈轰炸，壮烈牺牲。

后来，温平担任了医疗队队长工作。解放后，他又随叶团长转业到地方，接管了一个旧医疗所，白手起家，靠着部队的优良作风，南泥湾的革命精神，创建起新隆县人民医院，办得扎扎实实，曾多次受到上级表扬。

雷科长对温院长说："你的党性强，又有白求恩式的革命热情，全县都知道了。你是我们的学习典范！大姐听到村里出了大案，连夜回来看看，你们对病人极端地负责任，对革命事业满腔热情，一丝不苟，都是我们学习的榜样！”

曲队长赞扬温院长说：“温院长善良仁慈，对伤病员有父母之心，他医德高尚，仁爱之心，众所周知。凡是经他医治过的病人，都说他不是父母胜于父母。我也深有体会。咱们都是一家人，有啥说啥。不过，今天，村里出了一件非同小可的大事，也是县里、医院里的大事。事情是这样的：村中被没收的那座大宅院，已收归国有。但院内还藏着一批财宝，却不为人知。前几天，发现被人掘盗了。只剩下大瓦罐一个，不知财宝数量多少。如果是满满一罐珠宝的话，可能够你医院开支数年。”

雷科长接着忧虑地说：“连日来反复勘探研究，都没有多大进展。正在此时，陈大姐回来了，我们喜出望外，多了一个军师诸葛亮，大家信心十足。”

曲队长抢着说：“我们队里每次遇到困境时，陈大姐都有其独特的见解。在关键时刻，都是她道破天机，取得突破。”

黎副乡长说：“这次案情可能涉及方方面面，案情十分复杂，没有一位女同志，是很难开展工作的。为了从全局出发，我们想留陈大姐几天，院长你看如何？我代表乡政府向院长请求。如果不行，我们只有找叶县长请示汇报了。”

黎副乡长几句话，说得温院长怪不好意思的，他左右为难，思前想后，不知如何是好。温院长又是陈娟丈夫生前的部下，他一直都十分关心陈大姐的健康。

温院长感动地说：“陈大姐确实是在革命的战火中锻炼出来的一块坚韧好钢，把她用到哪，哪里就有她的亮点，发出光芒，像她这样的好同志，我们革命队伍中太需要了，她太重要了。我批准她暂时出院，在队里照样要治疗。她每天都要理疗、打针、吃药，我派专人侍候照顾她。叶副县长方面我来摆平，请大家放心吧。”

大家听了，齐齐鼓掌，表示赞同。

陈大姐站起来笑着说：“我早知道院长是个以革命事业为己任，把病人的生命和痛苦紧紧与自己的生命联系在一起的好院长，这就是白求恩式的好大夫好院长。”

院长风趣地说：“我寡不敌众被包围了，只有举起双手投降了！”大家都笑了起来。

温院长回去后，立即指派一位有经验的护士刘敏，带上药品和医疗设备，专门负责照顾陈大姐和工作队以及农村一些简单的治疗工作。刘敏与陈大姐住在叶娇家里。

陈大姐对叶娇说：“刘敏是县医院派来的护士，可以帮助大家看些小病。她和我住在一个房间好了，一起在你这里搭食，还是按规定每月交给你伙食费行吗？”

叶娇爽快地说：“行！行！行！再好不过了！”

小刘点燃煤油灯，把床铺弄好出来。见大姐和叶娇谈事情，她去冲凉，叶娇叫她到厨房里打点热水。一进厨房，只见炉灶旁一大仨小，父子都穿着裤衩静悄悄地坐在灶边烤火取暖，心里一惊，觉得奇怪。有人说大西北早穿棉午穿纱，晚上围着火炉吃西瓜。如今看到他们严寒秋冬穿裤衩，围着炉灶不说话，觉得怪怪的。小刘冲完凉，洗了衣服就去睡觉了。

大姐和叶娇谈及盗窃珠宝的事，很晚才睡觉。

数天来，专案组对盗宝案情的各个疑点作了详细的分析，对下一步的行动作了具体的分工。强调责任到人，互相密切配合，及时汇报交流情况，保守秘密。内紧外松，注重事实，坚持真理，以法律为准绳，不管案情涉及谁，追查到底，不能手软，不破此案，誓不罢休！

专案组决定召开骨干破案动员会议，到会人员有工作队全体成员、农会、村干部、保甲长、民兵骨干等。黎副乡长主持会议，雷科长讲话，他以敲山震虎的方法进行动员，他说：“县人民政府没收那座大院里的银圆被盗了，那是国家的财产，任何人都不得占为私有，谁盗窃侵占了，谁就触犯了国家的法律。县人民政府和地委，对这起重大的盗窃案十分重视，下决心一定要把这起案件查得水落石出，一定要把这个盗窃团伙追查出来，缉拿归案。这关系到保卫土地革命胜利成果，保护劳动人民的利益大问题。绝不能被嚣张的阶级敌人乘机掠夺革命的胜利果实，我们对破坏无产阶级专政的敌人，要坚决狠狠地打击。侦破这起重大盗窃案件，是今天每个在座者的应尽职责，对那些目无国法的人，绝不能心慈手软，希望大家行动起来，积极参与这次破案工作，投入这次战役，提供线索。我们对有重要线索的人，给予总值百分之五金额的奖励。但如果知情不报，包庇隐瞒，等同作案，另作处理，决不姑息。”

曲队长接着严肃认真地说：“这起盗窃案案情重大，任务艰巨，必须要实事求是，不能冤枉好人，也不能放过一个坏人。中国共产党的政策是坦白从宽，抗拒从严。坦白交代，痛改前作，戴罪立功，从轻处理。如果明知故犯，罪加一等，从严惩处，决不手软。若知情不报，视如同案犯罪。法律是严肃的，每个中华人民共和国的公民，都要遵纪守法。”

黎副乡长斩钉截铁地说：“刚才雷科长和曲队长的讲话很重要，这起盗窃案情严重，地委、县政府、军管会、乡政府对这起盗窃案特别关注。我们下决心，不把这起案件侦破，决不罢休。这关系到国家的尊严，社会的安定，人民的幸福，以及巩固无产阶级政权的大问题，我们要把这起盗窃案，视为阶级敌人、牛鬼蛇神对新中国人民政府的挑战。我们每个革命同志绝不能手软，团结起来，坚决与那些企图浑水摸鱼，唯利是图，挖国家墙脚的坏分子作斗争。绝不让任何反动势力得逞，一定要把他们的嚣张气焰打下去，长无产阶级志气，灭阶级敌人的威风。捍卫无产阶级专政，保卫新中国农村土地革命胜利成果，是我们每个革命者的神圣职责。”

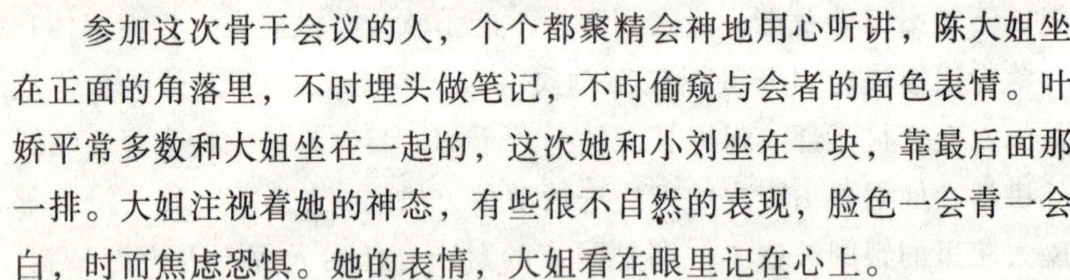

参加这次骨干会议的人，个个都聚精会神地用心听讲，陈大姐坐在正面的角落里，不时埋头做笔记，不时偷窥与会者的面色表情。叶娇平常多数和大姐坐在一起的，这次她和小刘坐在一块，靠最后面那一排。大姐注视着她的神态，有些很不自然的表现，脸色一会青一会白，时而焦虑恐惧。她的表情，大姐看在眼里记在心上。

散会后，雷科长留下专案成员，进一步作了具体的分工：雷科长、曲队长、黎副乡长、何副队长和陈大姐五人，分别对伟进婶家里五人（伟进婶、大云、二云、三朱和朱嫂），进行一对一谈话，启发教育、政策攻心，反复轮换谈话。可一连数日，他们个个守口如瓶，一言不发。专案组成员毫无收获，一筹莫展。

陈大姐总认为，伟进婶系一家之主，丈夫不是暴卒，而是病了两年多才去世，有大把时间交代后事，只有她清楚藏宝的时间、地点和数量，认定她为重点突破对象。于是，大姐一有时间就到她家里做思想感化工作，而伟进婶总是低着脑袋不开口，不说话，不看人，毫无表情，毫无反应，愁眉苦脸，闷闷不乐，喘大气，好似有千斤大石压在她胸口上。十多天来，不思进食，晚上梦话不断，胡言乱语，体质虚弱，骨瘦如柴。

一天，陈大姐叫小刘到县医院，请了一位著名的中医师，给伟进婶免费把脉诊断。诊断结果为其精神受到严重打击，肉体上受到极度摧残而导致的茶饭不思，气郁集结，胸闷、脘胀、腹满、疼痛等症。必须先以行气解郁汤开导，用苍术、香附、川芎、六曲、栀子五味中药，加以治疗气、血、痰、火、湿、滞六曲之良方。每隔两天，陈大姐和医生来巡诊一次。伟进婶经中药调理，三剂血脉筋通，六剂痊愈，九剂固本还原，胸闷气散，食欲正常，心情舒畅。

打那以后，伟进婶一见到陈大姐进来就说感激的话，以前用铁棍撬她也不开口，不说话，现在她主动向大姐打招呼，拿凳子请她坐。

大姐关心地问："伟进婶你现在的身体觉得怎样啦?"

她感激地说："好了许多了，脑袋没有以前那么沉重了，胃口也好了，身体感到好舒畅，多得大姐你这位好心人。"

大姐亲切地对她说："医生说你虚惊过度，邪气入侵，阻滞筋脉，现在已为你打通了筋脉，再加以调理，很快就会恢复正常了。"

伟进婶感动地说："太感谢你们了，土改队真好。"

大姐有意地问："对了，我前期同你讲的事，你还记得吗?"

伟进婶不大愿意地说："有些记不大清楚了。"

大姐用心地问："就是你原来大宅院里藏的银两数量有多少？是谁挖走了的？你知道吗?"

伟进婶即低下头不说话，只是深呼吸，定神目瞪墙脚，一言不发。

陈大姐静心地期望着她开腔，耐心等待。寂静的房屋，四五个人，一个时辰，两个时辰，鸦雀无声，苍蝇飞过能听到，个个沉默，同守一条阵线，却又各怀心事：一个期待说出真相，一个拒绝泄露天机，真是无可奈何。

大姐心想，伟进婶的心情如此沉重，必有缘故，如果双方僵持下去，互不沟通，等于徒劳无功，不如收兵回营。大姐对伟进婶说：“你一时未想好，不要紧，等你想通了，再说也不晚，我也不为难你们了。下次再说吧！不耽误你们了。不过，你早说出来，心情会好一些。这起盗窃案，肯定与你们有密彻关系的，县人民政府很重视，迟早会破案的。到那时，你不说也得说，不过，那样对你们的处理是不一样的。如果知情不报，有意隐瞒案情真相，包庇他人作案，与偷盗者同罪处理。坦白交代，会得到从宽处理；隐瞒真相，拒绝交代，会从严处理，两条道路任你选择。你们必须要清楚，你原来那间大宅院，已被共产党没收了，那些财物已归为人民政府所有，再也不是你们的了。人民政府贴了封条，属国家财产，受到强制性的保护，任何人盗窃或毁坏，都属违法行为。这些道理、情理、法理我同你们解释清楚，要分清是与非的利害关系，要做一个明白人，不要做糊涂虫呀！我走了，你们做饭吧！”朱嫂送陈大姐出了门口。

陈大姐走后，他们关起门，一家人围住伟进婶，大哭起来，伟进婶不但不哭，反而镇定下来，有悔改之意，认真地对家人说：“你们都不要哭了，事到如今，哭也于事无补。陈大姐是个心地善良的好人，她诚心为我求医送药，叫刘医生为我按摩针灸理疗，解除我的病痛。她对共产党的政策解释得有条有理，清清楚楚，指明方向，教你如何做人，怎样过桥，走什么路。你们要理解她的深刻用意呀！”家人个个体会着她的话。

陈大姐一回到家里，叶娇就问大姐：“你到伟进婆家里吧！”

大姐说：“是呀！”

她就气愤地骂街：“这个老妓婆，狡猾到死，那些银圆肯定是她偷的！她有没有承认？”

大姐说：“没有。”

叶娇发火说：“这个家伙一贯欺软怕硬，不拉她出来斗争，她是不会承认的。顽固不化，死有余辜。”真是此地无银三百两，指桑骂槐。

大姐道：“她不承认，你打死她，反而查不出来，还要负法律责任。”

叶娇怒斥道："这个地主婆抵死有余，谁可怜她？"

大姐解释说："地主、富农也是人，人权是平等的，不能随便打人。污辱人格，是侵犯她的尊严，这种行为是违法的，尤其是我们的土改队员，绝不能伤害他人的身心健康。以前他们有错，但如果能痛改前非，跟共产党走，服从管理，遵纪守法，重新做人，就给他们出路。这是党的一贯政策。"叶娇怒不作声。

第十七回

欲杀人灭口，却阴差阳错

几天后的一个晚上，叶娇见大姐去开会了，就偷偷跑到伟进婶家里，一进屋就把门反锁上。伟进婶一见到她，就像老鼠见到猫，心惊肉麻！

叶娇这次一反常态，笑着说："你们还没有睡觉哩？"

朱嫂随口答道："等一会，前几天我姐送给我一头小猪仔，煮点猪潲给它吃。"

叶娇顺着她的话说："送给你多好呀！"

朱嫂叹口气说："人都吃不胞，哪有谷物养大它？"

叶娇叫伟进婶婆媳俩到厨房坐，小声问："最近有几位新来的同志向你们问话是吗？你们都对他们讲了些什么？有没有讲藏银圆的事？"

婆媳俩不答话。叶娇脸色突变，威胁道："哪！我警告你们！藏银圆的事，你们千万不能同他们讲出一个字来，如果泄露出去，你们全家都要坐牢、杀头的，后果严重。要想保住你们的性命，就要保守秘密，他们就查不出来了，时间一长也就不了了之了，要三思而行呀！现在，反正银圆被人偷了，不见了，不讲可以明哲保身，讲了可能凶多吉少，两种利害关系，由你们选择。"

婆媳俩还是一言不发。叶娇更严厉地说："无论如何，你们要记

住，死都不能说就是了，否则，你们以后不会有好结果的！我是一而再再而三地叮嘱你们了！好了，我要走了。”叶娇起身时，故意把小煤油灯推倒，又把它拿起来，闻闻手装作有煤油味，就到水缸里打了一瓢水洗手，迅速取出一小包粉末，趁黑倒进水缸里，假装洗了洗手就匆匆离去。

叶娇走后，朱嫂准备给小猪喂点食，猪潲太热，就到水缸里打点水掺凉一些，喂了小猪，然后睡觉去了。

第二天一早，朱嫂起床先做早餐，洗好红薯、芋头，下锅煮熟后，盛装在竹筐里，再热好猪潲去喂小猪。她到猪圈里一看，小猪仔四脚朝天，瞪大眼睛一动不动，就大喊一声，猪仔死了！

伟进婶她们听到小猪死了，都急忙爬起床，围过来看个究竟。小猪嘴巴和地上满是白泡沫，众人都不得其解！厨房那边有几只鸡，跳上竹筐，吱吱喳喳，啄食煮熟的红薯，撑得腮囊胀鼓鼓的，之后昂高头伸长脖子，晃了晃，忽然垂下脑袋，紧闭眼睛，栽倒在地上，滚几下，撒开翅膀，蹭直双腿，一动不动，呜呼哀哉了！一家人吓得目瞪口呆。朱嫂吓出一身冷汗，想起往朝，她煮好红薯、芋仔后，就先吃上一两口，今早，因肚子有点不大舒服，不想吃，如果今朝吃了，也许和这几只鸡一样，伸直双腿。朱嫂越想越害怕，大哭起来！

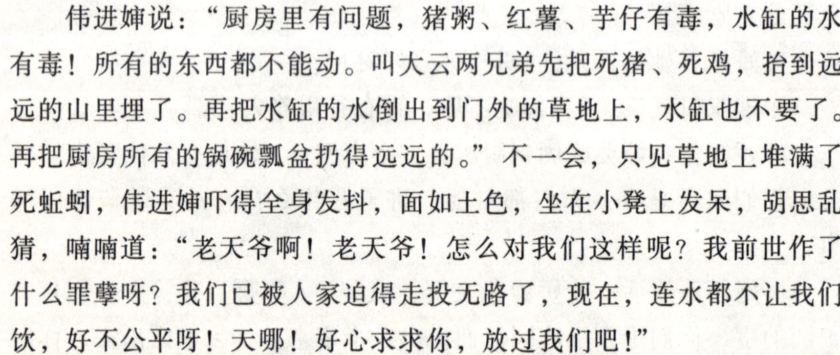

伟进婶说：“厨房里有问题，猪粥、红薯、芋仔有毒，水缸的水有毒！所有的东西都不能动。叫大云两兄弟先把死猪、死鸡，抬到远远的山里埋了。再把水缸的水倒出到门外的草地上，水缸也不要了。再把厨房所有的锅碗瓢盆扔得远远的。”不一会，只见草地上堆满了死蚯蚓，伟进婶吓得全身发抖，面如土色，坐在小凳上发呆，胡思乱猜，喃喃道：“老天爷啊！老天爷！怎么对我们这样呢？我前世作了什么罪孽呀？我们已被人家迫得走投无路了，现在，连水都不让我们饮，好不公平呀！天哪！好心求求你，放过我们吧！”

这一天，伟进婶家里，个个里里外外忙着清洁卫生，但她家为啥大扫除呢？却无人知晓！

晚饭时，因为没有厨具碗筷用品，大云俩兄弟就在床前地上，用砖头垒了一个焗炉烤红薯，一家老少围在炉旁，边烤、边吃、边取暖。

此时，刘护士送点风湿膏药给伟进婶，一进门，见到一家人吃着香喷喷的烤红薯。他们见到刘医生，齐声喊：“请吃红薯！”就腾出小凳让坐，小刘高兴地说：“我最喜欢吃烤红薯了！小时侯，和同学们到人家挖了红薯的田里拾到红薯，就地把泥块堆成一个小窑炉，先用柴火烧烘泥块后，把红薯放到窑坑里，然后把烧烘了的泥土密封住，大约一个小时，就散发出香喷喷的红薯味来，拨开泥土，你一个我一块抢着吃，又香、又烫、又甜、又好吃！你们也经常这样焗红薯吃吗？”

朱嫂闷闷地说：“在家里头一次，我们的锅瓢碗筷都没有了。”

小刘环顾厨房四周，空空荡荡的，见不到一个碗碟，奇怪地问：“你那些镬头、碗碟、餐具都到哪里去了？”伟进婶只是唉声叹气，不说话。

大云愁眉苦脸地说：“今朝起床猪仔死了，几只鸡也死了，门口地下的蚯蚓爬上来也死了。真是，福不双至，祸不单行啰！”

小刘惊讶地问：“这到底是怎么一回事呀？”

朱嫂情绪激动地说：“我也不知道。一夜之间，就变成这个样子！我一早起来，先煮好红薯做早餐，然后去喂小猪仔，一看猪仔四脚蹬直，三只母鸡，偷吃了几口红薯，栽倒地上，滚几下，扇扇翅膀就不动了。我们怀疑缸里的水有毒，把水倒到门口的草地上，不一会儿，蚯蚓爬上来死了一大片。好在我们没有吃早餐，几只鸡为我们填了命，不然，我们全家也就这么死了。”

小刘听了，全身起鸡皮疙瘩，心里害怕，这么严重的事！她坐不住了，对伟进婶他们说：“我马上回去向曲队长他们汇报这件事。”临走时，又叫他们小心谨慎，不要把这些事张扬出去。

小刘匆匆忙忙跑到队里，已是晚上几点多钟了，她对门外站岗的民兵说：“我有急事找曲队长。”

雷科长、曲队长他们正在开会，见到小刘慌张跑进来，十几双眼睛都注视着她。小刘把伟进婶家里出事的情况，一五一十讲了一遍，开会的人个个都感到震惊！

黎副乡长推测说：“这样看来，伟进婶家里的银两，不会单是她家里的人偷的，而是另有其人，此人必定知道藏宝的地方。现在专案组到处调查，他怕事情败露，铤而走险，杀人灭口，保存自己。”

曲队长高兴地说：“现在这只狐狸，把自己的尾巴伸出来给我们看见了，我们怎样抓住它呢？”

雷科长说：“还是那句老话，再狡猾的狐狸，也斗不过好猎手。首先，要布控好兵力，保证伟进婶一家人的绝对安全；其次，要保护好现场，立即向军管会报告，请法医验证，分工合作，迅速行动，密切配合。通过检验牲口尸体，顺藤摸瓜，节节寻找，乘胜追击，非查个水落石出不可！”

他们当晚就派小董和民兵小郭，连夜赶去县城，向叶副县长汇报后，并请求立即派法医前来检测化验。

第二天，雷科长和姜法医到掩埋牲口的现场，把鸡、猪尸体挖出来，经反复鉴定证实，是砷中毒死亡。再测验蚯蚓，同样是砷中毒。

这又是谁下的毒呢？谁是凶手？其杀人动机，显然是与盗窃财物有关联，他企图先发制人，杀人灭口。结果，阴差阳错，牲畜当了替死鬼，伟进婶一家人命不该绝，躲过大难。但是，前两天又有谁到过伟进婶家里呢？毒药是他投放的吗？疑惑重重。

第十八回

巧妙套鼠狼，终人赃并获

毒性剧烈的砷（即砒霜），只有中药店有售，全县有数十间药店，查起来并非容易的事。

于是，专案组派出了十几个人，分头到各圩镇、县城所有的药店，进行了逐一走访排查。通过调查，近来半个月内，只有七个人买过，数量都在五分至二钱左右。专案组同志经过两天紧张的明查暗访，把所有卖过砷的药店，都一一详细记录下来。

民兵小郭了解到县城南街四十号“仁生堂”药店，一位药师说：

“五天前，有个约七八岁大的小孩，长得高高瘦瘦，眼大大的，上身着一件蓝色短袖褂，没有扣纽扣，下穿短裤衩，拿着一张纸条，上面写着买砷二钱，并递上两角钱。按本药店规定，毒药不能售给未成年人，就没有卖给他。那个小孩走后不久，又有一名妇人来买砷，个头五尺左右，四方脸，颧骨突出，上穿灰色衣服，头戴竹帽，年纪大约三十五六岁，她说买点砒霜毒老鼠，就卖了一钱半给她。自从那次卖过后，直到今天，再没有人来买过这种药了。”

小郭听了觉得与叶娇母子俩相似，就立即跑回队里，把上述情况向雷科长、曲队长他们作了汇报。他们听了，特别兴奋，觉得案情与他们的推敲分析很吻合，有了头绪。

曲、雷俩人交换意见后，叮嘱何副队长、陈大姐他们，加强监视伟进婶和叶娇两家人的一举一动，发现可疑立即报告。

雷科长和曲队长俩人，佩上手枪，各骑一辆自行车，向县城方向骑。他们找到了“仁生堂”中药铺，老板贺辉见到曲队长，主动上前热情招呼，原来他们是老朋友。曲队长也觉得很巧，紧紧握住他的手不放，追问道：“你怎么到这里的?”

贺辉笑着说：“从英德到这里已好几年了，买了这间药店，生活还凑合。连长今天大驾光临，有何吩咐?”

曲队长直说：“无事不登三宝殿，今次有件重要的事，想同你商量一下。”

贺老板把他俩带到二楼房间坐下，曲队长介绍雷科长与他相识后，把买砷的事情，同他说了一遍，要求店里的药师帮个忙，化妆成旧货郎，到村中去鉴别一下买砒霜那俩人，是否是她们母子俩。这事关重大。

贺辉满腔热情地答应说：“没有问题，不知药师是否记得那俩人呢？我叫他上来问问!”

药师姓万，名智，五十多岁，以前是卖生草药的，识得数百种草药，对一般的药理功能都懂，人也忠厚老实。他上来一见到曲队长他们，就礼貌地点头鞠躬，雷科长客气地说：“免礼，请坐!”万药师坐下。

贺老板认真地问他：“你记得前几天，有个妇人买砷的事吗?”

老万答道：“记得！记得！今天上午军管会有两名同志来问过此事，我把情况原原本本地告诉了他们。”万药师又重复讲了一遍。

雷科长恳求着说：“情况已经很清楚了。现在我们有个要求，劳烦万师傅你辛苦走一趟了，帮助我们再次辨别一下那俩人，是否确实在你这里买过砷?”

万药师爽朗地答道：“没有问题。”

曲队长又说：“这件事要你受委屈一下，化妆成一个收破烂的货郎，到我们那个村庄上，引蛇出洞。一切着装如同旧货郎打扮，好像老行当，不要给人看出破绽。”

万师傅说：“我本来是个老行当，以前就是干这个买卖出身的。”

雷科长高兴地说：“那好极了，买些糖果、小吃、玩具等，品种要多款多样，丰富多彩，以高价收购，便宜交换，让他们占到便宜，成本由我们出，亏本我们负担，只要你大方施舍，肯定能吸引到大人小孩来光顾的。这样才能查出真相。”

万师傅信心十足地说：“有你这个后台老板这么慷慨，我这个二老板好当嘞！以前我干过这个买卖的，用些水果糖、花生糖、山楂饼、芝麻糖、椰子糖、核桃酥、杏仁饼火柴之类的小物品，与他们交换，有时运气好，能换回价值连城的珠宝呢！真是吃小亏占大便宜，一本万利呀!”

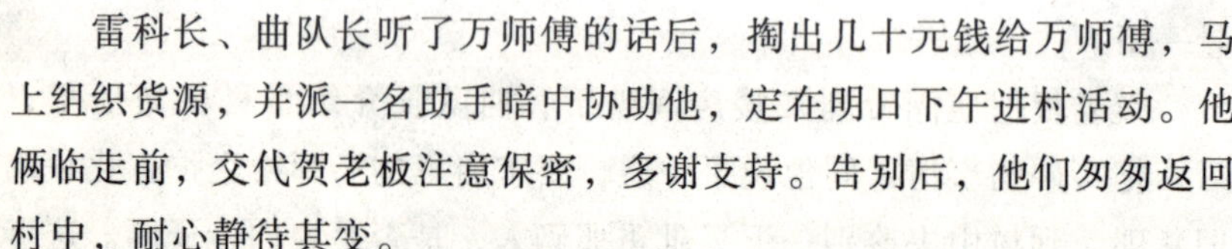

雷科长、曲队长听了万师傅的话后，掏出几十元钱给万师傅，马上组织货源，并派一名助手暗中协助他，定在明日下午进村活动。他俩临走前，交代贺老板注意保密，多谢支持。告别后，他们匆匆返回村中，耐心静待其变。

第二天下午，万师傅戴顶旧草帽，肩挑一担旧箩筐，箩筐上面，放着几个玻璃瓶，装满了各色各样的糖果、饼干等食品，扁担两头挂满了各色各样的大小氢气球、小人、公仔、图画等，也有木梳、牛骨梳、洗头茶仔、头发油、肥皂、梳妆镜、针、线等，应有尽有，品种十分丰富，适合老、中、青、少年特别是妇女的口味。一到村边，万师傅就叮叮当当地摇响铜铃，边走边唱。一个小伙子挑着一担箩筐，不声不响地跟在后面，好像他儿子似的。他们在叶娇屋边旁不远处放下扁担，摆好箩筐，拿出小凳坐下，念念有词地唱着：高价收购各种破旧、烂铜、烂铁哩！一边喊，一边举起铜铃，左右摇晃着，叮当叮当响！

孩子们一听到货郎的铜铃声，立即跑过来，看见一大担五颜六色好吃好玩的，个个大声地叫起来！有这么多新鲜好吃的东西！墟市上很少见过的！孩子们好奇地盯着这些新鲜的东西，口水都流出来了！有的跑回家问爸妈拿钱，有的掏出过年的压岁钱，有的翻箱倒柜拿来旧铜钱、破铁等以物换物，有的好几次跑回家中挖掘搜集资源，拿来交换便宜的食物。小孩子们像一窝蜂似的，把两个箩筐围得严严实实，指着要这个那个，万师傅忙得不亦乐乎！

烂仔三家穷，兄弟俩回去拿来一把破锄头，结果却换到许多新奇的好吃东西，不禁喜出望外。他们觉得吃得不够过瘾，就一溜烟跑回家里，翻箱倒柜，撬开大柜门锁，左抄右翻，终于找到了两枚铜钱。又翻到柜角她妈的衣袋里，有包硬绷绷、沉甸甸的东西，打开几层布，一看是两枚发亮的圆饼。他们拿了一枚，装进自己的口袋里，另一枚包好放回原处，关好柜门，兴致勃勃地跑到货郎那里，捂住口袋，先拿出两枚小铜钱，换回一点糖，但很快就吃完了。烂仔三走到货郎跟前，右手捂住口袋，对着这许许多多、五花八门、眼花缭乱的好吃东西，左看右瞅，馋涎欲滴，眼甘甘地来回窥视哪一样是自己心目中最喜欢的新话儿。

万师傅一眼就看出他是前几天向他买砷的那个小子，穿的衣服、个头长相、说话声音、走路动作，完全一模一样。万师傅笑着对他说："小弟弟！你喜欢吃哪一种呀？只要你中意，我便宜给你。"说着主动向他一一介绍：这种棒棒糖是广州新出的，还有吹波糖，那种跳跳糖是北京产的，这个椰酥糖是海南岛出产的，上海生产的甜入心的夹心糖最好吃，还有广西的桂花糖，天津出产的贵妃糖，浓郁可口，以前专门供宫廷享用。还有英国、葡萄牙、香港、澳门进口的香口糖、苹果糖、人心糖、神奇糖、五彩珍珠糖、百味糖等，应有尽有。还有玩的公仔纸牌数十款之多，有《西游记》，唐僧取西经、孙悟空三打白骨精、大败牛魔王；有《三国演义》，孔明借箭、火烧连环计、空城计、七擒孟获；还有薛仁贵征东、薛丁山征西、《红楼梦》等公仔纸。

烂仔三听了，心花怒放地问货郎："你能不能给我两块贵妃糖尝尝？"

万师傅满口答应："当然可以！可以！"说着打开瓶盖，每样都拿了两块给他俩吃。

他兄弟俩边吃边说："太好吃了！太好吃了！皇帝老婆吃的？我从来都没有吃过这么香甜的糖呢！于是，他马上从口袋里掏出一块闪闪发亮的大银圆，递给万师傅问道："你看这个是什么东西？能给我换多少最好吃的糖块？"

万师傅接过银圆——分量不轻——有点惊愣了！再仔细一看，原来是一枚一九一二年制造的大洋，有孙中山先生的半身像，按市值可换一担谷子呢！他就问："小弟弟，你这个东西从哪里拾到的？"

烂仔三撒谎说："在稻田里拾到的！"反问货郎："能换多少东西呗？"

万师傅再三看过银圆，放进嘴里咬了咬，确属真的，才说："哪！你喜欢什么东西呢？这样吧，你中意什么就随便点吧！我给你一个箩筐，凡是你喜欢的，都放在这个筐里好吗？"烂仔三瞪大双眼，像牛眼那么大，惊喜地笑大声说："真的？你不要骗我！"

万师傅认真地说："那还有假的！"

他弟弟高兴地攀住他的肩膀跳起来，大声地说："这回发达了！有这么多好吃的！"

烂仔三劝住弟弟说："不要大声吵吵嚷嚷！否则不给你吃！"就叫他赶快跑回家里，拿个箩筐出来装东西。

万师傅收起银圆，热情地向他介绍说："小弟弟，你喜欢什么，就拿什么好了！"说着主动拿来一大堆靓糖果放在他面前，随便他拿。

烂仔三贪婪地对万师傅说："我样样要尝过，中意的我就要，不好吃的，我不要行吗？"

万师傅乐呵呵地回答说："可以！可以！"

于是乎，烂仔三嘴里吃着、手中拿着，边吃边点，要广州的棒棒糖、上海的夹心糖，天津的、北京的、香港的、澳门的糖样样都往口里塞，狼吞虎咽，好像猴子抢食，一个劲地往嘴里塞，直到两边的面囊袋鼓鼓胀，口水糖汁一串串流落衣襟上，话也说不出来，真如贪婪饿鬼赴宴，足吃足喝！所谓好汉不吃眼前亏，烂仔三足足吃了几十种糖果、饼干，嘴里还不停地嚼着，手里还抓住一大叠小人纸牌。翻到诸葛亮小人像时，烂仔三对着他讥讽地说："诸葛亮呀，诸葛亮！你高明呢，还是我聪明?"又对着猪八戒的画像蔑视地说："八戒！八戒！你吃得多，还是我吃得饱呢?"又举起孙悟空的全身像，仰面大声地说："孙猴子！我比你还胜过好几十倍呢!"

他弟弟也在边吃边装食物。一群小孩主动义务帮他的忙，扛他大腿，说他好话。一个说，三哥这个新样的、那种奇特些，这个好玩、那个好漂亮，转来转去，指手画脚，讨他高兴。不一会儿，就装满了一大箩筐。

万师傅看见他们已装满了一箩筐，就拦阻他说："小弟弟，你拿了这么多东西够了，足够了！我的食品差不多给你拿了一半了，还拿?"

烂仔三贪得无厌瞪大眼说："你这个玻璃瓶装的五彩糖，再送给我吧!"说着就抱在怀里决意要拿走!

万师傅惋惜地说："那我就要亏本了!"

烂仔三强硬地说："你哪里会亏本的?"说着转身就走。这群小孩起哄说，走啦！走啦！拥着他溜走了!

万师傅和小伙子看着这个牛王头被那群孩子前呼后拥急急离去，他弟弟和另一帮孩子抬着那箩筐糖果、饼干等食物，高高兴兴地回家去了。

烂仔三抱着那瓶五彩糖果，急急忙忙往回走，恐怕货郎不给他，追上来夺回去。他一个劲地跑，将到门口时，不知慌张还是高兴，一不小心踢翻了一块石头，只听啪的一声巨响，连瓶带人摔倒在地上，玻璃瓶摔得粉碎，糖果和玻璃碎片洒满一地。他被玻璃碎片砸破了手和脸，鲜血直流，泪水、血液滴满地，痛得哇哇大哭起来，喊妈叫爹!

有的小孩看见首领摔成这个惨状，跑去通知他妈：有人把他拉起身，有的帮他拾起糖块时，不小心也被玻璃碎片割破了脚，鲜血直流。尽管为老大效劳，谁也不敢拿他一粒糖块吃，见他跌得头破血流怪可怜的。

叶娇急急忙忙跑到家门口，一看烂仔三满脸满身是血坐在地上，旁边满地五颜六色的糖果，大吃一惊，急忙上前，想把烂仔三拉起来。突然，她大声叫喊了一声哎呦，立即蹲下。原来她踩着玻璃碎片，中招了，脚底被划破一道大裂口，鲜血直流！

陈大姐跟在叶娇后面，见她蹲下，脚底流出一大堆血，双手捂住脚，看到烂仔三叫苦连天，看到满地锋利的玻璃碎片和糖果，不敢走近。她母子俩像坐在碎玻璃堆上，一个满脸鲜血，血肉难辨，一个满脚是血，血流满地。

大姐急中生智，和小刘卸下两扇门板搭桥，把她俩拖到屋边墙角处，拔了几把黑面神、虾钳草、石榴叶等草药，立即捣烂。用盐水冲洗伤口后，大姐从头上拔下银针，把她俩伤口里的玻璃碎片，挑出来，敷上生草药，用纱布包扎好，这样，日后伤口不会发炎。

这些草药真顶用，敷上不到一刻钟就止血止痛了。叶娇坐在矮凳上质问烂仔三："你这瓶糖果是谁给你的？"

烂仔三脸上、额头上被刺破，小刘用纱布把他的头包扎得严严实实的。

叶娇左脚用纱布包裹住，走路一拐一瘸的，憋着一肚子气，追问烂仔三："你说，这个玻璃瓶和糖果，是谁给你的，害你成这个样子？讲不讲？"举起一支棍照他身上打下去。

烂仔三噘起嘴唇小声地说："那个货郎给的。"

叶娇拉着他，气冲冲地拐着脚，走到旧货郎面前，大声地质问："喂！你这个该死的收买佬！害得我母子够惨了，你看！你看！你看我个仔，满脸满手是血，血肉难分，伤痕累累，你叫他日后怎样有面目见人？祸根是你，不是你到这里来，我们母子不会被你害成面目全非、一瘸一拐的，今日非要你赔偿不可！"

万师傅突然被人噼里啪啦一个劲地骂，觉得莫明其妙，抬头一看，见她四方脸、大脸颧骨、豆沙音，一下就认出她是那天到药店买砒霜的妇人，那个子、相貌、说话、举动，一模一样。

万师傅站起身，苦笑着对她说："大嫂！你先不要生气，听我说，你儿子已换足了东西拿去了。后来，他硬要多拿我那瓶五彩糖，我叫他放下，他就匆匆走了，我也没法子。心想，孩子们喜欢的东西，他多拿就拿吧，我赔一点也无所谓！他们高兴我也高兴嘛！谁知道他兴奋过度，反而连累受了苦！现在你们不高兴，我也不高兴了，大家都扫兴！你说是吗？你儿子自己摔倒的，这不是我的过错！现在你把他摔倒砸破了脸、刺伤了脚嫁祸于他人，这样，似乎有点强词夺理了吧！你的孩子拿了别人的东西，反过来又要我向你赔偿，哪有这样的道理呀？这是你当妈的错呀！往往小孩的错，就是你们当父母种下的因果啊！”万师傅慢条斯理，幽默而风趣地给她一顿教训！

叶娇听到最后那几句话，火冒三丈，咬牙切齿地骂道：“唉呀！呀！你这个臭货郎呀！明明是你害我儿子焦头烂额，反过来又阴阴湿湿骂我？你敢侮辱我！你这个臭货郎骗子，好大的胆子呀！睇你这个衰样，都不是好人，你有眼不识货，你说我是谁？我是这个村子的土改根子、农会副主任、人民政府的土改工作队员，瞎了眼的臭货郎，你赶快给我滚出去！你不走我把你的东西全部砸烂！看你厉害还是我厉害！”

陈大姐听到叶娇吵吵嚷嚷的声音，跑出来，见她对货郎的东西动手动脚，即刻上前制止劝导她，叫她不要这样。她哪里听得进去？她一贯好斗争胜，今日手中有把柄，又在自家的门前，正是她大耍淫威的好时机呢！她抓住箩绳，拖来摇去，非要把它推翻不可。

那位小伙子跑过来，帮万师傅护住东西，万师傅双手紧紧抓住箩筐货物，两人你推我挡。

大姐好说歹说，极力劝解她：“不要这样粗暴，对群众影响不好。”她还是蛮横死缠硬拖着不放手，不听大姐劝解。

正在此时，曲队长走过来，照面暗示了一下万师傅，问：“是怎么一回事呀？”叶娇一见曲队长出现，立即松开了手，抢先指着货郎骂：“还不是这个臭老鬼，害得我家阿三全身是血，人不像人，鬼不似鬼。”推出他站在前面，接着胡说：“你们看，如果不是他担来的玻璃瓶，我的脚就不会被玻璃碎片割破，你罪有应得呀！好啦！现在我们土改队长在这里，让他来评评理，看谁对谁错？”

其实曲队长早就在墙背后静悄悄地听着，叶娇耍无赖骂街，已听得一清二楚了，实在无法忍耐下去，才走过来。他对着叶娇严肃地说："你这样骂人，就不对了，货郎在这里以物易物，双方自愿公平交易，成交后，物归主人，互不反悔，各自保管，各自所有，已与他人毫无相干了。这是行规嘛！你阿三拿着物品回家途中，不小心摔倒了，跌破了手脚，损失了财物，你把责任赖到货郎身上，还要人家赔偿，哪有这种蛮横的理由呢？就算在你门口买卖，你也不能这样欺负人家呀！万事都要讲道理，横着走是走不通的。如果说，你是卖火柴的老板，别人买了你的火柴，某日他家发生一场大火，把房屋烧掉了，人家追索到你，说是你卖火柴给他才引起火灾的，要找你算账，要你赔偿他的房子，你认为这样有道理吗？能站得住脚吗？你走路不小心，摔破了玻璃瓶，被玻璃碎片刺伤了，反而赖别人害了你。你这种强词夺理，实在叫人很委屈呀！我们不要冤枉好人，凡事都要讲道理讲法理嘛！你想一想对不对？"曲队长严肃认真的话，句句都刺中她的痛处，围观的群众听了曲队长一番话，都为他的通情达理正义秉公而感动，对叶娇的下流卑鄙，蛮不讲理感到厌恶！

叶娇原以为队长来会帮她出口气，谁料反在大庭广众面前，被他狠狠地批评教训。她觉得好像当众向她脸上抹了一把黑灰，很不光彩，无脸面对，威风扫地，难以接受。就苦着脸，鼓起腮，歪着脖子，垂头丧气，斜视着地面，不动声色！烂仔三靠着他妈，低着脑袋一动不动，着苦瓜脸看着地面。

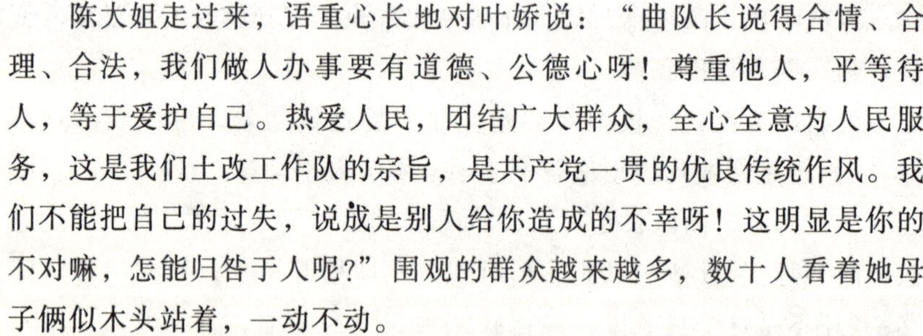

陈大姐走过来，语重心长地对叶娇说："曲队长说得合情、合理、合法，我们做人办事要有道德、公德心呀！尊重他人，平等待人，等于爱护自己。热爱人民，团结广大群众，全心全意为人民服务，这是我们土改工作队的宗旨，是共产党一贯的优良传统作风。我们不能把自己的过失，说成是别人给你造成的不幸呀！这明显是你的不对嘛，怎能归咎于人呢？"围观的群众越来越多，数十人看着她母子俩似木头站着，一动不动。

突然，她拖着烂仔三，鼓起两边面腮，一拐一瘸地快步往家里溜走了。

曲队长用双关语对货郎说："老先生，刚才那两个人你看清楚了吧？"

万师傅默契地回答说："看清楚了。"

曲队长接着说：“那个人有点不讲道理，你大人有大量，莫见怪呀！”

万师傅望着曲队长暗示着说：“你真是好人啊！刚才我看得很清楚了，就是她俩母子来找麻烦，好在有你替我解围。”

曲队长又暗示万师傅说：“老先生，今天我看你的生意不错嘛！时候不早了，收摊吧！”

万师傅心明意会答道：“我正有此意，马上就走。”万师傅立即和同行者收拾好行头，俩人一前一后，离开了村庄。同行者姓王，是军管会派来的侦察员，负责保护万师傅安全的。小王跟随万师傅，约走了四里路远，突然看见雷科长和曲队长，他俩在前面山边等候着他们。

万师傅见到他俩，快步上前，舒了两口大气，满面笑容，乐呵呵地说：“好厉害的泼妇呀！那天来买砒霜的就是她母子俩，一点不错。今天与她短兵相接领教了，她好像吃了火药，蛮不讲理，好犀利呀！还好，这次大有收获！那小子拿了一个银圆来换糖果，这枚银圆，有孙中山半身像，能换一担谷子呢！”说着从口袋里掏出银圆递给曲队长。

曲队长接过来一看，这枚银圆，正与在大院里拾到的那枚一模一样。

雷科长反复看了又看，感叹地说：“这是个意料不到的大收获啊！对破此案提供了重要的证据。我们对万师傅的积极配合，表示衷心的感谢！还有一件事再劳烦你，请你把叶娇母子买砷的经过和烂仔三用银圆换物的前后情况写出来，作见证材料，行吗？”

万师傅满口答应说：“行！行！只要用得着，我一定为人民政府效劳。”

雷科长笑着赞扬万师傅说：“万师傅，这次你们扮演得很成功，很出色，真有两下子！”大家笑起来！雷科长又接着说：“这回你给我们破案提供了很重要的证据，破了此案，有你一份功劳！辛苦你们了。现在天色已晚，我们为你准备好了自行车，赶快回县城吧！谢谢你们两位！再见！”万师傅俩人骑着车子飞快地离去！

雷科长和曲队长看着他俩走远了，并肩返回村里，边走边琢磨，如何突破此案。

叶娇母子回到家里，坐在厅中发呆，久久不说话。

大眼四在大门口向烂仔三老打手势，示意叫他出来。他怕妈骂，不敢移动半步！他弟进来靠近他身边，对着耳朵小声地说："那箩筐糖果、饼干藏在柴房里，我出去玩啦！"

烂仔三小声叮嘱他："不要给别人知道。"

将近黄昏，小刘看见她们都不开心，就主动去做饭，到柴房里取柴草时，看见稻草在晃动着，听到草堆里吱吱喳喳的响声，吓了一跳，跑去报告叶娇。她怒气未消，憋着一肚子火，大步走到柴草堆里，看个究竟。小刘跟在她后面，她问小刘在哪里？小刘指着拱起高高的那堆柴草的位置。

叶娇向前，拿起一捆稻草，突然，几十只老鼠到处乱跑，有几只老鼠窜到叶娇的伤脚上，吓得她跳起来，猛缩脚用劲跺地，大叫"唉哟！唉哟！"立即蹲下，双手捂住左脚，痛得嗷嗷叫。

小刘急着问："你被老鼠咬了吗？"

她没有回答，苦着脸，忍着痛，再掀起那些稻草，看见一箩筐糖果、饼干等食物藏在草堆里，惹来一群老鼠在抢吃，吱吱喳喳地吃得欢。以前她家里经常断烟火，不见老鼠踪影，所谓：鼠因断粮潜踪去，狗为家贫放胆睡。叶娇忍着痛，把这箩糖果、饼干拉了出来，放在大厅，怒气冲冲地审问烂仔三："这箩筐糖果、饼干是谁的？"大声问了好几次，兄弟俩始终不吭声。她走到厨房，找了一根拨火棍，抓住烂仔三的衣领，咬牙切齿地对住他的屁股一个劲地狠狠打。他也不哭不声，叶娇就放开他，举起棍棒，使劲砸他的脑袋！

烂仔三哗的一声，·大哭起来了！

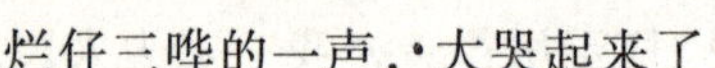

叶娇威逼他："看你说不说？你老实说出来，是怎么一回事？不然，我今天就打死你！"

烂仔三迫于无奈哭着说："是我同货郎换回来的。"

叶娇不相信地追问："你用什么换回来这么多东西？"烂仔三又不回答。她又举起棍棒，又一棍砸在他的头上！

烂仔三双手捂住脑袋，边哭边招供，含词不清地说："我在柜里找了一个公仔钱去换回来的。"

她一听，神色紧张起来，再追问："你说什么？再说一遍，在哪里拿的？"

烂仔三疑虑一会儿说："在大柜里拿的。"

叶娇一听到在大柜里拿的，脸色变白，立即丢掉拨火棍，匆匆走到房里，不一会儿跑出来，怨恨叹息地骂："唉呦！你这个该死的烂仔三呀！你真不知好歹，你把我这么贵重的东西，拿出去换回这些烂糖果！你想害死我吗？气死我了！"一下子有气无力地瘫坐在小矮凳上，细声喃喃叹，有气无力地喘息着！

小刘走近叶娇身边，反复安慰询问她："是什么东西那么贵重呀？"她始终不回答，只是唉声长叹不说话。

陈大姐下班回来安慰问她什么事情，她也不说。

她双手抱着脑袋，手肘蹭住两个膝盖，愁眉苦脸，欲哭无泪，沉闷不语。

小刘做好饭，端来饭菜，劝他们吃饭，母子几个个个不睬不应，不喝不吃，似有羞事百感交错，难以启齿。尽管小刘耐心地循循劝导，也只是白搭！

大姐匆匆吃了点饭，放下饭碗，又到队里开会去了。她把刚才叶娇家里发生的一切，向雷科长、曲队长他们作了汇报。

雷科长说："这个情况很重要，更说明了这起金银盗窃案，嫌疑人已浮出了水面。侦破这起案件，首先要破解三个谜团：一、买砷投毒者与被毒害人的关系，必然有密切关联；二、两枚孙中山半身像的银圆，是一模一样的，都是一九一二年开国纪念币，一枚是在大院鸡笼底下拾到的，一枚是货郎从烂仔三手里换回来的，不排除她家里还藏有大量银圆的可能性；三、参与盗窃者到底有多少人。"

大家围绕以上三个问题进行综合分析，并反复进行沙盘操演作业，把范围缩小，盗窃嫌疑人，首先锁定两个目标：一个是叶娇，一个是伟进婶。而真正最大的盗窃嫌疑人可能是叶娇，她们又怎样知道藏宝的具体位置呢？壁垒高墙，哨兵巡逻，并非一般妇人轻易做到，必有数人配合行动，才能得逞。那天晚上警戒睇水的，无疑是烂仔三了，盗者莫非是他父亲太特？他们有可能与伟进婶的儿子共同参与，是否因分赃不均或怕泄漏秘密，产生杀人灭口的狼心？种种迹象表明，叶娇是最大的投毒嫌疑人，她本质恶劣，贫嘴刁舌，自私独贪，嫉妒奸诈，道德败坏，心狠手辣。

自此，乡政府和土改工作队，重新对叶娇这个所谓“土改根子”进行了剖析，认为：我们在轰轰烈烈的土地革命运动中，不因为她的穷，就按越穷越革命的论调，作为依靠对象，她就是革命了，就是响当当的革命派了。也不因为她的贫嘴，能跟着喊几句漂亮的革命口号，她就是跟共产党走了。更不因为她一时表现积极，她就全心全意地为人民服务了。再也不因为她能说会道，对人甜言蜜语，阿谀奉承，她就是好人，就对她信任有加。实践证明，农村的落后思想意识，那些自私自利的机会主义者，每时每刻都想千方百计钻进革命队伍中来，唯利是图，无孔不入。而我们在落后农村的土改过渡时期，急于用人，在狭窄的环境中，条件受到限制的情况下，选中了她，所谓“眼困遇着枕头，盲公生盲仔拉着走”，被她钻了个空子，从而导致了土改工作上的失误和挫折。但是，在革命前进的道路上，难免会有错误失败和挫折，她教育了我们，使我们更加聪明起来。

叶娇表面上是个鸣冤叫苦的幽灵，内心里是个野心勃勃的投机钻营的家伙，仗着一点职权，谋取私利，为了达到个人的目的，她不顾一切后果，铤而走险，谋财害命，发家致富。

专案组对她作了详细的分析后，为了迅速侦破此案，立即对其夫妻俩人采取强制措施：经县人民政府批准，免去叶娇土地改革工作队队员、农会副主任职务，免去吴太特乡工商管理所临时工职务，对他们实行羁押隔离审查。

雷科长、曲队长天天对叶娇进行反复的政治、政策、攻心教育，但数天下来，她一言不发，不吃不喝，傲气十足，以绝食抵抗。第三天，雷科长、曲队长又对她进行严肃的批评，揭发她买砷下毒的阴谋行为。她知道再也蒙混不下去了，就嚎叫大哭，尖声鬼叫，鸣屈喊冤，要死不活的。可是，她的苦肉奸计，无人理会。第四天，绝食难忍，她就要吃要喝，大鱼大肉，狼吞虎咽，吃饱喝足，装疯卖傻，自言自语，胡说八道。

第五天，雷科长、曲队长、黎副乡长等人，通过攻心政策，终于突破了她最后这道防线，要她老实坦白交代问题。只有坦白交代，才能减轻她的罪过，否则，从严惩处。大家抓住她到县城买砷干什么用这个问题追问，足足审讯了一天，她一言不发，负隅顽抗。

雷科长下令：叫民兵把她五花大绑，送到县城监狱去。

此时，她红脸变白脸，吓得全身发抖。她害怕去坐监牢，扑通双膝跪地，求饶放过她，这才慢慢从实招供。

她说："有一天，我假装有病，请假到县城看医生，就和阿三到仁生堂药铺买砒霜，先叫阿三去买，老板不卖给他。后来，我去买了一钱半。当晚到伟进婶家，我有意搞倒煤油灯，假装去水缸打水洗手，趁黑将毒药倒到水缸里，以为神不知鬼不觉，就能把她全家毒死。"

雷科长严肃地问："你为什么要这样做？"叶娇不作声。雷科长又追问："你为什么要毒死她们？"

叶娇沉思许久回答道："我恨他们。"

雷科长又问："你还有什么目的？"

叶娇回答说："没有别的。"

雷科长严厉地说："你知道杀人要偿命的吗？"叶娇迟迟不答。

雷科长再问："你想毒死她全家？"

叶娇答道："是。"

雷科长再问："你知道，如果你毒杀了伟进婶一家是犯法的吗？"

叶娇答道："知道。"

雷科长接着问："你还有什么要交代？"

叶娇答道："没有了。"

雷科长严肃地说："你还是不老实交代你的问题，只有你坦白彻底交代清楚，才能得到从宽处理，如果抗拒交代，从严法办。你要想想清楚，两条道路由你选择。"

叶娇点头答道："是！是！"

雷科长把上述记录再向叶娇读了一遍，问她讲的是不是这样？叶娇答："对。是。"她签名按指印后，民兵将她押回严加看管。

晚上，陈大姐和曲队长到伟进婶家里，向她们耐心细致地作政策教育，并把叶娇谋害她们的经过，一一讲给她们听。她们却没有什么反应，好像早已预料到就是她干的。

伟进婶坦然地说：“除了她，没有第二个人干得出来的。”

曲队长认真而坦诚地对他们说：“叶娇和太特违反了新中国的法律，已被县人民政府撤掉了他们的所有职务，并把他们羁押起来了。”曲队长这么一说，她们一家人抬起头来，都注视着曲队长的讲话。曲队长边讲话，边从口袋里掏出两块银圆，递给伟进婶看，“你看，这两块银圆，是在你原来那幢大宅院放鸡笼底下拾到的，你们见过吗?”

伟进婶接过银圆，正反两面看了看，交回给队长，肯定地回答说：“没有见过，只是听老头子生前说，那里藏有银两，有多少也不知道。”

雷科长说：“如果这批银圆都是孙中山和袁世凯头像的银圆，那就价值连城。”

伟进婶回忆地说：“老头子曾同我说过，这些银圆用了好多东西换回来的，说有纪念价值。”说着试探地问：“是不是她去偷了?”这么一问，全家人都注视着他们。

曲队长说：“是不是她盗的，现在还没有充分的证据，没有确凿的事实，是不能下结论冤枉他人的。”

陈大姐也认真分析说：“叶娇这个人狡猾奸诈，她的儿子烂仔三，在家里偷出一枚银圆，与货郎换回好多糖果、饼干。我们把货郎那枚银圆收回来，与掉在大院里那枚银圆是一模一样的。但是，你有什么证据说是她偷的呢？她怎么知道哪里有银圆呢？藏银圆的地方只有你伟进婶一清二楚，她只有从你这里得到信息，才能如此准确地找到目标!”

大姐这么一说，伟进婶再也无法隐瞒了，后悔坦白地说：“我现在再也不敢隐瞒你们了，我以前主要怕叶娇这个心狠手辣的人，每时每日来恐吓折磨我们。她那狰狞的面孔，深刻地印在我们的脑海里，一见到她，我们都心惊肉跳，一看到她手臂上挂着土改工作队的红袖章，我们就终日惶惶不安，避而远之。平时，她仗着土改队员、农会主任的职务，作威作福，恐吓敲诈勒索。现在，她不是工作队员了，我们心里像放下了千斤大石。不过，以后放她出来了，那还不是又来欺负我们?”

陈大姐严肃坚定地说：“你放心吧，如果她犯了法，会受到法律制裁，若是她出来还为非作歹，她必然受到更严厉的惩罚。现在有农会和人民政府保护你们，请你们放心。”

伟进婶豁然开朗地说：“反正事情已经到了这个田地，我就照直同你们讲吧！前段时间，叶娇经常黑夜到我家里，采取咒骂、恐吓、威迫、利诱等手段，勒索钱财，迫得我们无路可走。想起老公临终前曾同我讲过，大院鸡笼底下藏有几包银圆，我一直记在心里，但，不知道有多少，估计可能有一百几十个吧！这件事，以前只有我知道，我也没有看过。

“后来，政府没收了房屋，我就死了取回那条心了。可是，叶娇次次逼迫得我无路可走，我只有孤注一搏了！那天晚上，叶娇突然闯进我家，迫着我拿出珠宝给她，否则，明天拉我出去打死！我迫于无奈，明知危险，还把俩儿子推去冒险，想取回那些银两，供奉给她这个催命鬼，以为挡灾避祸。谁知一次又一次，都被民兵发现追赶，吓得他俩屙惊屎，再也不敢去了。叶娇天天上门，喊打喊杀，我无法交差，迫于万般无奈，只好把实情告诉了她。

“不久前的一个晚上，叶娇过来，开始时态度客气同我说话，后来，发怒威胁，责令我们不要把藏银圆的事告诉别人，否则，是没有好下场的。想着这句话，我一夜都没有睡好。谁知，第二天一早，猪、鸡都死了。其实她想毒死我们全家，杀人灭口。藏银圆的地方，除了我家人和她知道以外，再也没有透露过给任何人。叶娇谋了财，又要杀我全家！罪孽啰！”说完大哭起来！

曲队长他们听了伟进婶的详细叙述经过，觉得案情更清晰明朗了，安慰伟进婶说：“你讲的情况很重要，我们会进一步去查证。请你们放心，如果叶娇她们日后对你们有不轨的行为，你可以立即到农会、乡政府投诉她，我们工作队还在这里，不用怕，她不敢对你们怎么样的。”

伟进婶感激地说：“我们相信共产党，相信人民政府，相信工作队。”

曲队长和陈大姐他们，离开了伟进婶家，回队里吃晚餐，边吃饭边把了解到的情况向雷科长、黎副乡长作了详细汇报。大家一致将盗窃大宅院内银两的嫌疑人，锁定在叶娇一家人身上。叶娇威迫伟进婶讲出藏银圆的具体位置后，指使她老公太特，趁黑夜爬墙入院里盗走银圆；烂仔三当晚在外面作睇水放哨，都是叶娇具体谋划，暗中俺护和接应。盗窃成功后，她怕败露真相，顿起杀机，企图杀人灭口，以为天衣无缝，机关算尽。

可是，天网恢恢，疏而不漏。专案组进一步作了具体分工，首先把太特一家人分别隔离，军管会调来了一个武装警卫排，进驻村中和太特家里，进行监视保护，配合侦破工作。

连日来，专案组对太特夫妇俩进行突击审讯。雷科长和陈大姐审讯叶娇，记录员小董。黎副乡长、曲队长、何副队长和民兵小李，突审太特，何副队长做记录。民兵小郭、小刘和警卫排长小胡，负责审问烂仔三，及看管照顾他们家里的日常生活。

小刘把烂仔三带到队部，小郭和小刘审问他，小胡作记录。小郭问烂仔三：“你叫什么名？”

烂仔三低着头，小声答道：“吴沃轻。”

小郭又问：“你今年几岁？”

吴沃轻回答说：“不到八岁半。”

小郭又问：“你上学读书了吗？”

他回答说：“没有钱。”

小郭再问：“你还记得上个月天很黑那个晚上，你坐在那小树边玩石块，我和李同志送你回家的事吗？”

他回答说：“记得。”

小郭严肃认真地问：“村头最边那间房屋不是你的，你为什么骗我们，说是你的家呢？你住在村尾，为什么撒谎你住在村头呢？小孩子胆敢骗民兵叔叔？你不知道民兵是保护人民财产，责任重大吗？”

烂仔三低着脑袋不说话。

小郭再问：“那天晚上你爸爸爬墙入屋偷东西时，你是不是帮他睇水放哨？”他久久也不说。

小刘耐心劝导问吴沃轻：“你说偷别人的东西好不好？”

他低声回答说：“不好。”

小刘又问：“你爸爸偷了别人的东西，对不对？”

他回答道："不对。"

小刘再问："如果有人偷了人民政府的东西，你说对不对？"

沃轻回答说："偷了国家的东西当然不行。"

小刘接着又问："伟进婶的大宅院，已没收归为国家所有了。那天晚上，你爸爸爬入大院里，偷了国家的东西，你说对不对？"问了好几次，他总是不说话。

小刘再问他："你家里这么多的衣物，你身上穿的衣服是谁给的？"

沃轻答道："是土改队分的。"

小刘再问："你家里那么多的稻谷、家具和耕牛，又是谁给你们的？"

沃轻回答说："是人民政府分给我们的。"

小刘接着又问："工作队和人民政府对你们好不好？"

他回答说："好。"

小刘追问："那你爸又去偷政府的东西，对不对？"

沃轻答道："不对。"

小刘小声温柔地问："那天晚上，你帮爸爸睇水放哨是吗？"

沃轻回答说："是我妈妈教我的。"

小刘再问："那天晚上，你爸偷了什么东西回家啦？"

沃轻摇头回答说："不知道。我妈不让我看，叫我去睡觉，锁住房门不让我出来。"

小刘笑着和气地问："那天你用什么东西，与旧货郎换来那么多好吃的东西呢？"

沃轻瞪大眼轻松地说："用一个白白的公仔头圆饼换回来的。"

小刘再问："那枚圆饼，你从哪里拾到的？"

沃轻说："不是拾的，是在我妈妈的衣服里拿的。"

小刘拿出旧货郎那枚有孙中山头像的银圆给他看，问他："是不是这样的？"

沃轻接过来，正反两面看了看，马上回答说："是这种，就是这样的。"

小刘又问："还有吗？"

沃轻回答说："还有一枚。"

小刘从吴沃轻的问话供词中，证明他父、母、子三人共同一起作案的事实，是经过精心策划，分工合作，密切配合，窃取国家财物，证据确凿无疑。小刘令他在每张记录纸上，按指纹印证后，立即交给雷科长。

那边何副队长和小李及两名战士，将太特反手绑住，坐在凳上，战士和小李在旁看守着。

曲队长审讯问他："你叫什么名？

太特低着脑袋迟钝地答道："我叫吴太特。"

曲队长又问："今年多少岁？"

太特迟疑了一下答道："三十六岁。"

曲队长又问："伟进婶那座大宅院的房子，已没收归为人民政府所有了，你知道吗？"太特低下脑袋久久不吭声。

曲队长严词地说："你听到了没有？"

太特小声地答："听到了。"

曲队长严肃地说："那幢房子的所有财物，已属国家的了。你爬入房子里偷盗银圆，就是盗窃了人民政府的财物，你已犯下了大罪。现在你要把前前后后盗窃的经过，从实坦白交代出来，争取人民政府对你宽大处理。否则，你将受到政府的严惩法办。共产党的政策，坦白交代，从宽处理；抗拒不老实，从严惩处，绝不姑息。你过去经常在圩市里偷偷摸摸，骂人打架，很多群众对你愤愤不满，你再不老实，罪加一等，重刑难逃，你只有老实交代，才能减轻你的罪过。不然，只有死路一条。"

太特听到死路一条，脸色变青，额头直冒黄豆大的汗珠，忽然，抬起头注视着曲队长恳求地问："长……官，我……讲……出……来，会死……死吗？"

曲队长坦然劝导他说："只要有你把盗窃财宝的具体经过，银圆有多少枚，藏在什么地方，都要一一交代清楚，才能得到人民政府的宽大处理。否则，会加重惩处。"

太特全身发抖马上说："我说！我说！"看他四肢发达，人高马大，但头脑简单，胆小如鼠，牛头大的字不识一个，是个文盲，平时极少讲话，听到犯了大罪，害怕直打哆嗦！嘴巴怎么也说不出。尽管他使尽杀牛之力，也无法讲出几句话来，吞吞吐吐，讲讲停停，越讲越费劲，断断续续，一刻钟都吐不出几个字，大半天，连问带答，才讲了十几句话。他说："老婆叶娇叫我爬入屋，挖出鸡笼底下的银圆，共有一百九十八枚，分三个地方，藏匿在家里。"

副队长把太特前后讲述的盗窃经过的记录，反复两次读给他听，问他事实是不是这样？太特点头说："没有错，是这样。"叫他签名，他说不会写字，按了手指纹作印证。

这边雷科长对叶娇进行审问："你是叶娇吗？"

叶娇爽快地回答："是"。

雷科长又问："你今年多少岁？"

叶娇回答说："三十一岁。"

雷科长又问："大宅院鸡笼底下的银圆，你是怎样指使你老公太特偷回来的？"

她不回答。经多次反复审问，她都不回答，僵持了半天，无法审问下去。

晚上，她不吃不喝，饭菜端到她面前，她用手一拨，把所有的饭菜都推掉，洒满一地，野性刁蛮，要无赖闹绝食。

第二天，雷科长又审讯她，严肃地对她说："身为一名土改工作队员、农会副主任，你出身贫寒。解放后，翻了身，分了田地，有了财产，受到了共产党的重视，培养教育你，叫你全心全意为人民服务，为社会作点有益的工作。可是，你背道而驰，我字第一，只为个人私利，利用职权，发家暴富，掠夺国家财宝，企图谋财害命，杀人灭口，你知不知罪？"叶娇低着头不说话。

陈大姐严厉地劝解她说："你以上所做的一切违法行为，已被乡人民政府掌握得一清二楚，只要你老老实实，把盗窃银圆的经过，坦白交代，承认错误，把所有的银圆交出来，痛改前非，改过自新，重新做人，才是唯一的出路。如果，你不老实交代，不把藏在你家里的银圆全部交出来，想要无赖，蒙混过关，逃避罪责，这是绝对不可能的，别痴心妄想。现在摆在你面前，只有两种选择：第一，彻底坦白交代问题，才能减轻你的罪恶。第二，如果你坚决与人民政府对抗，拒不交代，顽固到底，你就洗净屁股坐一辈子监仓吧！你们的所作所为，我们已掌握得清清楚楚了，太特已把他犯罪的事实经过，全部交代出来了，你儿子也全部讲出来了。现在，就看你老不老实交代，如果你执迷不悟，坚决抵赖，与政府作对，你咎由自取，会终身遗憾的。”

叶娇听了愣神发呆，思想混乱，悲观绝望，愁容满面，想当初，踌躇满志，看今朝，万念俱灰，愣头青事，白费心血。忽然，这骚货抱头大哭起来，躺在地上打滚，哀声痛哭，泪水鼻涕满面，头发零乱如麻，丑陋百态，谁劝导她都无用，拉她也不起，任性耍赖！真是，乱丝能理，泼妇难治，又有谁人同情她呢？谁去怜悯她呢？她的罪行已发展到了最丑恶的境地。嫉妒贪婪，是她的祸根，生着罪恶的叶片，必然结出丑陋的果子！

叶娇被多次审讯，政策攻心，思想防线终于崩溃了。最终，她如实一一交代了如何威迫、引诱、恐吓伟进婶一家，怎样和她妥协达成命与钱的交易；又如何策划暗渡陈仓，指使太特黑夜潜入大院，盗回银圆，总共一百九十八枚，分三个地方藏起来。为怕泄露天机，又买砒霜想毒死伟进婶一家，杀人灭口。又把叮嘱他父子俩攻守同盟等罪行，作了彻底的交代。

叶娇把肚里的罪恶祸囊毒水，全部倒了出来后，瘫软坐在地上，像只癞皮狗。想当初得势之时，威风凛凛，高傲气昂，欺世凌人。如今，都已一去不复返了，等待着她的，只有法律的严惩。

专案组分别对叶娇、吴太特、吴沃轻三人进行审讯后，各人都作了如实招供。县人民政府对吴太特的家下达了搜查令：对他房屋内外进行搜查，专案组在他家里的厨房、卧室的床底下、墙角地下、衣柜内，共搜出了银圆一百九十七枚和作案工具，人赃俱获。

全副武装的人民解放军战士，扛着银圆，押着叶娇、吴太特夫妇俩，押送到县第一监狱羁押，等待量刑定罪。后经人民法院判决：

叶娇被轻判有期徒刑两年；

吴太特被判有期徒刑两年又六个月；

吴沃轻因未成年，记录留作案底。

叶娇在狱中经常装病头痛，一年后，保外就医，放她回家。她整天不出门，觉得羞耻，无脸见人，额头上整天围着一条布带，好像哭丧，面黄肌瘦的，满头白发，未老先衰，夏天还穿着棉袄，独自坐在家门口，蜷颈缩头，不说话。忆当年，拳挥脚飞的猴气；视如今，威风消失殆尽！

叶娇出身贫寒，偶然转身有点职权，就得意忘形，仗势欺人，贪婪卑污，勒索他人，想一夜暴富，谋财害命，企图杀人灭口，为所欲为。然而，这个馋鬼抢生肉，贪多嚼不烂，却被钟馗捉拿归案。她堕落深渊，成了一个不可饶恕的罪人，受到法律的制裁。她日日焦虑、丢脸、恐惧、颓丧、失望、忧屈、荒凉、害怕、怨天、怨地。她常常说魔鬼缠身，时时三更半夜，“棺材盖做木屐－阴魂缠住脚”，狂蹦乱跳，哭闹不停，烦得左邻右舍难以入睡，闹得鸡犬不宁。她还终日在屋前房后，烧香求神拜佛，乌烟瘴气，破坏环境，惹得神憎鬼厌。她觉得，掬尽西江水，难洗满面羞。由于终日不出门，忧屈多疾，她感到生不如死，不久上吊自杀，了结了耻辱残生。但是，她的丑恶因子，仍遗传于她的后代。

第十九回

富人惊贼来，穷人怕客到

吴太特服刑期满回家。因为他不懂农耕，所以经常在墟市上周游散荡，无所事事。在农村大家最忌手脚不干净的人。找工作本身就困难，加之，他又劳改过，因而早已臭名远扬。不仅堂弟的屠宰场也不要他帮忙了，就连做仵作佬的行当，也无人愿给他机会。一家子的生活陷入了极度窘困之中。

土改时家里分到的谷物早已吃光了，分到的家具、衣物也变卖精光。最后，仅剩下一头瘦牛还在堂弟那里。穷困的生活逼使太特毫不犹豫地便把牛牵了回来。他心想：这头牛可以换回三头猪，吃了两头猪，还有一头猪。这一头猪又可以换回三只羊，吃了两只羊，还有一只羊。用这只羊，又能换回三只母鸡，杀两只吃，还有一只母鸡。这只母鸡，生下十个蛋。把那只母鸡宰掉，可以饱吃一顿。那十个蛋，又可以孵出十个小鸡。十只小鸡长大成母鸡，那时每天有鸡蛋吃了。

烂仔三仔细聆听着父亲所勾勒的天堂生活。兴奋地向父亲说道：“这样太好了！以后天天有牛、猪、羊、鸡肉，顿顿有鸡蛋吃。生活真是太美好了！”

可是，太特这个蠢才把最后那只母鸡杀掉吃了，哪还有母鸡去孵化小鸡呢？这个笨蛋，算来算去，结果留下的个个都是坏蛋、臭蛋！最终他还是个穷光蛋！真是家穷出懒虫，越算越穷！

太特一家，个个会吃不会做的化骨龙，如一堆蚂蝗——食脚：老大阿木好吃懒做：烂仔三狡诈蛊惑；大眼四糊里糊涂；太特从不耕作，靠替人做仵作，杀猪，宰牛、羊，打点散工，混碗饭吃。不过也是三天打鱼两天晒网，只做和尚不敲钟。有时，靠帮人做丧事，将东家剩余的饭菜、臊肉之类打包回家，给那班化骨龙糊嘴。无人知晓其饥饱，也无人懂得其生活状况，但见其天天关门闭户。此所谓“富人惊贼来，穷人怕客到”！

有趣的事是，懒汉老大阿木常坐在门口，专看邻舍的鸡。每当见鸡在他家门口拉了屎，他便飞也似地回家拿出一双筷子。只见他佝偻着腰，左手捂住鼻子，右手夹着鸡屎，小心翼翼地蜗行数十丈远，将鸡屎丢入小水沟里，看它被水冲走了方才回家。每天他都来回干这种滑稽搞笑的蠢事。他的环保意识，等于脱裤放屁，左邻右舍见之啼笑皆非。你笑他，他也跟着对你傻笑！

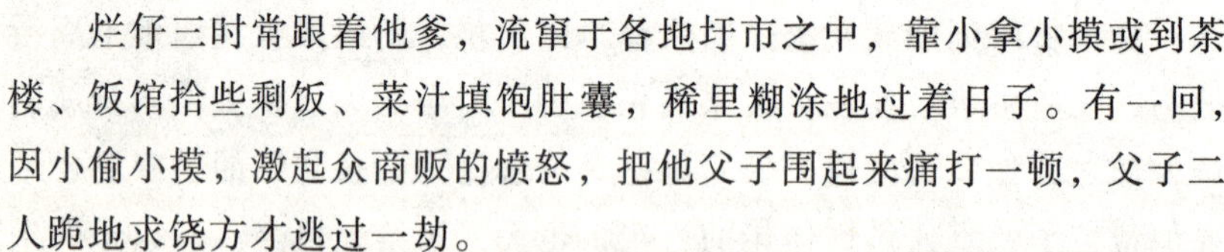

烂仔三时常跟着他爹，流窜于各地圩市之中，靠小拿小摸或到茶楼、饭馆拾些剩饭、菜汁填饱肚囊，稀里糊涂地过着日子。有一回，因小偷小摸，激起众商贩的愤怒，把他父子围起来痛打一顿，父子二人跪地求饶方才逃过一劫。

从那以后，他们父子有收敛。但是，狗行千里照样吃屎，贼性难改。商人每逢看见他们过街窜市，都以憎恶的眼神盯着他们。当贪婪的黑手刚伸出之际，就被人大声吆喝！他们像触电似地瞬间缩回去，垂下脑袋快快走开。他们到处碰壁，受人痛斥、辱骂、讽刺、挖苦，甚至有人嘲讽太特是劳改犯。此时的太特父子真如过街老鼠，人人喊打。他们难以故伎重演，唯有另谋出路。

想当初，他老婆得势之时，他们一家也曾风光过，可以说是要风得风，要雨得雨，在圩市随心所欲，盛气凌人。不过好景不长，那样的时日已一去不复返了。太特本来是个性情鲁莽，脾气古怪，沉默寡言的社会流氓。他如同处于进化阶段的猿人一般，一年四季只穿一条裤衩，光脑袋，光脚丫子，腰间捆着一条搭膊布。他浑身黑油污垢，身上常散发出令人作呕的狐臊味。于是，人人见而躲避之。迫于无奈，他已无法再在墟市混下去了，只远走他乡，另找生计！

太特带着烂仔三，溜到一个偏旮旯的山村里，帮人杀猪。他依然是三天打鱼两天晒网，所以很难糊口填饱肚子。听人说，养公猪省事又赚钱，能一本万利：公猪与母猪每交配一次，可以捞到三升大米入袋。太特心想：这正合我心意。公猪过瘾一次，我就有三升白米，够我家几口人饱食几顿了。也够过瘾啦！如果猪公一天过了两把瘾，我就不忧无米炊了！那不是更过瘾吗？若是猪公一个月，过五十次瘾，大白米、谷物就满箩满缸了。干一年，大米稻谷就满屋了。烂仔三听他爹这么一算，心花怒放，跳起来拍掌叫好！

太特知道水尾村，有个疏堂亲戚，他家养了一头母猪，产下十多只小猪。向他赊一头小公猪养行不行？有了这个想法，太特便立即跑去同他商量！

这位亲戚姓邓，名德，排行第六，德高望重，人人都称他为六哥。

太特把赊公猪的想法与六哥讲。六哥听后对太特充满了同情和怜爱。然而，六哥认真地对他说：“我知道你目前的处境很困难。今日，在你走投无路之际，我可以帮你一次，但是，好丑讲在前面，赊还赊，债还债，赊了就要还，有借有还，后借不难。”

太特听了六哥这番话忙说：“那当然咯！”

六哥接着又说：“现在市场猪仔价，二十斤猪仔毛重可以换到七十斤干稻谷。猪仔可以赊给你半年，但到期你就得还给我七十斤谷子呀！你能做到吗？”

太特满口答应道：“能！那太好了。六哥真是大善人。双手合掌恭敬！多谢六哥帮忙。”

六哥又说："现在猪仔斤两还不够重，未脱奶，再过十多天，每头猪长到二十来斤重时，你再来拿吧！"

吃过晚饭，太特挑着六哥送给他的那担红薯和芋头，高高兴兴地回家了。

第二十回

困囿谋虚幻，贱命赴黄泉

刚到十天，太特便从六哥那里把小公猪背回家里。养了两个多月，小猪还是那么大。小公猪经常拉稀，不知怎的，一见到太特这个鹰嘴猫眼就躲到一边去了。太特很少以米糠喂它，顿顿吃野草、菜叶之类，且喂食也不多，小猪怎么长膘呢？正是：主人入错行，猪儿跟错郎。遇到这样刻薄的主人，哪有快快长大之理呢？小猪正常月长十五至二十斤。但太特家的小猪不仅不长，反倒缩成了一只侏儒笋：嘴尖耳大屁股瘦。看着怪可怜的！

太特跑到六哥家里问："六哥我那头小公猪，为什么长不大呀？"

六哥疑惑地反问道："是什么问题？同一个时间出栏的这窝猪仔，人家养到现在都有五六十斤重了。为何你那只猪仔就不会长呢？可能是饲料营养不够吧！"

太特支支吾吾地说："我每天都在外面拾些剩饭、剩菜，有鱼、有肉、有汁儿喂它。开始几天，它很爱吃，后来就不吃了，闻几闻，拱两下就走。而且还经常拉稀。最近它什么也不想吃了。现在小猪毫无生气地躺着了。"

六哥听了觉得问题有些严重了。他说："我同你回去看看。"六哥匆匆忙忙赶到他家里。一看小猪瘦得皮包骨。猪圈满地稀屎粪便，猪身肮脏，躺着直瞪着大眼睛，一动不动。此情此景，六哥大为惊诧。他蹲下身子，伸手抓住猪耳朵，试图量量猪的体温。小猪无力地哼哼着站起来，晃了晃，走两步便又卧倒了。六哥心痛不已。他立即跑到田边，采集了一大把一点红和石榴叶等草药。将它们煮成汤水，加些蜜糖，灌入猪肚。他告诉太特一天只要如此灌四次，连续两天，小猪定会食欲大增。真如灵丹妙药，果然在第二天，小猪便不拉稀了，慢慢吃点稀粥、蕃薯、芋头等食物了。经过六哥几天的调理，小猪便生龙活虎一般，胃口也好多了。

六哥教训太特道："你的小猪得了严重的肠胃炎。这主要是因为吃了那拣回来的脏食物引起的。以后，那些乱七八糟的食物，不要给它吃了。记住，生的饲料一定要煮熟后才能给它吃。对小猪要细心侍候护理，每天早、中、晚、夜喂四餐。一定要定时定量，多精少粗，可以喂些米粥。要注意保暖防冻。还要经常保持猪舍清洁。要特别注意猪圈卫生呀！每次喂猪时，要学会观察其动态，一有异常，便及时请兽医诊治。如果这次再拖两天，猪就完了。"六哥走时，又再三叮嘱，让太特喂养好小猪。还说小猪将来会回报他们的。

六哥走后，太特歪着脑袋回想着六哥的那番话。"如果一天喂四餐，要一升米，还有杂粮，等于我一家人全天的食用粮食。我哪里有这么多米去喂养它呢？米缸早已见底了。前期赊的人家的谷米，还没有还清，今日又去赊购，人家不会再同意了。在太特看来，养猪很难，养人更加难。猪要养半年以后才能做得生意。日子赖长，还有四个多月，需要喂一千多升大米，真吓死个人！往哪里去借呀？干脆把猪卖了，可是小猪瘦得皮包骨，又有谁要呢？"他冥思苦想，越想越发愁，此时太特真是进退两难，不知如何是好。

迫于无奈，太特父子天天拖着几个饭桶（儿子），背着竹筐，去田里拾谷穗、蕃薯、芋仔、野菜之类，从这个村庄，走到另一个村庄，田过田，地过地，寻找农田里的残瓜剩菜。日复一日，周而复始，小公猪虽然无米下肚，总算有点杂粮充饥，倒是饿不死，但总也长不了多大，好不容易煎熬着过了几个月。

六哥总是念念不忘太特养的那头小公猪。农忙过后的一天，六哥上门去探访，目的有两个：一来看看小猪长成怎么样了；二来催他还债。一进门，见太特坐在石头上抽水烟。太特这两天的眼眉总是左跳右动的。突见六哥进来，心里忐忑不安，六哥突然来到，太特心里有两怕：一怕，无谷还债，挨骂；二怕，责备他养猪长不大又丑怪。

六哥一进门就说：“老弟，近来好吧！那头猪怎么样了?”边说边往猪圈方向走去。小公猪很有灵性，一听到六哥的声音，马上站起来，看见六哥就撅起嘴巴向六哥要吃的。六哥蹦下身子摸摸它的耳朵，又摸摸小猪的鬃毛，小公猪很亲地靠近六哥脚边，不停哼哼着！而后又自然地躺下。六哥细心观察着小公猪，总觉得有问题。如今，半年时间过去了，猪还不到六十斤重？似乎不大正常，再摸摸猪肚，硬邦邦的。细心观察猪粪便，六哥又有惊人的发现！

六哥对太特说：“猪的肚子里有好多蛔虫，食物的营养，都给肚子里的虫吃掉了，猪哪还会长膘呢？这头猪很有灵性，我上次救过它一次，它现在还记得我呢！”

说完六哥拿把刀，带上竹筐，很快从外面找回来一箩筐苦楝森树叶、根、花和乌梅根等草药，又买回一包槟榔，立即剁碎熬汤，冻凉后，再加些生葱粒、蜂蜜拌均喂它。小猪吃了这些药后，晚上便拉出数十条蛔虫，有筷子粗长的、牙签大小的，足有半盆多！大家个个目瞪口呆，都觉恶心之极，唯有烂仔三还视其为玩物，抓着一条柴枝去挑弄玩要……

小公猪肚子里的蛔虫排尽后，舒舒服服，老是围绕着六哥团团转，对着他不停地叫着！六哥看着这情景，便吩咐太特煮点猪食给它吃！

太特说：“只有点菜，没有精饲料。”

六哥本来带了几个糯米糍粑做手信，送给他们吃的，见到这头小公猪怪可怜的，干脆把糍粑和蔬菜捣烂喂了猪。公猪大口大口地吃着，边吃边注视着六哥。六哥对公猪说：“肚里没有虫咬你了，吃了好好睡一觉。”

六哥又对太特说：“这头猪很通人性。它什么都懂，就是不会讲话，看它的动态，就知道它快乐还是痛。你一定要细心喂养好它，将来一定会有好回报的。”六哥叮嘱罢，转而又问太特：“猪仔本的谷子，给我准备好了没有?”

太特一下被问愣了，恍惚无言可语。只见他歪着脑袋，一副欲哭无泪的衰相，呆立着像根木头，迟迟小声回答说：“还没准备。”

六哥看到他这副“六国封相”难以为情的尴尬样子，就爽朗地说："你现在没有也没关系。以后准备好了，再告诉我吧！"

太特回答道："行！"

说实在的，他们都揭不开锅了，那还有谷物呢？眼见只有光棍贱命几条！

六哥五十多岁。他本性善良仁厚，待人热情和蔼，关心体贴，在村中德高望重，明知太特全家贫困艰难，他慈悲为怀，出手相助，既然暂时没有还债能力，也就不再强求太特了。

自从六哥为小公猪清除蛔虫后，小公猪日食大增，不到一个月，就增重二十多斤。

有一天，太特突然发现公猪已然长大成熟，成天只顾乱嚷。太特断定公猪发情了。那夜太特兴奋得难以入睡。

第二天一大早，喂饱了公猪，用绳索绑住猪身左右前胛，太特父子牵住公猪匆匆去水尾村，想让养猪经验丰富的六哥看个分晓。结果到达一看，六哥家中关门闭户。他们可能下地耕种去了。

太特只好把公猪拴在门口的石柱上等候。六哥的母猪赶巧在院内猪圈里，正遇发情期，一闻到公猪的气味，马上就迫不及待地跃出了猪圈，在门缝里看见门外的公猪就猛拱门，公猪也早已闻到了母猪的气味，紧紧把守住门口，随时做好战斗准备，撅起嘴巴吁吁地吹气进去挑逗！母猪嘴巴也紧紧贴住门缝，死劲地往门外喷射口液，臭味相投，一公一母对住门缝乱叫起来，它们还不停地拱、咬门，十分激昂，内外死拱硬闯，企图摧毁大门，突破障碍，合二为一，大门被拱得摇摇晃晃，吱吱嘎嘎作响！门脚下咬得一堆木碎，穿了一个窟窿，外公内母，嘴巴双双对住门缝，互相急促吹气。公猪脸上沾满了白泡液涕，它不时大声嚎叫，情欲高涨，母猪更是欣喜若狂。爱情的怒火，燃烧着彼此的情欲。它们充满着爱的魅力，又是这等的无奈，真叫人悲喜交集！

太特企图掰开公猪，可是，费尽九牛二虎之力，也无法拉开公猪的痴恋与钟情。太特拉得手都红肿了，还是无能为力。所以只好放开绳索，任其纵情妄为。公猪在外面死劲地猛拱狠咬门板，突然，一声巨响！两扇大门倒了下来。

公猪直冲进去，母猪一见公猪进来，嘴对嘴亲了两下，母猪屁股转向公猪，公猪闻了闻臀部，于是二猪便迫不及待地享受着属于它们的快乐。

烂仔三清楚地见证了公猪的勇猛，不时自己也变得有些猥琐起来。

太特见他如此这般，大声骂道："你这个死衰仔，干什么哟？"拉开他不让他看，他硬要走到最前面，盯住不放，从头至尾记下了公猪与母猪交配的全过程。

烂仔三对他爹说："它们这么好玩的！"往后，这个烂仔三，每逢出猪做生意，他都要跟着去看热闹！

不一会儿，公猪弹尽粮绝，前双脚落地，谢幕收场了！但他们仍相互依依不舍，互相亲嘴，交头接耳，吁！吁！互送甜言蜜语！小公猪第一次战斗告捷，尝到了过瘾的甜头！感到无比高傲！

太特见公猪好事做完了，把公猪拉到外面，将绳子绑在小树上，公猪躺下静静地休息呼呼地喘着大气，很快就睡着了。

太特父子也在一旁坐着等候六哥回来。不久，烂仔三看见六哥远远担着两筐番薯走过来，就大声喊："六舅父！"

六哥惊喜地问："今天，你们怎么有时间到这里来？"说着，放下担子，在树荫下凉爽凉爽。还拿出卷烟给太特。公猪一听到六哥的声音，马上起身，摇摇地走到六哥跟前，不停地哼哼着！六哥俯身抚摸着猪鬃毛。太特告诉他，小公猪已发情了，还把刚才与母猪交配的经过告诉了他。

六哥大吃一惊，责备太特说："唉呀！这个公猪是我的母猪生的，是母子血缘关系，你怎么能让它近亲交配呢？将来生出来的猪崽子，会有很多缺陷的。不仅数量少，而且还养不大。万万不能呀！"六哥情急，担起番薯，很不高兴地赶回家，边走边责怪说："哎呀！太特你这个人，什么都不懂！"到了门口一看，大声喊道："我的天呀！"两扇门板被猪咬烂，倒在地下。看着这一幕，六哥哀叹道："哎哟！我的老天爷！怎么搞成这个样子呢？"看到满地口水鼻涕，乌七八糟，院内的箩筐、棍棒、竹篮、农具等等，横七竖八，一片狼藉，如在战场上生死搏斗过的残局似的，六哥心痛不已。于是，放下担子，赶快忙着收拾东西！

突然，公猪挣脱了绳索，直往院子里冲进来，飞起四脚跳入猪圈，母猪一见公猪，立即调转屁股对住公猪，公猪飞起前腿，又是一番缠绵。

六哥转身一看，小公猪已扒在母猪臀部动武扬威了，动作如此迅猛熟练，闪电式战术，一下愣住了，他急着跑过去上前想制止把它拉开，又打又拉，你越拉，公猪揽得母猪越紧，无济于事，反而惹得一身臊。又埋怨太特没有把公猪的绳子拴好。

太特慢吞吞地说："它尝到了第一次过瘾的滋味，当然就懂得第二回的甜蜜了！"

六哥听了他阴阳怪气的话，哭笑不得，气呼呼的！心想，他和它们的性格都差不多了。无可奈何，既成事实，已不可挽回了，便风趣地对太特说："半年磨一剑，剑出鞘，箭上弦，英雄出少年，单刀直入无阻挡，快箭捅乱麻，俗话说'剑舞轻离别，歌酣忘苦辛'！"

转而，六哥又疑虑地说："公猪已两次与母交配，只有待母猪产下猪崽子后，才知分晓！"他又对太特认真叮嘱："你这头公猪，现在开始同你赚钱了。不过，你千万不要刻薄它，公猪每次出征交配回来，你都要对它大补一餐，增加营养，否则，它不会给你赚钱的，明白吗？"

太特说："知道了。"

六哥又吩咐他说："我再同你讲多一次，公猪一有不妥之处，你就去请兽医看过究竟，有病及时治疗。"

太特答道："我会的。"太特问六哥："人家怎么知道我有公猪呢？"

六哥沉思了一下说："这样吧！我同你写十几张广告纸，你到每个村庄、墟市的显眼位置贴上一张，人家看见广告，就知道你有公猪打种了，就会上门找你，你就赚钱了。"太特听到赚钱，第一次咧开大嘴想笑，但又笑不起来！吃了晚饭，六哥又在太特临走时，装了两袋红薯、芋仔，让他们背回去。

第二天，烂仔三和四弟，拿着一叠"有公猪打种"的广告红纸，到处张贴。因为他们大字不识一个，广告全部贴颠倒了。许多人以为他俩闹着玩的，谁也看不懂，有的还把广告纸撕掉了。

十天过去了，二十天，一个月过去了，还是无人来问津，一单生意都没有做成。

太特天天在门口踱来踱去。“始终无人上门来找他，是什么原因呢？”他心想着，“是我长相丑陋？还是我的运气不好？是祖坟风水败局？还是生来无福？”太特整天发愁，不得其解。

正在闷闷不乐之时，六哥满面笑容走过来。只见太特愁眉苦脸，低着脑袋蹲在门口石头上抽烟。六哥高兴地大声：“老弟！近来生意好吗？为何愁眉苦脸的？”

太特一见是六哥，不知怎么说好，歪着脑袋摊开两手，面无表情。

六哥又问：“没有生意？怎么一回事？”又问烂仔三：“那些广告你贴了没有？”

烂仔三瞪着大如灯笼的眼珠，望着六舅说：“我从你那里回来的第二天，就和弟弟去贴完啦！”

六哥觉得奇怪。心想：“是不是人家讨厌太特，还是嫌他是个劳改犯，名声不好？不愿同他交往？但是，这与做生意有何关系呢？”六哥有点不解地对太特说：“我们一起到墟市上看看吧！”

父子俩跟着六哥到墟市。六哥问烂仔三：“你的广告都贴到哪里啦？”他领着六哥到厕所那里看，广告纸没有了。可能被人撕掉擦屁股了！再看贴在墟市那几张，贴得太矮被人撕掉了一大半。细看是颠倒贴的！

六哥问烂仔三：“其他那些广告是不是都这样贴的？”

他眨巴眨巴眼睛，爽快地答道：“是呀！是呀！”

六哥心中此时五味杂陈，不知如何说好。只是对他叹息道：“哎呀！我的天哟！”广告纸全部颠倒贴反了，谁看得懂呀？你这回真是帮倒忙了。你不识字又不问人，瞎弄胡闹。一个人无文化，等于盲人与傻瓜。你爷无文化，被人卖猪仔，过埠做苦工；你妈无文化，贪财犯法，自寻死路；你爹无文化，小偷小摸到处挨打，盗窃犯罪，释放回家，无人睬他；你无文化，跟着你爹，小偷小拿，被人臭骂，受人痛打。如今，文字颠倒，害苦你爹，连累一家，无米做饭，你说惨不惨呀？”六哥一席话，说得他们父子低头不敢反驳，又不知该如何是好。

这一天，正是墟日（集市日）。六哥即时买来笔墨红纸，随即写了十多份广告，亲自在市场各个出入口处显眼的地方张贴。剩下几张，六哥带上，在回家路过村庄途中张贴了。

这一招，果然见效。第二天早上，就有两名客户前来太特家中看公猪，论价钱。他们都认为公猪年少力强，配一次两升米，连续配两次三升米，价钱适中，当场拍板成交两单生意。这两天，打完两场战役，拉猪回营，太特也背着六升白米高高兴兴地回家。他心想：现在米缸不用晒谷了！往后，生意还算不错，但不知母猪产崽子如何呢？有待客户反馈罢了！

不久，六哥的母猪产下了十五只小猪崽仔，全都健康肥胖。还拿了三只多余的胖崽仔到圩市卖了。因为母猪只有十二个奶头，为了保证小崽仔都能健康成长，他只得卖三只去。赶完集市后，六哥顺便到太特家里报个喜。说："你这头公猪不错。"

太特咧嘴笑了！

半年来，六哥只见太特笑了两次：拿到公猪仔笑了一次，今日笑了第二次。

那头公猪一听到六哥的声音，就高高地抬起头望着六哥，吁吁地叫着！他走近猪圈，对公猪赞扬了一番，还专门将在墟市为它买两个大糯米棕拿来慰劳它。公猪边吃边向六哥哼哼着！耳朵、尾巴不停地摇摆着！

太特高兴地对六哥说："自从你贴了街招以后，不少人上门来订合同，生意还可以。"

六哥对太特诚恳地说："公猪为你出力赚钱，你不要待薄了它，否则，你就得不到应有的回报呀！"

太特忧虑地说："现在公猪比以前食量大增。"

六哥认真地对太特说："你要记住，公猪每次交配付出了很多的精力和体力，回来一定要及时给它补足营养，多添些大米、谷糠、鲜鱼、肉、蛋类等，加些食盐，煮多的粥给它吃。每月最多交配四五趟。不然，效果差，到时不会给你赚钱的。"太特听了也不吭声。

六哥临走时，再次叮嘱太特要给公猪多加营养！

太特心想：“公猪正是黄金时期，让它多出征，快赚钱多赚钱，只记住‘一本万利’那句话。”太特把公猪当做摇钱树，至于六哥讲的给公猪做营养餐一事，对太特来说是可听不可做的。太特也只当是耳边风早已忘得一干二净了。

他每天手拿竹鞭，拉着公猪，走东村过西乡，有时一天赶两趟，连配四猪。连续作战，搞得公猪精疲力竭，不愿走，躺倒在路边，便呼呼地睡着了。

回来又没有多少精糠白米喂它，更谈不上六哥定的那套丰富的营养餐了，全是吃些蕃薯、菜叶粗饲料，公猪耗尽精髓，大伤元气，得不到充足的营养补充和休息，体力不断下降减弱，精力逐渐减弱。

以前，可以连续交配两次；现在交配一次，再也爬不上母猪的屁股了。真是，要马儿跑得快，又不给马儿吃草。要公猪多赚钱，又不给公猪吃饱吃好！冤枉！

不久便经常有人上门来投诉太特，说他的公猪打种不行，一窝猪崽仔只产五六只，成活率低，个子瘦小，体弱多病，五官缺陷，免疫力差，死亡率高，等等。广为流传一首顺口溜：“太特只顾赚钱使，公猪瘦弱最难睇。一次交配三升米，不管母猪产崽仔。”后来，很多人找上门来，同他算账索赔。太特闭门不出，拒绝赔礼道歉。客户很气愤，在他墙上写了很多讽刺他的顺口溜，其中一首曰：“养猪只顾为暴利，不管客户生与死。天天回来一袋米，锅灶面前饱自己。”又一首曰：“太特缺德，不讲道理。人不为己，天诛地灭！”顾客上门找他时，看见墙上骂他的留言，都怫然而去。从此以后，再也没有人来帮称他做生意了。

太特没有了收入。每天喂猪的粮食，像挤牙膏似的。水多饲料少，公猪饥饿得整天吁吁地乱叫！太特对着公猪发愁，不知如何是好？

烂仔三这个丧门星，见他爹整天愁眉苦脸，知道他爹的心事，便对他爹说：“公猪不给我们赚大米，把它杀了，饱吃几顿，拿点猪肉去还债就算了呗！”

他弟弟鼓掌，跳起来说：“好耶！有猪肉吃了！我最爱吃猪肝、猪心。”还反问三哥：“你最喜欢吃什么呀？”

烂仔三说：“我最喜爱吃猪嘴巴。吃了它会说话。我还爱吃猪肚子。因为猪肚什么都能装。吃了它，我将来什么乱七八糟的学问，都装进去，我什么都能狡辩了！”

弟弟又问：“那你不是好似猪八戒啦？它有好多法术，你有它那么多吗？”

烂仔三肯定地说：“那当然有啦！”

弟弟再问：“你还喜欢吃什么？”

烂仔三慢条斯理地答道：“还喜欢吃猪那条长长的尾巴呢！”

弟弟反问：“为什么？”

烂仔三睁大眼睛对着弟弟说：“因为猪尾巴是最有本领的，它对东南西北中，不同的角度，有自主正反转动的功能。将来我长大了，像条猪尾巴那样，到处左窜右转，赚好多好多的钱，给你买最好吃的东西，好吗？”

弟弟跳起来鼓掌，大声说：“好呀！好呀！”

太特坐在一旁，边抽烟，边听着两个小子的对话。他们的这番对话，正合他的心意。于是，他吸尽了卷烟，狠狠地丢掉烟头。走进厨房拿出几把杀猪刀，装了一钵水，在刀石上霍霍地磨起刀来！

公猪在猪圈里，对烂仔三他们所讲的话，听得一清二楚，又听到磨刀霍霍的声响。便爬上栏杆。只见太特撅起屁股死劲地磨刀，公猪心惊肉跳，想着如鸡窝里的蚱蜢，必死无疑，鬃毛倒立。此时，见院门未闩，它用尽全力，飞起四脚，跳出了猪圈，冲开大门，拼命往山上荆棘丛林里钻。

烂仔三见公猪逃跑了。便大声喊：“爹！猪跑掉了！”跟着两兄弟立即往外追！

太特拿着杀猪刀，也跟着追出去，环视四周，寻找了半天，仍不见猪的踪影，于是只得扫兴而回。他们等了一夜，还不见公猪返回。连续三天三夜，还是不见它回来。“莫非跑到六哥那里去了？”太特心里想着。

那天，心急如焚的太特拿起赶猪鞭，决定到水尾村找六哥。烂仔三兄弟俩也跟着去。走了十多里路，终于到了六哥家。

六嫂在院子里剁猪菜，一见他们来了，忙起身，引他们进屋里坐！

烂仔三一眼就看见公猪被拴在院内砖柱上。便大声喊道："公猪在这里呢！"

六嫂不耐烦地说："哎呀！猪在这里好几天了！你六哥这几天农忙，他说你们会来这里找的，如果不见你们来，他犁完田，就把猪送回去给你们。"

太特说："麻烦六嫂了"。

六嫂说："麻烦什么！这头猪很听话，吃饱了，放它出去拉了两次，自己又乖乖地返回来就睡觉了。"

说话间，六哥扛着犁具回来。见他们父子仨，就笑着对太特说："我料你们这两天会来这里找我的。说来也怪，公猪只来过我这里一次，为什么它自己又会跑来呢？第二天早上，我把喂饱了，赶它出了村口，叫它回家去，不一会儿它又跑回来了，赶了好几次，它都不愿意走，是什么原因呢？"

太特心里内疚不好回答，无奈胡乱嘀咕几句说："它不听话，想卖掉它，还你的债。"

六哥听了这话又是惊讶又是惋惜，疑惑地问："它现在正是给你做生意赚大钱的时候，为什么要卖掉它？"

太特盯着公猪不说话，公猪看着太特吁吁吹气！

六哥招呼太特说："进屋里坐！喝茶！吃完饭，把它带回去吧！"

不一会儿，六嫂端上一桌子香喷喷的饭菜：有鹧鸪炖排骨汤、马鲛咸鱼蒸肉饼、豉汁蒸田鸡、韭黄炒滑蛋、油炸小螃蟹、蒜容蚝油蒸黄鳝、炒青骨菜心。油蘸白米饭，好不丰盛的饭菜！

烂仔三兄弟俩，眼睛直勾勾地盯住这桌饭菜。香喷喷的菜饭菜早已让兄弟二人垂涎三尺，口水流落衣襟滴到脚上了！

六嫂看见他兄弟俩如此的狼狈相，督促六哥："你快同他们上坐吃饭吧！"六嫂先给他俩盛满饭，叫他们兄弟先吃。烂仔三接过大碗饭，迅速拿起筷子，急着把一大堆热气腾腾的饭拨进口里，烫得他仰头张开大嘴，呼呼吹气，烫也硬咽下肚子里，似饿鬼抢肉，大口大口地往嘴里塞饭。

六哥看到他俩如饿狼吃羊羔一般吃饭，便笑着一边给他俩夹些肉菜，一边又劝导他们慢慢吃！

烂仔三连饭带肉，一个劲地往口里塞，狼吞虎咽，两边腮囊鼓鼓胀，嘴嚼难吞，眼珠凸凸！

六哥看见他如此模样，嘻笑着问他："肚子好饿哩？"

烂仔三撑得两边腮满满的饭菜，有口难言，瞪大眼点点头。

六哥安慰他慢慢吃，有的是饭菜。

太特看见这么多美味可口的菜肴，也早已垂涎欲滴了，心急地看着六哥的卷烟还未有抽完，唯有忍耐着。看着两个儿子吃得津津有味，只好将口水不断往肚里咽！真是"馋狗等骨头，急不可待"。

六嫂见太特等得心切，就催着六哥说："看你呀！还抽烟！人家的肚子饿到后背脊梁啦！你还在抽烟！"

六哥把烟头丢到厨房灶洞后，扛张竹梯上楼阁拿来一瓶蛇药酒，招待太特。

六哥指着那瓶陈年药酒对太特说："这瓶三蛇药酒，用过山峰、饭铲头、金环带三种毒蛇，加入二十多种名贵药材炮制而成，已珍藏了十多年。其功效：驱风、活血、化瘀、养神、强身健体、延年益寿。今日同老弟痛快喝两杯！土改时，我是富裕上中农，你老婆说我是踏在阶级敌人那条边界线上，是个富农嫌疑分子，她与我划清了界线，断绝同我们往来。不过，你们现在落难到这步田地了……"

六嫂打断他的话，很不高兴地说："你还讲过去的事情干什么？喝你的酒吧！"的确，六哥同太特讲话如对牛弹琴，不入耳。如今，太特看到这席丰盛午宴，睛盯着这瓶三蛇酒，更无心情听人讲什么话儿！

六哥给太特斟了满满一杯酒，自己也斟了一杯敬太特。他说："老弟现在看得起我，先敬你为快。"说完一饮而尽。

太特本是个酒徒，恨不得两杯一齐落肚，举起酒杯，一饮而尽，滴酒不留，赞叹曰："好酒！好酒！"太特尝到了靓酒、山珍野味，实在太荣幸了，喜出望外。心想：以前老婆骂六哥是敌人，要我同他划清界线，不同他来往。今日，他用山珍野味热情款待我这个落难的劳改犯。他不厌不弃，一直默默地帮助支持我养公猪赚钱，还经常给我们送大米、红薯、芋头等粮食。如此仁义、慷慨，当初实在冤枉了好人。太特无法表达他的心底话，总认定六哥是位可亲、可爱、可敬的好人。

六哥确实是个德行高尚，多才多艺，勤劳聪明的人。农忙时屋里间一把手，农闲时放牛上山，采药兼捕捉野生动物，农业、副业搞得很出色。年年五谷丰登，六畜兴旺发达，生财有道，生活富裕。

对比之下，太特觉得惭愧，个个懒惰贪婪，无言对答。他觉得同六哥这样慢慢地饮不过瘾，于是，他拿起酒瓶，换个大碗，自斟自饮，连饮数碗，饭菜往嘴里大口大口送，急饮快吃，肚里撑得胀胀的，他早已有几分醉意了！

六哥一直给太特斟酒，他一饮再饮，斟多少就喝多少！

六嫂看见他面红耳赤，劝六哥不要给他斟了！

六哥反而赞他好酒量！好样的！太特嘴里塞满了饭菜，无言可语，只是点头。你看！贪婪鬼赴宴，足吃足喝。六哥请他吃点饭，他还贪婪地说："我从来都没有喝过这么好的酒，不多喝几杯太可惜了！"

太特取过酒瓶自己斟了一碗喝了又斟一碗。速饮几碗，碗碗一饮而尽，只剩下一瓶药渣了。这时，他已摇头晃脑了，吞吞吐吐地说："古人言：劝君更尽一杯酒，西关过后无故人，无——故——人……"话未说完，就一头趴在饭桌上，呼呼地睡着了。

六哥怕他摔倒，叫六嫂和烂仔三一齐帮手，几个人连抱带拖，把这个大酒衰推到床上，他像发瘟猪似的，呼呼地昏睡过去了。

烂仔三对六哥说："我要洒尿！"说完便一溜子跑出院子，对准公猪的嘴巴就撒尿。公猪嗒嗒地吃得津津有味。

六哥出来一看，阻止他说："唉呀！你怎么这样呢？"

烂仔三顽皮地说："我在家里经常是这样的。"

六哥劝导他说："这样不好！以后不要这样对着公猪撒尿呀！否则，它以后不好好为你赚钱的。"

烂仔三埋怨地说："公猪很长时间都没有出去打种了，个个都说它不好，我爸要惩罚它，你以后看不到它了。"

六哥追问："为什么？"

烂仔三骗他说："不知道。"六哥也一听了之！

太特瘫在床上呼噜呼噜地沉睡。一直睡到下午五点多钟才醒过来。

六哥风趣地对太特说："我这种至宝三蛇大补酒够劲哩!"

太特懵懵懂懂地说："真劲!好厉害!我不知道什么时候睡到床上的?"

六哥笑着说："我们三四个人把你拖上去的，像头死猪那么重。"

太特苦着脸说："天色很晚了，我们该走了!"

六哥说："我也不挽留你们了。听说，最近生意不大好是吗?"太特低着头，想讲又不好说的样子，难为情似的，只是呆站着。六哥安慰他说："只要你以后好好饲养它，它会给你带来好报酬的。"六哥把公猪牵出门口，还用手梳理着猪鬃毛。他认真地对太特说："我觉得它很有人性，那么远都知道跑到我这里来。"又对着公猪说："以后好好听主人的话呀!"他顺手拍拍公猪背脊，公猪不停地对着六哥吁吁地呼叫!

太特接过绳索，往家的方向拉去。公猪总是退着不愿走，太特用力拉，公猪却死劲往后蹭。不愿走!

六哥轻轻地拍着猪身说："天快黑了，乖乖地回去吧!"

经过一番劝导，突然间，公猪猛一跑，太特手中紧缠绳子，被猪扯得火辣辣的，马上松了绳索，公猪直往山上跑，太特酒力大增，飞快地跑出去，紧跟后面追，不一会儿，公猪便被太特拉了回来。他死死抓住绳子，将公猪狠狠地痛打了一顿，骂道："回去非把你杀了不可。"于是，用力拉它走开。

烂仔三兄弟俩，各人抓住一支棍棒，在后面打。十多里路，边拖、边打，足足走了两个多钟头才回到家。那时已是晚上八点多钟了。人和猪个个都已精疲力竭了。他们把猪紧紧地拴在院里的柱子上。父子仨，不用吃饭，也不用洗澡。可能他们在六哥家里吃得太多、太咸，口干舌燥的，个个到水缸边，打上一勺子水，咕噜咕噜地喝饱!饮饱水，三人便都躺到床上呼呼地睡了。直到第二天中午才爬起来!

太特扛出杀猪条凳，拿出几把锋利的屠刀，放在准备装猪血的木盆里。

公猪看到太特如此凶狠，准备宰它，于是就眼泪汪汪的。他把公猪拉到杀猪凳旁，抓住鬃绳，叫烂仔三捆住猪后腿，帮手抬上杀猪凳，抓紧后腿。

公猪一直大声哇哇地叫个不停！

太特左手紧抓猪手，撑开双腿，对着猪头。当太特右侧身，伸手去拿杀猪刀之际，公猪张开大口对准太特的裤裆，双脚用尽全身之力一蹬，扑向太特阴部，大口紧紧咬住他的阴部不放。烂仔三被猪蹄踢得鼻青脸肿，立即松手。公猪翻落地上，还死死咬住太特的阴部不放，猪落地翻身转了个一百八十度，挣脱绳索逃跑了。

太特双手捂住阴囊，哗啦啦大声疾呼："救命呀！救命呀！"叫了两声，就倒地昏厥过去，不省人事了。

烂仔三几兄弟，围着他爹，大哭起来，左喊右叫："爸！爸！爸爸呀！你醒醒吧！"可是，他爹却始终未能睁眼！这就是所谓的"凶残能令小过成大祸"啊！他躺在地上约两个小时，村里人都过来旁观，但却束手无策。

然而，正巧有位高人路过此地，他在太特人中和脚底等处穴位施用银针，打通其筋脉。只见太特慢慢睁开眼，苏醒了过来。而那位高人却早已离去。

太特脸色苍白，疼痛难忍，但此时已只能听到微弱的呻吟声了。

烂仔三叫三婶回来。她一看，见大伯躺在杀猪刀旁，毛骨悚然，大声问太特："你怎么啦！老天爷呀！你怎么变成这个样子呢？"

太特哪能说话？只是眼翻翻地瞪着。她一边叫人帮手把他抬进屋里，一边安排人通知丈夫阿文。

文叔知道后，立即请来大夫赶回来，医生扒开太特的裤衩一看，吓了一跳，他整个阴囊瘀黑肿胀如药煲大，两个睾丸精巢被公猪咬得粉碎，龟头咬得腐烂发胀。医生诊断：无药可救，无法复原。于是，盖上布片，匆匆离去。文叔又另请高明医生来整治，医生也只是摇头摆手说："神仙也难以救他！"之后也是拂袖而去。

第二天，太特便呜呼哀哉，命落黄泉了！太特夫妇最终都短命归西。

第二十一回

相貌行衰运，逆道绝恩情

自从烂仔三父母早亡，兄弟几个，不劳无获。无依、无靠、无食，度日如年。

一天，烂仔三又想起那头灵性的公猪，可能又跑到六舅那里去了，就想找到它，把它宰了。一来为父亲报仇，二来饱吃一顿。于是兄弟俩召集了一班顽皮孩子，个个手持棍棒器械，跑到六舅家里探个究竟。一闯进院子，果然，见到公猪拴在大院内，公猪一见到烂仔三他们就哇哇哇地大叫起来。

六舅听到猪的尖叫声，跑出来，见烂仔三和一帮孩子站在院里，吹胡子瞪眼睛，怒气冲冲，很不高兴的样子，惊讶地问："你们来拉猪的是吗？先到屋里坐坐！你爸呢？"

烂仔三怒目对六舅说："这条公猪害死了我老豆（爸），我要把它拉回去杀掉，为我爸报仇。"

六哥看见他眼突如灯笼，火冒三丈，恶狠狠的气势，有些反常。听了一头雾水，丈二和尚摸不着头脑，问他："是怎么一回事呀？你爸怎么啦？"

他厉声地说："我爸被你这头老虎猪咬死了。"

六哥觉得更奇怪，追问他："到底发生了什么事情？你详细同我讲讲。"

他气呼呼地解脱拴公猪的绳索，拉着猪就往外走。公猪缩了回去，不肯走。他弟和那班小孩子在后面死劲地打，打得公猪哇哇哇地叫，边打边拖走了。

六哥听了烂仔三讲了一堆无厘头的话，搞得晕头转向，不知怎么一回事。正呆站着，看他们死拖硬拉公猪，猪却死活不肯走，一个劲哇哇哇地叫个不停。六哥目送他们打出了村口。

六哥拿出一袋烟丝，蹲在树底下，边抽烟边想：他爸被公猪咬死了？太特是个出名老练的杀猪刽子手，无数的猪、牛、羊死在他的屠刀下，小小的公猪仔能奈他何？太特真的死了？六哥自言自语，半信半疑，越想越觉得不可思议。太特身强力壮，千斤重的大牛，他手起刀落，成了一堆红肉，没有理由被六七十斤重的小公猪咬死啊。六哥连续抽了好几支烟，也想不通。回去同老婆讲了，都觉得离奇。

他整天忐忑不安，出出进进在院子里踱来踱去，突然小公猪又闯进来了，看它气喘喘地吁吁呼叫着，围住六哥转来转去，好像恳求救助它似的。肯定是拉到半路被它挣脱绳索跑掉了。六哥怕烂仔三他们追回来立即把它带到另一间草屋里藏起来。

烂仔三把公猪拉到半路，猪挣脱后，直往山上荆棘丛中跑。他们找了大半天不见它，那一班小孩子见天色已晚，都回去了，他兄弟俩追得筋疲力尽，也无心寻找，又不敢去六舅家，无奈也回去了。

过了数日，烂仔三那番话让六哥总是心里记挂，同老伴商量，一起去看个究竟。于是，老俩口担了些农产品、点心之类的东西，到了太特家。见关门闭户，叫门无人回应，门口似有烧过香烛、金钱纸的痕迹，又见围墙上写满了打油诗。六哥本是个通文达理的人，抬头念道：太特缺德，不讲道理。人不为己，天诛地灭。

六嫂催他："走吧！唉呀！灭乜野！到三婶那里问问吧！"见她家门也紧闭，叫了几声也无人答应，便转身想走。

见文三婶担着一担红薯苗、瓜菜等回来，未等六哥他们开口。

三婶笑着说："舅父舅母！你们这么有心来探我们！"

六嫂也笑着说："婶母这么勤劳！"

三婶笑着说："今朝算早了一点回来，大伯今日'三七，'要同他烧柱香！"

六嫂惊讶地问："阿特真的过身了？"

三婶悲伤地说："唉呀！他死得好惨呀！"接着她把遇难经过说了一遍，叹息道："他俩以前，一贯好吃懒做。共产党关心她，参加了土改工作队，每个月有一担谷，阿特又在工商所工作，每月有六十斤谷，一家生活很不错的了，人民政府对他们这么好。做梦也想不到，他们都不知足，整天想发大财。俩公婆去偷政府的钱，挖共产党的墙脚，他们自己搵来衰？叶娇坐监出来，无脸见人，上吊自杀。你看人财两空，贪字得个贫！太特懒、馋、贪、盗也一样。现在几个仔跟他父母都一个性格。唉呀！烂仔三这几个大饭桶！那三条化骨龙，个个好食懒做，我们帮不了他们这么多了。泥菩萨过河，自身难保。唉！以后又不知他们怎么捱日子呢？"

六哥六婶听了叙述后，惋惜地说："她有了一福想二福，有了肉吃嫌豆腐，贪得无厌。他们翻了身，有田地、有耕牛、有工作、有吃有穿，有权有势、无后顾之忧了。共产党对她们这么好，还要去挖共产党的墙脚。过桥抽板，丧尽良心。她在追逐金钱，死亡却跟在她背后，走上不归路，自作孽不可活了。太特那人，平时不说话，用铁支橇都不开口，也讲不了两句正经话。可是那天在我家里喝了几杯三蛇酒，对我说：古人言，劝君更尽一杯酒，西关过后无故人。他是否有预感呢？公猪刚开始为他赚钱，他又为何要杀掉它呢？我想不通，我曾多次同他说过，这头猪很懂事，有灵性，你要好好侍养它。可现在反而惹成大祸，真是罪有应得！"

三嫂无奈地说："人生在世，食多少，穿多少，上天注定了的。"

六嫂对三婶说："时候不早啦！我们回去了，把这两筐物品分成两份，给你一份，留一份给阿三他们吧。托三婶转给他们。"

三婶说："你们有心了，送这么多东西来，多谢舅父舅母！"

晚上，三嫂把六舅父送来那些好吃的东西，拿到烂仔三屋里，交代说："这是六舅父他们专程送来给你们的。"

烂仔三抓起就吃，边吃边气愤地说："我还未同他算账呢？"

三婶严肃问他："你胡说什么？舅父舅母他们一片好心好意，来探望你们，送给你们这么多好吃的东西，你多谢都不讲一句，反而胡说八道。他们欠了你什么？你们落难了，屁股生毒疮，无人敢摸你！他们不怕人讲闲话，来帮助你们解决困难，赊猪仔给你们养，猪有病他来治好，教你们怎样养猪，怎样做生意赚钱，把你们当做自己人，帮你们渡过难关。你却无情，反转猪肚就是屎，你好无良心呀！太反骨了！那样的话你都讲得出来？你可恶不可恶呀？同你阿妈一个刁样！无人同！真衰格！那头猪仔本钱你还未给他呢！他们对你们这么好，你还要跟他算账？算什么账？蛮不讲理。真是那样的泼妇生出你这样的孽子，反骨无情。睇你这副恶相，如果你这种臊皮气不改，长大了，你不反天逆地才怪哩！以后你在社会上蛮横不讲理，人家会容忍放过你吗？”

说话间三叔回来，问怎么一回事。三婶一五一十把前前后后的情况说了一遍。三叔语重心长地对他们说：“六舅父是个德高望重的人，他为人诚恳，办事公道，村邻右舍，人人都敬佩他。你现在的猪仔本，还未有还给他，你欠他的猪仔账、物品账、人情账……多着呢！你不还债，反而胡说跟他算账？真岂有此理！”三叔越说越气愤，骂道：“你现在的锅底都晒谷了，拿什么给人还债？你这个未脱嘴黄的臭小子，长大了怎么得了？看你现在这种恶劣行为，如果发展下去，将来太阳月亮你都敢去砸烂的！你胆大如斗，那还要得？”烂仔三对着三叔，眼凸凸地强硬顶嘴说：“他把我的猪藏起来，我把猪拉回来，卖了还给他的账，谁也不欠谁了！”他不说还好，这么一说，反而激起三叔一把火，牙齿咬得咯咯声，火冒三丈，举起手掌对住他脸上，狠狠地扫了两个耳光，烂仔三哗大声哭着跑了，很晚还不见他回来。

第二天，烂仔三又纠集了十多个小孩，人人都叫他做“牛王三哥”。牛哥对大家说：“你们想不想吃烧猪肉呀？”

孩子们听到有烧猪肉吃，齐齐大声回答：“想吃！”

牛哥又说：“我有一头猪跑到水尾村一户人家那里，我们把它拉回来，杀掉烧熟吃了它好不好？”

大家回答说：“好！”

于是乎，十多个小孩，有的拿着棍棒，有的拿着锄头、有的拿着刀具、铁丝等器械。他兄弟俩拿着他爸以前的杀猪刀，寒光闪闪，一路人马全副武装，像牛魔王领着一班喽罗打猪八戒似的，浩浩荡荡，跑到六舅家叫六嫂把公猪交出来。六舅家里无人。

六哥从山上采药回来，一看十几个小孩，手持刀具器械，严阵以待，不知何故。

烂仔三上前对六舅说：“我们今天来，是要同你算清公猪这笔账的，你要把猪交给我，我把它杀了，还你一份猪肉，就算了结此事。一来为我爹报了仇，二来算清了你这笔账，同你划清界线。我不欠你，你也不欠我了。”

六哥觉得他们幼稚好笑，不当做一回事，笑着对他说：“唉呀！阿三，你为何这么大阵仗，兴师动众呢？”

六嫂看到这班小子，个个都拿着器械，人多势众，怕惹出什么事来，便叫了几位叔侄到现场，防止他们胡闹。

烂仔三大声地对六舅威胁说：“只要你把那头猪交给我，咱们就一笔勾销了。”

六哥认真地问他：“你真的同我算账么？今日你如此不识抬举，不分尊卑，不讲仁义道德，野蛮行事。我姑且念你年纪轻轻，没有家教，这头公猪你尽管拉走，我不同你这个小辈计较。但是你必须知道，这头公猪是我的，而不是你的。”

六哥回屋里拿出赊账部，读给他听：“庚寅年十二月四日，吴太特赊猪公仔一头，重二十二斤，半年到期，偿还干谷七十斤。此凭据，有你爹的指印认证。”六哥嘲讽他说：“我睇你八字：眼大锋利，暗藏玄机。基因丑陋，残涎于世。犯杀乾坤，罪大恶极。”

烂仔三右手紧握刀把，左手撑腰，瞪大眼站着，杀气腾腾，似懂非懂地听着。

村里围观的人听了六哥对烂仔三的对话，个个哈哈大笑。

六嫂把公猪拉出来，当着众人对烂仔三说：“哪！猪在这里，七十斤稻谷什么时候还给我？”

烂仔三说：“我的公猪给你的母猪打了两炮，生了十五个小猪，你换回几担谷，又怎么同我算？”

六嫂听了觉得这小子骨头里面有利刺。生气地说：“我家卖的猪仔关你屁事？你这个反骨子，有你这样的父母，生你这样的孽种，如此道德败坏，你以后世代，都不会有好日子过的。”

六哥说：“不要同这个败家子费气了，叫他滚回去吧！”

围观的叔伯大声喊：“赶快给我滚出去！以后，你们敢再踏入水尾村半步，就把你们捏成肉酱！”

烂仔三他们吓破了胆，拉着公猪拼命往外跑。可是公猪不愿走，烂仔三心慌意乱，左顾右盼，想叫那班喽啰帮手，却不见他们踪影。他们被众人吓得逃之夭夭了，只剩下他兄弟俩，一前一后拉着公猪想快点离开这里，公猪却故意窜来撞去不愿走。

村里的群众大声臭骂他：“这小子蛮横无礼，如果他下次敢来，把他剁成肉酱，抛到大河里喂鱼!”吓得他们打哆嗦，三步当作两步跑，公猪偏偏又往回缩。突然公猪猛往前冲，越跑越快，跑到山边的荆棘旁时，公猪死劲地往荆棘丛中冲入去。

烂仔三被猪拉进去，荆棘扎得他满身是利刺，痛得喊救命。马上放了绳索，公猪挣脱绳索后，一个劲地沿着荆棘草丛往山上跑，兄弟俩拼命急追。他们哪有瘦公猪跑得快？公猪早已消失松林中了。兄弟俩上气接不了下气，满身大汗，头晕眼花，再也跑不动了，倒在山地上，天旋地转，许久缓不过神来。

此时，太阳已落山，暮色降临，只听到满山蟋蟀、青蛙、鼠、虫吱吱喳喳地叫。寒气迫人，毛骨悚然。兄弟俩心慌恐惧，拿着杀猪刀自我壮胆，连走带滚落了山，泄气离去。想今朝浩浩荡荡，斗志昂扬取公猪，现如今全身是刺，垂头丧气，空手而返。有诗曰：烂仔三呀吴沃轻，小子逞凶水尾人。八字相貌行衰运，反天逆道绝恩情。

第二十二回

历艰难凶险，放归大自然

他俩拖着疲倦的身体，带着失望沮丧的心情往家里走，又渴又饿。看见路边有块红薯地，兄弟俩跳进去，用杀猪刀挖起红薯，削了皮，大口大口地饱吃一顿。又挖了一大堆，脱下衣服，包了两大包急急忙忙趁黑跑回家，没人知道。

那头公猪，一次又一次在烂仔三父子刀口上逃脱出来。它拼命往深山里跑，心惊胆战一直躲在山上荆棘丛中，蹲了两天，又饥又渴。深夜子时，跑回六哥家门口转来转去，吁吁吁地叫个不停，把门拱得砰砰响!

六哥听到外面有响声，点燃火把，出来一看，原来公猪又跑回来了。见它一身被针刺伤，血淋淋的，饿得肚子缩得一块皮，怪可怜。赶快叫醒老婆，烧热猪粥喂它。看着它大口大口地吃，吃了一瓢又一瓢，撑得肚子胀鼓鼓的。吃饱后，抬起头望着六嫂，吁吁叫了两声，表示感谢。

六嫂温柔地对它说："你已吃了两大盆了，这两天你受惊挨饿了，回猪圈里好好睡一觉吧！"

公猪领会，跑去屙了一泡尿，就到猪栏里躺下睡着了。

六哥赞扬这头猪命大，几次在屠刀下逃脱出来，大难不死。它有如此神奇法术，非一般人能想像得到的。俯身对公猪说："猪也！猪！你数次险中求生，是你的聪明智慧得以逃脱！但是你毕竟还是牲畜之躯，与人类距离太远了！"

公猪听着，吁吁吁地回应着。

六哥又对它说："我看你还会有大难临头呢！烂仔三这小子，人小野心大，心狠手辣，仇视一切。看他现在，就知其将来不会是个好东西。我劝你尽快离开这个烟火之地，远走高飞。否则，有朝一日，会祸及你的性命，也会连累我家人！"

公猪突然站起来，好像它马上就走。六哥说："现在天黑，你往哪里去？等你睡到天亮，我想送你到二十四山那里。那个地方有好多与你同姓族群，老老少少，成群结伴，到处玩耍，无忧无虑，享乐天年，你说好不好？"

公猪一个劲地吁吁地呼应。

第二天，六哥一觉睡到九点钟才起来，六嫂早已将公猪喂得饱饱的。吃完早餐，叫六嫂准备了一大担干粮。有红薯、木薯、饼干、水果、糯米点心等两箩筐，有拜山神的香宝、蜡烛、鞭炮、茶、酒、水等等。

六哥和六嫂穿上草鞋，几个侄子、孙仔也跟着去。老少一班人马，带着公猪，热热闹闹，往二十四山方向出发，翻山越岭颠簸了十多里山路，到了一个深山坳。北面是崇山峻岭，南面是起伏不平的旷野，周围荆棘杂树丛生。山花烂漫，芳香扑鼻，山清水秀，百鸟争鸣，幽雅寂静，风景怡人。

六哥选定这里为放生之地。对公猪说：“这里高山峻岭，坐北向南，森林茂盛，是个风水宝地。百鸟归巢，群龙野兽聚居之良所。自然环境，得天独厚。”公猪高兴地抬起头，对周围环顾观察后，躺倒地上休息。几个侄子的小手按摸着猪身。摸到它的前甲时，它觉得无比舒服惬意立即反转身子，伸直四条腿，让他们柔软的小手按摸。这回，可能是它最后一次享受人间柔情温馨的快乐了。

六哥和六嫂忙着用锄头垦出一块空地，摆开元宝、蜡烛、水果等供品。老俩口点燃香烛，各奉一撮香，面向高山，双双跪下，对山神念念有词。三跪九拜毕，向东、南、西、北四个方位敬酒、敬茶、撒黄米饭，又叫侄孩们也来参拜。这时，公猪也立即站起身走过来，供奉完毕。

六哥拿些米饭、点心、水果等食物给公猪吃，边喂边对它说：“以后你就在这个广宽的山林中生活了，再也不受捆绑虐待了。这里满山遍野地瓜、山芋、竹笋、山果、野菜，随便你吃，自由自在，无拘无束，任你好不逍遥，你很快会找到许多同族伴侣的。”

公猪边吃边吁吁地回答着。

六嫂和侄孙他们与猪玩耍了一阵，砍了一大堆树枝杂草，搭了一个简易猪舍。六哥在附近挖了点草药，太阳西斜了。

六哥对猪叮嘱说：“我们要走了，你就好好在这里享乐，吃饱了，就在这所新居睡觉。明天再去寻找你的同族吧！”

公猪好像不大愿意，要跟着六哥他们走似的，六哥劝它说：“你要听话，我以后有空，拿些你喜欢吃的食物来给你吃，乖乖地回去吧！”公猪站着不动，目送六哥、六嫂他们下山，直到看不见他们了，它才到窝棚里，把剩余的食品吃掉，原地睡着了。

第三天，六哥又和几个侄子上山来看它，背些杂粮点心之类给公猪吃。到放生处，不见公猪，大声不断地呼叫，却不见公猪回来。等了约两个时辰，听到不远处的丛林沙沙作响，不一会儿，见公猪气喘喘地奔跑过来。六哥见它的头部和身上多处伤痕，给它吃饱后，就地采些草药，用口嚼烂给它敷上。可能是遭到其他野猪族群的驱赶，被咬伤了。

六哥说：“以后慢慢与族群沟通，熟悉了，就是大家族成员了。”公猪吃饱了就地睡在六哥身边，吁吁地小声温顺地哼着。看它很累的样子，六哥抽了几卷烟后，要回去了。公猪站起身，送他们下山，走了好远一段山路。六哥叫它留步，它站在高处看六哥他们走到山脚了，才离去。

以后，六哥每隔五六天都带些食物给公猪吃。一个月后，等了许久还不见它回来，只好把食物放在原地。又过了几天，上去一看，那些食物还是原封不动，全是蚂蚁、小虫在吃。估计它已被野猪大族群所容纳了，过着野外群体生活了吧。让它回归大自然，过毫无束缚的自由生活吧！

第二十三回

特殊困难户，靠五保度日

回头再说烂仔三，自从那次公猪被拉到半路跑掉了，烂仔三夜晚饥寒交迫，偷了两大包红薯扫兴而归。几天来，兄弟仨人，就靠着这些红薯度日。当吃到剩下最后那块红著时，个个看着锅头又发愁起来，下一顿又在何方呢？土改时，所分的家私，卖的卖，当的当，现在几乎连一只鸡都没有了。他们孤寒可怜，有谁人知晓？

众人说：他们是陆瘟神睇相，无衰搵来衰。他妈把地主打倒，掠夺金银财宝，想做地主梦，结果身败名裂，父母呜呼哀哉给他们带来一生的痛苦。而文叔、三婶、六舅、舅母对他们都有恻隐之心，曾怜悯关照过他们，爱护有加，谆谆教导，对他们的生活体贴入微；而他反而无情无义，一概不认可、不领情、不买账、不接受。他一意孤行，鲁莽蛮横，到处碰壁，自找苦头，落到无米之炊的寒酸境地。他们白天不出门，夜深人静出去小偷小摸，像穿山甲觅食，昼伏夜出。日也罢，夜也罢，都是他们咎由自取。

共产党像太阳，照到哪里哪里亮！《中华人民共和国宪法》规定：对社会上的孤、寡、老、弱、病、残和有特殊困难的，实行人道主义救助，实施五包（五保）方针：衣、食、住、行、葬，生老病死，负责到底。孤儿特困户，供养到十八岁，按每个月定额发放其生活费用。具体由当地乡镇党政直接实施和管理。

烂仔三兄弟被列入特殊困难户。因其父母早亡，年幼无依靠，家贫如洗，经常断粮、断烟、断火，个个骨瘦如柴，寒酸可怜。烂仔三经常带着一班孩子，到处偷偷摸摸，胡作非为，影响社会治安，群众意见很大。

乡党支部认为：尽管其父母曾挖过共产党的墙脚，损害过人民的利益，在社会上造成极坏的影响。如今其子女孤寡无依靠，处在水深火热之中，只有共产党，才能把他们救出火坑。对他们实行“五保户”政策，将他们从死亡线上拉出来，享受特殊的生活待遇。

烂仔三兄弟，被列为困难“五保户”后。上级党委指定村支部书记负责。老支书把他们兄弟当做自己的亲儿子一样对待，经常把他们接到家中，做些可口的饭菜给他们吃，改善生活。平时，给他们小会餐，缝补衣裳。逢年过节，给他们买衣、添鞋，大会餐。无微不至，菩萨心肠，视如子弟，亲如一家。老党支书耐心地教他们学文化、学政治、希望其树立好思想、好道德，做个好孩子。弃恶从善，改邪归正，光明正大，谦虚谨慎，诚实做人。将来努力工作，作出贡献，感恩社会，感恩共产党。可见乡村里的党支部充满着人性、党性、理性、德性，充分体现了党在农村工作的优良作风。他们热情期待着后代的成长，对后代寄予无限的希望。

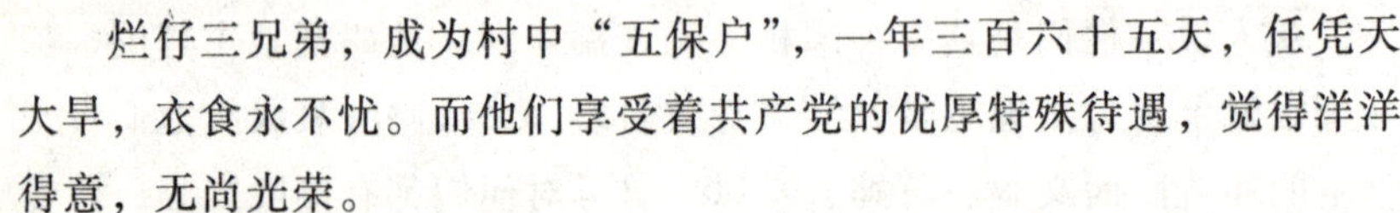

烂仔三兄弟，成为村中“五保户”，一年三百六十五天，任凭天大旱，衣食永不忧。而他们享受着共产党的优厚特殊待遇，觉得洋洋得意，无尚光荣。

然而他们就像几条吸血虫，趴在共产党的粮仓里，每天张口裂齿，大口大口馋嚼着劳动人民的血汗果实。十多年来，无人知道他们吃了多少大米白面，也无人晓得他们花了多少钱，更不知道他们用了国家多少布匹。

可是，却有人清楚地知道，他们从小学到中学浪费了国家多少钱。很多老师和同学们都清楚地记得，烂仔三是个成绩低下、品德恶劣的顽皮学生。党支书和叔伯、兄弟，都知道他是个蛮不讲理、无情无义、横行霸道的牛王头！

第二十四回

社会的败类，军队之耻辱

一九六二年，当国家供养吴沃轻到十八岁时，正遇国家应征义务兵。村支书找他谈话说："你是吃国家的饭长大的，养到你这么大了，现在国防需要巩固，党号召适龄青年应征入伍参军，正是你对国家报恩效忠、报祖的时候了，你要积极参加报名。"

他恐惧地说："当兵要上战场打仗的，打起仗上来，我岂不是要当炮灰？我不去！不干！"马上就逃跑了。

老支书叫也叫不住他，真是书记叫狗，越叫越走。一下子给支书泼了一瓢冷水。

第二天，书记和文书再次找他谈话，严肃认真地对他说："当兵是保家卫国，凡是中国公民，年满十八岁的适龄青年，都有义务应征入伍。保护国防，人人有责，你必须要参加报名。"

支书诚恳耐心启发他说："你小时候无依无靠，断炊断粮，饥饿挣扎在死亡线上的时候，是共产党人民政府把你们从火坑里救出来，给你们'五保'特殊照顾。你今日长大成人，就忘得一干二净了？你不能违背良心，不要忘恩负义，不能过桥抽板呀！一个有良知的人，要饮水思源，不能忘本缺德，冷血无情呀！"烂仔三瞪大眼睛轱辘来轱辘去，望着支书他们不说话。

文书与他忆苦思甜说："自从你父母早亡，你们孤苦伶仃，你三叔曾尽全力关照你们，到确实无法支撑你们的时候，他多次向村委提出申请，把你们作为'五保'救济户。当你们无依、无靠、无食，偷人家的东西，被人打得皮开肉绽，走逃无路，饿着肚子蜷缩在厨房里的时候，左邻右舍阿叔、阿伯、婶母都向你们伸出温暖援助之手，给你们送米、红薯、芋头充饥，帮你们度过了一个又一个难关。人人望你们长大成人，对国家对人民有所作为，有所回报！可是，今天当祖国需要你的时候，人民政府推荐你光荣入伍的时候，你反而贪生怕死，临阵退缩，你不觉得耻辱吗？”一席话说得烂仔三脸上火辣辣的，坐如针毡，哑口无言。

后来，学校老师也配合对他进行耐心的教育。德哥校长说：“当兵是至高无尚的光荣，保卫祖国是每个公民的神圣职责，义不容辞。我曾经同你们讲过这么一个故事，在九十年前，英国爱德华将军，为了保卫自己的祖国，长年累月征战在他的祖国边防疆土上。直到他临终前，他对接班的儿子说：我死了以后，把我的尸体煮熟，带着我的骨头上战场作战，让我听到战场上的杀敌声，鼓励战士英勇作战，直到最后胜利归来。”然后又讲述了董存瑞炸碉堡、黄继光堵枪眼、张思德烧煤炭的革命英雄故事。

当时到处有人讽刺烂仔三，嘲笑挖苦说他：“不愿参军怕死鬼！吃碗面，反碗底！缩头乌龟，是个反骨仔！”

数天来，烂仔三听到到处都说他是个反骨仔！坐立不安，迫使他跑去找老支书，勉强表示愿意报名当兵。

不久，他真的被录取了，那天胸前戴着大红花，悲伤地哭着对弟弟说：“如果我这次一去，真的遇到打仗，万一我回不来了，你不要难过，要好好活下去呀！”他弟抹着眼泪，伤心地讲不出话来，举着手说：“再见吧，三哥！”兄弟俩人痛哭流涕。

第二天，各地的兵源，都集中到了广州金鸡岭，培训一个月后，分配到各连队。

烂仔三被分配到广州警备区二团二营四连。连长刘英把新兵带到操场抽练一遍后，列队进行逐一点名。烂仔三觉得好奇，东张西望，连长点到他的名时，他心不在焉，没有答应，连长大声连喊三声：“谁叫吴沃轻？”

他瞪大眼睛大声回答：“我是。”

连长严肃地说：“你是不是耳朵聋的？以后点到你的名，要立即应：‘到！’你听到了没有？”

吴沃轻回答道：“听到了。”

连长看他个头高大、眼大、声大，有趣地说：“干脆叫你大声三好了！”全场个个都笑了。连长对吴沃轻说：“你这个块头，到四班当炮助手好了。”

吴沃轻回答道：“是。”在场的战士又笑了。

班长何伟才把他领回班里，安置好床位。讲了连队的各项规章制度，一切行动听指挥，有令就行，有禁就止等具体规定。四班是个炮班，配有三门迫击炮，三名战士负责一门炮：炮手、副炮手、助手。一般新兵都当助手。吴沃轻做助手，其任务负责背炮底座，二十多斤重，还带一箱四枚炮弹。凡是行军训练，都要背带上。

二排是个全天候训练排，每天都要野外训练，作业七个小时，有时还要夜间演习。吴沃轻一到连队，就天天背着这块钢板，扛着一箱炮弹，爬山越岭，涉水泅渡。行军演练，不管烈日当头，还是天寒地冻，或是刮风下雨，照样军事训练。用摸爬滚打锻炼部队的艰苦意志，刻苦耐劳的革命精神，不断提高每个指战员的军事技术和作战本领。有时衣服、鞋袜磨烂，手脚划破，肩膀红肿，却个个毫无怨言。

部队如此严肃、艰苦、紧张的战斗生活，对刚入伍的吴沃轻的思想震动甚大。他本来就不愿意来当兵，是个吊儿郎当，游手好闲，投机取巧，怕苦怕累，好吃懒做的奸仔。这回到了部队，如此艰辛严酷的艰苦训练，给泼了一瓢冷水，使他丧失了在部队的信念。

当时台湾蒋介石不断叫嚣反攻大陆，要颠覆共产党政权。经常利用飞机、气球向大陆东南沿海散发反动传单，扰乱民心，策反军心。同时，派遣大批特务分了，潜入内陆，经常在边防沿海 带，尤其是邻近港、澳边境地区，进行爆炸破坏活动。在海上伪装渔船的小股武装匪徒，对边沿的村庄，进行武装挑衅，扰乱社会治安，气焰十分猖狂嚣张，到处都能闻到战争的火药味。

中央军委下令：在东南沿海各大军区，海、陆、空军部队，加紧军事训练，从实战出发练兵，加强陆战、水战、夜战、近战、肉搏战等训练，加快提高部队的战斗力。部队进入二级战备状态，随时准备一声令下，歼灭海、陆、空入侵之敌，部队每个指战员严阵以待。

为了巩固边防，加强战备，中央军委决定把沿海驻守的武装警备部队，全部改编为中国人民解放军作战部队，增加和改良武器装备，加强部队防御和进攻作战训练，从实战需要出发，进行日战、夜战、攻坚战、运动战、武装泅渡、海上作战等项目全方位练兵。通过军民联合作战演习，从而大大提高了部队的战斗力。营房内外，到处是备战备荒为人民的战斗口号，全民皆兵，随时准备歼灭来犯之敌。有诗曰：当兵金甲夜不脱，半夜行军戈相伴。

吴沃轻看到部队战备训练如此艰苦、紧张、残酷，好像战争迫在眉睫。白天部队指战员不准外出，晚上枪支、弹药、水壶、军需用品都放在床头，和衣睡觉，随时准备进入作战状态，投入战斗。他是个贪生怕死的家伙，心想，如果真的战死沙场，岂不是我的骨头，也像爱德华那样被煮熟？越想越可怕，想到天天背着那块沉重的钢板，跑来癫去，腰酸背痛，埋怨练兵艰苦。白天东奔西跑军事训练，晚上还要站岗放哨，觉得当兵又苦、又累、又危险，没有出息。他情绪低落，看到那赤日炎炎似火烧的练兵场就退缩，怪话连天，动摇军心，影响部队。

班长做他的思想工作，他说："俗话讲，好仔不当兵，好铁不打钉。男人最怕入错行，女人最怕嫁错郎，我入错行了。"

班长指出他的错误思想说："我们为谁当兵？为谁去打仗？今天，我们革命军人保卫祖国，保卫无产阶级政权，保卫劳动人民的胜利果实，责任重大而光荣。我们没有过硬的军事本领，怎能上战场消灭敌人呢？怎样保卫祖国？平时勤练兵多流汗，战时就少流血。我们是为祖国、为人民、为自己去练兵去打仗。要树立一不怕苦，二不怕死的大无畏的革命英雄主义精神。"

吴沃轻哪里听得进去？他一心想脱身，奸诈地说："我整天背着这块铁板没有意思，我不背这个了。想拿枝冲锋枪，如果打起仗来，我一梭子弹向敌人扫射过去，敌人不敢来打我了。不想在这个班，我要调到其他班。"

班长对他严肃地说："你是连长分配来的，这是部队的需要，这是命令！革命军人要绝对服从部队命令，一切行动听指挥，有令就行，有禁就止，叫干啥就干啥，这是革命分工，谁也不能挑桃拣拣，部队有铁的纪律，才能攻无不克，战无不胜。"

吴沃轻撅起嘴巴，不把你的话记在心间。平时拖拖拉拉，训练马虎瞎干，作风疲疲塌塌，生活自由散漫，怕上战场打仗。

班、排长曾多次同他谈话，批评纠正帮助他，他仍然我行我素，搞小动作，对批评过他的领导，反而嘲弄，怪话连天，捏造事端，在班里闹不团结。

连长在全连大会上，公开点名批评了吴沃轻。那天晚上，他辗转反侧睡不着。第二天，他压铺板装病不起床，班、排长到床前向他嘘寒问暖，他都不予理睬。

连长知道后，令医助去诊治。医助回来说，他一切正常，可能思想有毛病。

指导员吃过早餐，和通讯员端着稀饭、馒头、鸡蛋、咸菜等早点，送到他床前，劝他说："有病也要吃早餐嘛！吃了早餐，你有什么事，有什么想法和要求，到队部来同我谈谈，能解决的，我尽量同你解决好吗？"

吴沃轻看到指导员这么关心自己，爬起床快快吃过早餐，到队部去，指导员在等候着他，笑着问他："你吃了早餐没有？头还痛不痛？"

吴沃轻觉得很体贴他，爽快回答说："好一点了。"

指导员关心地问："在部队的生活习惯吗？有没有给家里写信？家里还有什么人？有什么困难没有？你现在有什么想法？你都可以同我说说好吗？咱们都是战友，交交心，做个知心好战友好吗？"

吴沃轻觉得很温暖，有意思，他简单地回答了指导员提出的问题。最后说："部队太辛苦了，天天背着那块铁板通山跑，累得要死，没有意思，不想干，想回家！班、排长老是当众批评我，心里很难受。部队是不是要去打仗？我到其他排行不行？"

指导员针对他怕苦、怕累、怕打仗、怕死的思想进行耐心的教育，使他认识为谁当兵，为谁打仗的道理。循循诱导他："在部队干哪一行，都是为人民服务。干革命，不能挑拣，革命军人，要服从革命的需要，革命利益要放在前面，要革命就要艰苦奋斗，要奋斗就会有牺牲。无数的革命先烈，他们为了穷人翻身解放，为了我们今天的幸福生活，献出了他们的宝贵生命，打下了今天的江山，我们一定要继承先烈的革命精神，前赴后继，接过他们的钢枪，练好本领，随时准备歼灭来犯之敌，保卫祖国的大好江山。绝不能计较个人的得失，有错就改，安心本职工作，刻苦训练，熟练掌握军事技术本领，争当一个名副其实的革命好战士！”指导员又表扬了他几句，鼓励他在部队好好干。

王指导员一席话，说得吴沃轻只是低头聆听，无话可说。他回到班里，就胡弄他人说：“现在连首长指导员很关心我，很重视我，亲自端饭给我吃。指导员说，班、排长批评我是不对的，表扬我在部队好好干，将来当个班、排长没问题！”谎言满天飞，自我吹嘘。还说：“我比他们都好，强多啦！我的个子比他们高、文化比他们高、声音比他们响亮。他们有啥了不起的？”

自此以后，他经常说别人坏话，无中生有，拉帮结派，挑弄是非，搞小动作。不时与班长顶撞，不服从管教，行动拖拖拉拉，拖累了班、排的集体成绩。

班、排领导又多次找他谈话，批评他的行为，他不但不服气，反而讽刺他们是北佬、老粗、瘦瘪，怪话连天，影响团结。

鉴于他的表现，连长把他调到炊事班。部队外出野营训练时，班长令他背着三十多斤重的大黑锅行军，比背迫击炮的底座，还重十多斤。让他煮饭，结果一大锅饭全都糊了，又苦又臭又是烟火味，不能吃。

军事训练中摸爬滚打的战士，吃不上饭，筷子敲着碗、砵，唱顺口溜：“吴沃轻煮烂饭，上面生底下烂，苦涩臭味道糟，中间还有臊黑豆！”

连长看到汗流浃背的战士吃不上饭，心里难受，对着这一大锅的臭糊饭，气得呼呼的。对吴沃轻狠狠地训道：“你这小子没出息，把饭煮成这个刁样，狗都不吃。饭都不会煮，你还想干什么？”

沃轻歪着脑袋站着，全连的官兵都蔑视他。

连长指着他严厉地说：“如果部队真的打起仗来，因为吃不上饭，耽误了战机，先把你枪毙了！”吓得他全身发抖，愣呆站着。

炊事班长对吴沃轻大声说：“你还站在这里干什么？还不赶快再去煮过！”连长骂在沃轻身上，痛在炊事班长心里。班长立即淘米下锅，亲自煮出一锅香喷喷的饭来！

一个连队的炊事班，是何等重要啊！膳食好不好，关系到部队全体指战员的体质健康问题，关系到部队的战斗力问题，关系到部队的建设问题。

后来，班长令沃轻去养猪，他又经常以找猪菜为名，到处去玩耍，半天也找不到多少饲料回来。饲料不够猪吃，饿得哇哇叫。有战士说：“猪官大声二，外出到处玩，猪身全是屎，猪圈脏、乱、臭，猪不肥，逢过节，那有猪肉吃？别想包饺子！连长干焦急！”

分管部队生活的副连长听到，心里很不好受，压住火气，找沃轻问个究竟。

他本来思想怠惰，叫他干养猪这一行，像鸡笼放雀。借打猪饲料为名，自出自入上街去玩，外出不请示，回来不报告，自由散漫。班长批评他不服气，事务长批评他不理你，战士讲他他挖苦你，还惹事生非，同你起绰号，耻笑你！上不尊重，下不团结，自以为是，调皮捣蛋。

鉴于吴沃轻一贯表现，在战斗班怕苦、怕累、不愿干，思想落后，成绩糟糕。到炊事班又不会煮饭，奸懒骄傲，养猪养到毛长骨瘦。组织纪律涣散，作风疲塌，行为差劲，不服从领导，破坏团结，影响部队建设。连队党支部决定“吴沃轻中途退役”，呈报团军务股备案。

此时，军务股接到中央军委通知：“全军进入二级战备状态，停止部队复员、退伍、转业工作。要扩充部队，增加部队军事训练任务，加强沿海边防战备工作，保持二级战备状态，随时准备歼灭蒋介石来犯之敌。全军上下加强军队管理。”

中央军委对广东武警总队特急命令：立即扩充警备部队，限时从各部队抽调兵源，组建一个警备四团。将各部队准备复、转、退的军官、士兵，补充到警备部队。该团负责警卫仓库、交通要道、铁路、桥梁、重要机关等任务。

吴沃轻这名淘汰稀拉兵，被分配到该团三营七连、三排、九班当战士。

七连驻守在白云山脚下，负责守卫军需仓库，日夜站岗放哨，还要军事训练，他每次射击、投弹、刺杀都不及格。

连长汤金培质问他：“你是个老兵，每次打靶都吃鸡蛋，你凭什么本领去保卫国家安全？”

战士们笑他是个“大旧衰”。

吴沃轻是个嫉妒、小气、骄傲、自高自大的小人，一听到别人讥笑他，内心里充满着仇视。他埋怨当初下连队时，被连长刘英叫他“大声三”的花名，衰字当头。叫他背迫击炮底座，被钢板压衰了。叫他当伙头军，又背大黑锅，黑过墨斗。叫他当“猪官”整天扫臭猪屎猪尿，惹来一身臭。调来调去胡混了几年。如今，射击场上打光头，样样不及格，被连长批得狗血淋头，受人歧视污辱，心里煎熬难受。他频频不服，时时怨恨先前那位刘连长。

当他忧愁失落之时，唯有乱讲几句粤曲，自我安慰下吧了。

汤连长又问吴沃轻：“你在原部队干什么的？”他不好意思地吱吱呀呀地回答说：“扛过炮弹、煮过饭、养过猪……”

连长轻蔑笑着说：“怪不得你老放空枪、吃鸭蛋哩！浪费子弹。看来你不是那块料子。”又问：“你会算数吗？”

他回答说：“会。”

连长令他说：“那你放下枪杆，拿上竹竿，挑起箩筐，跟着事务长上街买菜，搞好部队伙食吧！”

他当然高兴啦！他最怕野外训练，摸爬滚打，受人指指点点，爬上趴下，卧倒起立，逢山过山，逢水过水，一身水，一身汗，腰酸骨痛。这回得以脱身了，全身舒服。

于是他每天吃完早餐，就挑着一担箩筐，自由自在吹着口哨，和事务长出街入市，采购柴、米、油、盐、酱、醋、茶。天天挑着一大担物品走五六里路远，汗流浃背。时间一长，觉得很辛苦了。多次给欧阳事务长出歪点子，催他买一辆自行车，这样就不会这么累了。

事务长说：“部队新组建时期，勤俭建军，哪里有钱买自行车？”

沃轻说：“从战士的伙食费里，扣一百多元钱出来，不就行了吗？”

事务长严肃地说：“战士的伙食费，不能随便动用的，动用部队军饷，是违反军纪，克扣军饷要坐牢的。如果要动用节余伙食费，必须经过军人委员会同意，部队首长批准，才能动用。”

沃轻多次狡辩说：“我买菜早点回来，伙房早点做好饭菜，不是改善了部队生活吗？”

事务长觉得这小子有点歪门邪道。后来，事务长向连首长提出，买辆自行车的事，以改善部队生活和方便连队工作为理由。经过军人大会讨论，同意在节余伙食费中，拿出一百多元钱，买一辆双通凤凰牌自行车，全连使用。

打那以后，沃轻天天一个人，骑上自行车到街上采购，有时很早就回来了。他对欧阳说："我同你出这条计肯定行的！

事务长开门见山说："你这小子！其实为了你自己舒服，把战士嘴里的猪肉挖出来，垫在你的屁股下。"

沃轻自我满足地说："起码我现在不练兵、不站岗放哨，不那么辛苦了。每天把菜买回来就休息，最多帮下厨，你看多好呀！"

他经常犯冷热病，高兴时去做个样子，不中意时就躺床睡大觉。有时看见好吃的鱼肉之类，他先打一碗吃饱，人家说他都吃好的，他说："十年天大旱，饿不死火头军！近官得力，近厨得食嘛！"

事务长认为这小子虽然有些歪门邪道，但能基本完成任务。一年后，把他提升为炊事班副班长。结果他骄傲自大，经常与班长顶撞吵架，俩人闹不和。以后，买菜回来也不帮厨了。

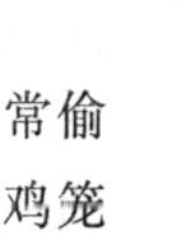

第二十五回

违纪遭退伍，造反黑司令

连队有辆自行车之后，每天中午等部队都午睡了，吴沃轻常常偷偷地骑着车出去玩耍。出去不请假，回来不报告，好像住在无掩鸡笼一样，自出自入。

战士们对他意见很大，说他是"特殊士兵"。现在战备这么紧张，值班分队的战士都不准上街。每个星期天，各班只准二名战士，上街买些日用品，两个小时内，就要回到营房。出去要登记，回来要注销。谁知道这小子强烈要求买辆自行车另有企图呢？

吴沃轻每次飞车溜出营房，是为和一名女学生约会，俩人勾勾搭搭暗恋着，亲密无间。他以为神不知鬼不觉，无人知晓。俗话说，上得山多遇着虎呢！

事务长和通讯员多次跟踪他，不久他们掌握了证据，汇报给连领导。

潘指导员找他问话，他脸红耳赤，怎么也不承认他和女学生勾勾搭搭，搞男女关系的事情。指导员严肃地批评他说："部队有三大纪律，八项注意。革命战士在服役期间，不得谈情说爱，不准拉拉扯扯，乱搞男女关系，破坏部队组织纪律，影响连队建设。如果战士们都像你这样军心涣散，部队怎样去打仗？有人看见你同一名女学生勾搭在一起，是不是？你是怎样认识她的？你必须立即同她断绝关系。"

吴沃轻顽固抵赖地说："没有。不是。"被询问了半天，他怎么也不承认。

指导员严厉得对他说："你违反了部队组织纪律，犯了严重的错误，你要把你的行为经过用书面写出来，交代清楚，承认错误，坚决改正，与她一刀两断，保证今后决不重犯。如果你不作出深刻检讨，态度不好，党支部将对你另作处分。"

吴沃轻垂着脑袋，始终守口如瓶，不肯说出真相。

戴副连长耐不住了说："你是个老兵，应该处处为部队作出好榜样，你却相反，不学不专，思想落后，作风疲塌，工作马虎，得过且过，不思进取，调皮捣蛋，怪话连天，搞小动作，闹不团结等等。在外面你又搞那些偷鸡摸狗的坏事。我曾多次批评纠正你的错误行为，希望你以后积极主动地工作，向好的同志学习，以高标准严格要求自己，争当一名'五好战士'。现在衡量一下你自己，哪一条件都不沾边，老油条，又猾又黑！

作为一名老兵，在军队这所优秀的大学校里，做不出一点好成绩，年年交白卷，真丢脸，还去跟女人厮混，给部队抹黑。你原是个孤儿，靠吃共产党的饭长大的。到部队后你丰衣足食，每月还有津贴费，这是要教你全心全意为人民服务，你却背道而驰，违法乱纪。你对得住部队首长对你多年的培养教育吗？对得住同志们对你的帮助吗？对得住政府和乡亲父老对你殷切的期望吗？你好自为之，要好好反省你自己，必须彻底改掉你身上的那些流氓歪风邪气！否则，你以后复员回乡村还是烂仔一个!”

吴沃轻被指导员和副连长严肃批评后，回去两天压铺板，蒙头大睡。他因无脸见人，不起床，赌气闹思想，不说话，也不去买菜，躺倒不干了。

连长、排长他们都去劝导他，他谁也不理睬。第三天，吴沃轻傲气冲冲向连长递交了一份退伍报告书。党支部一致认为他是个不可返炸的老油条，对部队影响很坏，留他没有价值了，决定批准他退役。上面很快批准了吴沃轻退伍的要求。因他从集新乡来，故再将他送回到乡村里。

吴沃轻退役那年，正是一九六六年，遇着轰轰烈烈的“文化大革命”运动。吴沃轻心想，他朝思暮想，当官发财的好时机到了。他看见毛泽东在天安门城楼上，向红卫兵频频招手的情景之后，立即把战士两个口袋的军装，改为四个口袋的军官制服，充当军官转业干部，戴上自制的红卫兵袖章，扛起自己剪裁的红彤彤的“红联”大旗，到处摇旗呐喊！打着越穷越革命的旗号，蒙骗群众，拉拢贫雇农，组织红卫兵造反派炮打县政府司令部！造反有理！造反有功！破四旧立四新！他打着破除迷信的幌子，到处进行打、砸、抢运动：砸庙宇，烧族谱毁史料，灭古迹文物，把龙山寺庙的慧能六祖圣像、十八罗汉、四大金刚等神像，统统抬出来砸烂，淋上煤油烧毁。到各乡村，破门入屋，凡见旧的、古的，都要搬出来砸烂烧光，闹得鸡犬不宁。

他高举“舍得一身剐，敢把皇帝拉下马”的口号，把县人民政府党、政、机关、公、检、法、武装部等各部门的领导干部统统戴上走资本主义道路的当权派的帽子，统统将他们拉出来打倒，关押到猪栏牛棚里，逐个进行审查，斗、批、改。吴沃轻他们为所欲为，搞得到处乌烟瘴气，天下大乱。

不久，潘指导员转业到广州某企业任党委书记。一天在传单上看到很熟悉的人名吴沃轻当了某地区红卫兵“总司令”，惊恐！打了一身冷震，纳闷许久，自言自语地说，此人日后会给社会带来恶果的……手里紧紧捏住传单，望着窗外注神疑虑着什么……

吴司令扛着大旗当“虎皮”，带领数千名红卫兵，占领把持了县政府党政机关各个部门和医院、学校等，使各企事业单位不能正常运作，处于无政府状态，到处成瘫痪局面。

这些红卫兵像群孙猴子，只会大闹天宫，砸宫殿、盗仙丹、吃仙桃，不会掌权，不会生产，不会搞经济，只会闹事，派与派争强斗胜，你争我夺，毁坏家产，造成社会治安混乱，国家的历史文物、文化古迹都惨受遭殃。政治黑暗，思想腐败，国民经济崩溃到了边缘；民不聊生，到处怨声载道，骇人听闻。

可以说，中国在数千年的历代混战，以至八国联军和日本侵略中国时的掠夺破坏，都比不上这一次破坏得惨重、彻底、干净，红卫兵的这些罪行在我们这一代人的脑海里埋下了深深的烙印。

“文化大革命”如此的残酷、可怕、惊心动魄，人们受尽了苦楚，吃尽了苦头，中国数千年来的名胜古迹被毁于一旦。无数的老革命、英雄、老模范、老将军、老元帅、开国元首，上至中央下至贫民百姓，都被他们摧残折磨有的致死，他们造成悲惨的国难！这种种罪恶证明：搞政治运动会给经济上带来大倒退，大灾难！它违反了社会发展的自然规律，当然受到历史的公证评判和惩罚。

第二十六回

丑恶的嘴脸，狠毒坏心肠

“文化大革命”运动早已过去，但是，它的流毒极深甚广。毒草虽已被铲除，把它抛到垃圾堆里去了。然而，有些残渣毒根余孽，还在垃圾堆里的土壤中萌芽生长着，时而散发出它的毒素，污染着人们。

那位当过“黑司令”的阿轻哥，是个典型的残渣余孽分子，在他身上还遗传着许多嫉妒基因呢。他历来是个欺世盗名、蒙骗他人的老高手。他出身于一个贫寒贪婪的家庭，不学无术，却很会投机取巧钻营，曾是混在知识分子身边打杂的小丑，妄想踩踏着教授的肩膀，冒充教授的身价，显露他虚伪丑陋的面孔于大庭广众之上！

可是，癞蛤蟆再怎么化妆也掩盖不了他的真面目。伪君子，往往害怕别人翻出他的臭底牌。所以，他常常窥探那些愚昧无知的弱者，与他们臭味相投，是酒肉朋友，情投意合的同路人。他以金钱为工具，施舍小恩小惠诱惑他人，企图为自己吹喇叭，抬桥子，捧高他自己，达到打击搞垮别人的丑恶目的！真是，落日见愁云，暮年逢小丑。

因为他缺乏才能和意志，产生嫉妒，嫉妒社会所有幸福的人，不喜欢任何人，在任何的地方，比他优秀、比他聪明的人。他不知羞耻，无所不为，时时准备恶意诬蔑攻击他人，这是他的本性。但是，不管他如何狡诈诡辩，真理可能一时被镇压，不可能被扼杀。真理和正义，是永远不会熄灭的圣火！而虚伪谎言，隐瞒不了事实的真相。

他狂胡说："伍子胥逃到了吴国，是楚国的叛徒，这一定性绝对准确无误！如果，我们还要大力鼓吹以伍子胥为榜样，那肯定是错误或是不明智的。"

伍氏后裔，以实事求是，颂扬自己的伟大祖先的丰功伟绩，承传祖德，维护先祖的崇高声誉，是每个氏族后裔义不容辞的神圣责任。

吴沃轻污辱咒骂，憎恨伍氏祖先，说伍子胥是个可耻的叛徒，没有什么好学习颂扬价值的！公然诬蔑、诽谤伍氏祖先的英雄形象，不但诋毁了中国历史伟大的不可估量的宝贵遗产，同时，损害玷污了伟人的名望、声誉，极大地损害了伍氏族人的精神支柱。

事实胜于雄辩。伍氏一族文化有两千多年的历史，延绵至今，伍氏族人敬仰子胥公为始祖兴盛不衰。全国各地直至世界各地华侨伍氏后裔，都建有子胥庙宁、纪念堂、胥王园、胥王书院、子胥公馆、子胥学堂、胥山公园等楼堂馆所，星罗棋布。子胥公的伟大英雄形象深入人心，世代相传。

人们对祖先圣灵的信仰和崇拜，已成为氏族后裔日常生活中不可缺少的精神食粮，决不允许这种无赖污辱伍氏族的伟大祖先。

这个卑鄙小人，当有人讲他几句不是，他到处骂街，獠牙裂齿，明目张胆，无中生有，恶意捏造事实，诬蔑诽谤同族的阿叔、兄长、师长、长辈是校霸、淫棍、人渣、混蛋、王八，最低级的文盲，狗屁不通的败类等等。用下流秽语辱骂他人，含血喷人，出口伤心，谗言之刃，罪恶之有。

可见，其锐甚于刀剑，其舌可以毒杀世界上最长的尼罗河(6650公里）中的万物！瘟疫只不过害人的肉体，而罪名却毒害着人们的灵魂。毒箭只伤人一时，而恶语可伤人一世。谗言如果算是一条毒蛇，他就是一条有翅膀的五步蛇，既能爬又能飞。不过，心狠毒辣的人没有几个宾朋：邪恶狡猾的人，是不会有人相信的，因为他违背了良心，违背了仁慈，自陷穷窘，必受到谴责；他违背了客观事实，必然受人抛弃；他违背了真理，必受人非议；他胆敢冒犯尊长，是其邪恶膨胀的因果吧。

因为他自小为孤儿，缺乏训教，恶习野性，孤陋寒酸可怜。他一贯是赖衣求食，依靠人民政府抚恤救济资助，靠当地党支部和叔伯、婶母、兄弟、恩师们的施惠教养和关照，才能得其残存贱民，才能得以长大成人。他今天沽名钓誉，过桥抽板，反转猪肚就是屎，反脸不念恩，反辈不认亲，反面不认人，有过之而无不及也。有学问而无道德的人，如一条恶汉：有道德而无学问的人，如一介鄙夫而已！

很多人都知道，他经常捂着他自己裤裆里的臭屎囊，怕人家知道他以往的臭底败露！今天，他要顾全自己的体面，必定要对付你们，比不相干的陌生人更加狠毒，要置你们于死地而后快，去证实对方的罪过，才能解释自己的无情无义的恶劣行为。所以，他不顾一切后果，以寡犯众，一意孤行，横行无忌，企图一只手挡住太阳，称王称霸。他这种恶劣思想，道德腐败，淫乱无耻，情愿将自己的脑袋硬往茅坑里扎，甘心堕落，这是耗子逗猫，自取其祸。

他污辱人格，败坏别人的声誉，而其自身更加受辱，名声更坏，一败涂地，永世不得翻身。这是他自作孽不可活的剧终。

正是：战罢玉龙三百万，败鳞残甲满天飞。癫狂柳絮随风舞，轻薄桃花逐水流。有诗曰：轻吃灯心草，屁大兼恶臭。喝了白砒霜，骨头与墨斗。

他嫉妒别人出书，说：他人制作的书是非法盗版坏书，欺世盗名，要把它全部销毁。好一个“焚书坑儒”啊！黑夜能掩盖花朵的颜色，却不能掩盖它的芳香。

这个人真是厚颜无耻，扯天下之谎言，冒天下之大不韪。居然公开到处散发他的反伍氏祖先的言论，自我标榜正确无误。由此可见，两种书籍，两种观念，两种思想，两种立场，双方对比，谁是谁非？一目了然：一个颂扬历史伟大军事家伍子胥的丰功伟绩，一个诬蔑伍子胥是个可耻的叛徒；一名赞颂子胥公是个传奇式英雄人物，一个极力诽谤伍子胥是个败类；一名数十多年前到楚国旧址荆州寻根问祖归宗，一个反对辱骂伍子胥为始祖；一个尊重历史史实，实事求是，一个主观唯心，捏造谎言，胡说八道，胡搅蛮缠，颠倒是非。两种截然不同的世界观、历史观，有着本质上的鲜明对照，谁是谁非？谁真谁假？善与恶，美与丑，高尚与卑劣，德行与作孽，自有公理分辩。

作家最大不幸，也许不是成为别人嫉妒的目标，不是成为阴谋诡计的牺牲品，也不是被这个世界有钱、有权、有势的人所鄙视，而是被这种无赖蠢人所胡乱评判。

第二十七回

迁徙添财源，国动则富强

吴沃轻这个小人，到处游说：“伍子胥逃到了吴国是叛徒，某某逃到了广州也是叛徒，这一定性绝对准确无误的”。

真扯天下之谎言，如果按照他的叛徒逻辑论，岂不是，凡是迁徙外出的工、农、兵、学、商以及国内外所有的流通人员都成了叛徒了？实在荒谬绝伦。这个反天违众，逆地违理，实在使人愤怒！

自古以来，世上无论哪一个国家、哪一个朝代，上至中央集团，下至各郡、州、市、县、乡、镇的官员、群众，均来自五湖四海，直至今天，世界各地同样敞开门户，互动迁徙移民，招贤纳士，广聘国内外人才，自由往来各地谋生，已是历来的正常迁徙流通惯例。从来未有听说过，人员的流动就是“叛徒。”只有吴沃轻的谬论，才硬让他们戴上“叛徒”这顶帽子的！实在可恶可耻！

中国远古至今，从原始奴隶社会到周武王时期，全国有一千八百多个诸侯国，到春秋战国时，缩小到二百四十多个诸候国，就是因为全国混战，人员到处流通重新组合。奴隶社会时，由于奴隶受尽折磨压迫，被迫揭竿而起，反抗奴隶主压迫，进行斗争，直至引发部落与部落之间的战争，诸侯国与诸侯国之间的争夺，从而点燃春秋战火，逐步漫延至春秋混战，全国烽烟战火弥漫，于是乎，人民到处迁徙逃难避乱，各诸侯国为了扩展势力，不分东南西北，笼络人才，斗强争霸，烽烟四起，处处战火，所谓，春秋无义战。大吃小、强吞弱，各诸侯为了扩充势力，到处招揽人才，人员穿梭各国如流水，哪有“叛徒”之说？岂有叛国叛徒之分呢？那是他在“文化大革命”时期，捏造他人是叛徒惯用的伎俩，不知坑害了多少无辜者！

在时代大变革时期的社会，必须不断创新，不断组合，又不断互相排斥，新陈代谢，重新洗牌，更新组织，你掠我夺，争强列国。从奴隶部落社会，到封建社会，从资本主义社会，到社会主义社会，人民的流通增强了社会的动力，推动了社会的进步发展，这是历史必然的规律。

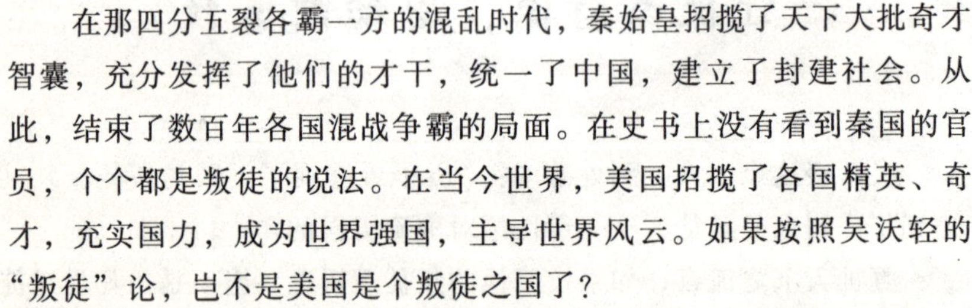

在那四分五裂各霸一方的混乱时代，秦始皇招揽了天下大批奇才智囊，充分发挥了他们的才干，统一了中国，建立了封建社会。从此，结束了数百年各国混战争霸的局面。在史书上没有看到秦国的官员，个个都是叛徒的说法。在当今世界，美国招揽了各国精英、奇才，充实国力，成为世界强国，主导世界风云。如果按照吴沃轻的“叛徒”论，岂不是美国是个叛徒之国了？

流通变迁，推动了社会进步和发展！正是，人动则寿，家动则富，国动则强，天下动则变。凡动而生，动而成就，没有不动而生、不动而成的。社会的进步，是靠人类的聪明智慧打造而成的。而人才的流通，则是知识宝库的汇集源泉，是人类改造社会进步的动力源泉。

如深圳特区开放改革，取得伟大的成就，世人刮目相看，其根本的原因，就是招揽世界各地的优秀人才，把一个沿海的小城镇，用短短二十年时间，发展成为一个一千多万人口的高科技卫星城市。若按吴沃轻的"叛徒"逻辑论去解读，那么，从各地迁徙而来的新移民，都是"叛徒"了？岂不是，这个城市也成了叛徒的城市了？真是天大的笑话！如今，上从中央，下至各省、市、县、乡、镇的政府官员，都是来自全国各地和国外的智囊，难道他们也是叛徒吗？现在全国各地的农民工到城市打工，并迁徙入户到城市来，难道他们都是叛徒吗？

吴沃轻的叛徒论，不但污辱了伍氏伟大祖先，扭曲了历史，同时得罪了天下广大百姓，污辱了人民，践踏人民的尊严。

有诗日：奸淫沃轻污辱祖，狂徒班门耍大斧。子胥之名越千古，伟人历代受尊崇。知识能主宰宇宙奥秘，文盲只能被时代所抛弃，被人唾骂。俗话说，没有戴过笼头的驴嘴巴硬，没有学识的人口气臭。有诗曰：千道有迁日月新，人间徒徙谋前程。国有迁都市更址，万物运动图生机。

尊严是人类灵魂中不可践踏的。人类的尊严不可轻视，只能轻视自己，而绝不能蔑视别人。要想自尊，首先要尊敬别人，只有尊敬他人，自己才能受到别人尊重！

感叹曰：不是无端悲恐深，直将阅历写成吟！不识一番寒彻骨，怎得梅花扑鼻香！

良知是唯一的善，无知是唯一的恶。这个卑劣小人，企图玩弄点小恩小惠，去引诱拉拢他人，搬弄是非，哗众取宠，蛊惑人心，使人相信他的谎言。可是，谎言可以事久而明，众嗤可以时久而息。有诗曰：知荣知辱牢缄口，谁是谁非暗点头。无端隔水抛莲子，遥被人知万年臭。

第二十八回

鸡肠与鼠肚，容不得毫毛

这个无名鼠辈狂叫说："你们贬我父兄，说我家穷，我要批判他，为父兄报一箭之仇！”

以前，他家穷得一个鸡蛋的家当都没有，邻近数十里，众所周知，这是事实真相。由于社会时代背景、环境条件和人的智力差距以及生产力等因素，产生贫富差别，这是自然和社会客观存在的真理，不管你如何无奈，如何讨厌，都是不可抹杀的事实。

咳！咳！阿轻今天有了几个臭钱，总觉得自己了不起，就一时充富豪，摆阔气，似财大气粗，像猴子穿大褂，走路左摇右摆，充阔佬，摆架子，动不动就歇斯底里，拿别人来出气，指三骂四，妄图挽回过去穷的面子！

可是，以前他家穷，是事实真相。怎么以今天的富，去掩盖过去的贫穷枯瘠呢？所谓，知而不以告人者不仁也，告而不以实者不信也。屠夫与泼妇，“五保”与懒汉，街头巷尾，无人不知晓。不管你怎样捂住别人的嘴巴，你父母也不会变成富翁、富婆贵族人家？不管你如何驳斥他人，终究是事实。人贵有自知之明，贫穷不是耻辱，而他的恶意莫大于不明道也，而他的仇恨莫大于不知耻也！请问，这有何冤？又有何仇呢？又有啥可批？可驳呢？真是滑稽可笑！

是的，鸡肠鼠肚，心胸狭窄的小人，肚里容不得一根毫毛。而小人多气度浅，往往因一点琐事就心怀不满，乱崩乱跳，如狗急入穷巷，恶念翻白眼，反目成仇，他充满着仇视和憎恨！整天思怨怨，恨悠悠，恨到归老不罢休！他经常将那令人憎恶的面孔暴露于众目睽睽之下，还觉得无限的骄傲！当他一听到不顺耳的话，就对你恨之入骨，大发雷霆，大有砸平白云山之势，喝尽珠江水，淹没五羊城之恨。

他扬言：谁说我父兄半点不是，就与你势不两立，誓要报仇雪恨！这条好记仇的癫狗，总觉得受到委屈，自暴自弃，到处寻找机会，刻意向你报复！不过，不管狗怎样向骆驼乱嘣狂吠，骆驼总是往前走着自己的幸福路程！

轻浮与虚荣的他，总有嫉妒而好胜的心理，只要有一点对他不利，就轻佻刻薄，咄咄逼人，气势汹汹，忿言怨词，破骂咧咧！

然而，忿则多难，急则多蹶，多忿害性，多逸害生，多忧害志，多欲害己。对每件事都是一副愤愤不平的样子，都带着一种愤怒的腔调。而他的忿懑，只不过是他自己酿成的苦酒，这种愚昧孤独，正是他失意的病根。老中医曰：思伤脾，忧伤肺，恐伤肾，怒伤肝。他若继续忿懑不平下去，这只会变成恶性肿瘤，以无端报仇开始，以身败后悔结束！

一切盲目的欲望和疯狂的仇恨，只能导致他失去理智和欢乐。嫉妒深的人，常常用各种偏见来编排自己的思想程序以攻击他人，嫉妒是他仇恨的根源，愤怒积蓄着他的仇恨，而积蓄的仇恨变成恶念，恶念产生邪毒。从而，导致其种种越轨腐败的可耻行为。可谓，嫉妒窄心肠，为摘一桑叶，干戈动刀枪，仇杀楚千里。有词曰：妒忌黑心锅，誓报父兄仇！欲报父仇唯疏放，耻笑狂夫恨忿狂？又有诗曰：一句言语动刀枪，心胸狭窄鼠鸡肠。屠夫懒汉众周知，为何复仇洗雪恨？

这个人为了私利、为了掩盖其丑恶面孔，拿点小钱作为工具，诱骗拉拢他人结党营私。不过，他手上拿着的都是假币，只有通过虚荣，才得以流通使用。但是，他忽视了正义正直和善良的德行者，他能在所有的时候欺骗某些人，也能在某些时候欺骗所有的人。然而，他绝不能在所有的时候，欺骗所有的人。他扛着假钱币诱骗树枝，当然，结不出果子来。这个欺诈的人！真相始终会败露于众！他的邪恶行径，只会遭到众怒愤恨，逃脱不了人们对他的谴责和讽刺。罪恶虽然可以掩饰一时，但最后免不了出乖露丑！这使他更加痛苦和煎熬。

嫉嫉妒心至深的人，因嫉妒之邪恶的气质，腐蚀着他自己的心肝，就像铁皮生了锈，被腐蚀坏透了的朽木废物一样，最终被抛弃到垃圾堆里！正是：利己熏心钱惑眩，虚伪魔鬼讨人嫌。一字千金笑狂癫，岂有蛤蟆充貂蝉？有诗曰：傲慢狂徒一小丑，无术台底弄大刀。愚弄百姓耍滑头，反骨无情赖皮狗。

第二十九回

英雄贬叛徒，鳏夫孽海恨

到处众说纷纭：那个吴沃轻是个逢场作庆而去，又是场场败庆而归的小丑。但时时打听到凡是什么地方开什么宗亲会啦、氏族会啦、联议会啦，他都要削尖脑袋进去，霸个主席位、占个主持台坐下，主动拿出早已准备好了的传单或发言稿，要发表谬论一翻，他不知情识趣，不懂他方规矩不让他参加，他也在外围站在制高处大声直呼自我吹嘘，手舞足蹈，声嘶力竭地胡言乱语，发疯乱吵一通胡说：你们知道吗，伍子胥是个可耻的叛徒，他从楚国逃到吴国当了宰相，卖国求荣，不是什么英雄而是狗熊，他和秦桧有过之而无不及……

他的话还没讲完，有几条大汉气冲冲地冲上去指着他就骂：你放的什么狗庇？败坏我伍氏族声誉，快滚！

两千六百多年至今，伍氏祖先的崇高声誉、名望永载史册，名垂千古。正是：名声若日月，功绩如天地。伍氏祖先德高望重！名声，是英勇行为的芳香，好名声之价值，胜过束金百带。名誉，是人类生活的产物，它以人为对象，被社会广泛认同。

在春秋战国时期，伍氏祖先延绵积善，影响着历代朝政，战绩显赫传奇，德高望重，历代传颂至今，名扬四海，深受尊敬！作为伍氏族后裔的弟子，当然扬眉吐气！当然感到无尚的荣光和自豪！伍氏族人自然是响当当的，出自名门望族之家，我们伍氏族人，当然值得骄傲！

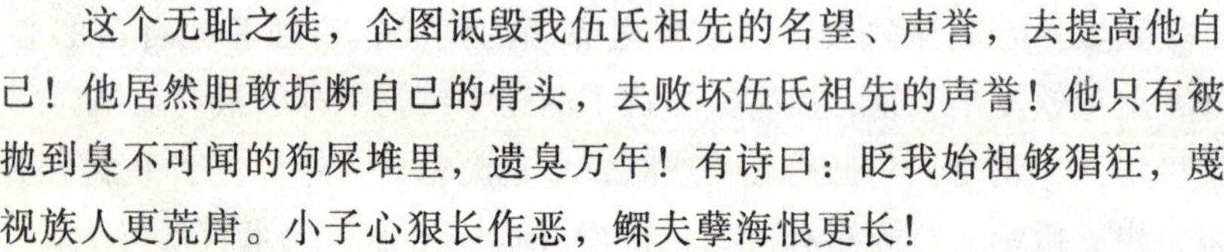

这个无耻之徒，企图诋毁我伍氏祖先的名望、声誉，去提高他自己！他居然胆敢折断自己的骨头，去败坏伍氏祖先的声誉！他只有被抛到臭不可闻的狗屎堆里，遗臭万年！有诗曰：眨我始祖够猖狂，蔑视族人更荒唐。小子心狠长作恶，鳏夫孽海恨更长！

那个缺德刁民还胡说：“伍子胥是楚国的叛徒，是不容抹煞的历史事实。只有伍氏族中的某些文人，为了本氏族的‘名望’的需要，在姓史书上把伍子胥描写为什么‘英雄’，以求‘一胜掩百丑’之故。其实这只是自欺欺人之举而已。秦桧的子孙不骂秦桧是‘奸臣’，不等于秦桧不是奸臣！这就是明证。”

他对子胥公祖先，如此恶毒攻击，罪过！罪过！秦桧跪岳飞——罪有应得。沃轻这个小子，跪子胥公——罪责难逃！

古今中外，众所周知，伍子胥是春秋战国时期有名的政治、军事谋略家。岂能与秦桧伦喻？他不识龙珠认狗眼。他心狠手黑，脚踩住臭狗屎，不知臭，非要把子胥公的英雄形象，拉到秦桧跟前抹黑，污辱伍氏祖先子胥公是“奸臣”恶毒用心。有诗曰：卑鄙丑化子胥公，诬蔑祖先众难容。诽谤先祖高名望，道德败坏是猖狂。

伍氏族源于伍参仰于伍子胥，其后裔以伍子胥为始祖而自豪！历代流传至今，国内外伍氏族人的心目中，都以崇高伟大子胥公为始祖，这是尊贤思齐的精神向往，是广大伍氏族后裔发自内心崇敬的思想情怀！这使氏族人更坚定信念。伍氏历代祖先，都以突出子胥公的伟大英灵形象敬仰供奉！世世代代鼎盛不衰。

第三十回

飘浮与虚伪，自欺又骗人

那位自称轻哥的人，有一套套江湖术士之本领，平时装扮得衣衫楚楚，身光颈靓，手提着一个沉重的皮包，包内塞满了一些传单、小字报资料。他经常到处打听那里开什么民间会议啦，就背着一大包传单资料主动去参加，推销他私货。

一次台山开宗亲会，他知道后，半夜起床赶到汽车站，颠簸了半天到了县城，到处打听会议地址，都说不知道。天色已晚，只好找个旅馆住下。

第二天一大早，又周围去打听，才知道离县城几十公里外的大江村有个什么会议，他欢喜若狂，顾不上吃早歺，马不停蹄又坐上另一班车，中途被“卖猪仔”转了两次车，还未到终点，气呼呼的，只好搭摩托车再赶路，在路上折腾了大半天才赶到现场，但会议已结来散会了。他急忙跳下摩的，付给司机 3 元钱，司机说：“先事同你讲好价 10 元钱你忘啦？”轻哥说：“只有几里路程，给你 3 块钱有多了，我在县城到这里，几十公里远，才付了十多元。”边说想走，这位司机那肯放过他，一把抓住他的皮包指着他说：“你坐了车不给钱还想溜？没门。”旁边有几个同行摩的司机跑过来帮嘴，轻哥见他们人多势众，丢下7元钱撒腿就跑。

他赶到会场见参会的人陆续回家，他大声叫喊：“喂！乡亲们，我有好多好消息同你们讲，大家过来一下。”他站到高处，举手召唤！连忙打开皮包，拿出一叠名片和一大卷传单，迅速逐一派发，有些拿着边看边走，他又召唤：“大家不要走！不要走！主动自我介绍吹捧：“我从省府赶到这里的，曾在部队和院校当过什么主任、教授、校长、院长工作的，今天听说你们开会特地赶来，不巧来迟了。”他又扯高嗓门说：“我是吃过糠、当过官、扛过枪、过过江、打过仗、负过伤的老革命，我干那一行，那一行都强……”众人听了有的啪！啪！啪！鼓起掌，掌声之中，有人说，原来你是个有头有面的人物？

很多人转回来想看看他卖的什么药？围了过去向他问长短？经他油滑几句，就轻而易举地取得了众人停住了脚听他演讲，他觉得沾沾自喜。

有人问他：“你刚才说，你们村中有几百口人，只有你一个人端得起铁饭碗，那个铁饭碗是不是很大呀？”

轻哥认真地说：“是呀！有国家这么大。”

大家有点糊涂，又问：“怎么有那么大？”

轻哥好笑着说：“即吃国家粮的意思。”

有人轻视地说，这有什么了不起的。

又有人问：“你在部队拿了八年工资，当到什么官衔呀？”

他吱吱哑哑地说：“特种兵，保密。”

有位老者说：“我当了二十年兵，导弹基地我都去过，你当个炊事兵有什么好保密的？”

阿轻脸上立即发红说：“不说这个，那是以前一段光环史罢了。”

那位者认识吴沃轻，而他不认识老者，莫名其妙，给他泼了一盆冷水，一下把他的思路打乱了。

“文革”时期，吴沃轻当上造反派黑司令。一人之下万人之上，枭雄霸气，沽名乱政，把政府各部门的领导干部，统统揪了出来，进行斗、批、改运动：戴高帽游街视众，他见一名老人走得慢，在他后面飞起一脚把他踢出数米远摔倒在地，众人把他拉起，见他满面鲜血，原来这是吴沃轻读小学时的恩师。“文革”无情，师生也无情。造反派“红卫兵”，把所有的老干部、老革命拉下马，暴晒太阳之下，将他（她）们斗倒、斗臭、斗垮，把他们关进牛棚牢房。致使政府各部门一片混乱和瘫痪，造反派红卫兵就趁火打劫，想坐那一把交椅就当那一把交椅的主任，沽名钓誉，称王称霸，要风得风，要雨得雨，随心所欲，威风八面，横行霸道，嚣张一时，不可一世。沃轻这个无赖，确实坐过许多个交椅。然而，所有的无赖，不一定是小偷，但所有的小偷一定是无赖。

今天，他竟把在“文革”沽名乱政时的职位又端了出来，马桶改水桶，粪缸当水缸，当做至高无尚的荣耀，蒙骗群众，摆臭架子，自吹自擂，恬不知耻。

这个人把可恶的行径当做荣誉！把丑陋当做美德，把恶劣视为慈善掩盖其卑鄙的真相。

不过，他能欺哄蒙骗后辈的良民，瞒不了同时代、同邻里的知情者。他额头上生疮，瞒得过背后的人，却瞒不了当面的人。他为了欺骗别人，不择手段编造谎言！可是，墨写的谎言，终究掩盖不了血写的事实。虚假的人的言词也掩饰不住他的虚假外衣。

冒虚名者，只能处处惹祸，虚伪的人为智者所轻蔑！也会受阿谀奉承者所崇拜！他为自己的虚荣，上窜下跳是徒劳的。因为，虚伪是不可宽恕的罪恶，他企图以虚伪刺死真谛，贴上他虚伪的膏药。虚伪可能会开出花朵，但绝对不会结出漂亮的果实。

对虚伪的惩罚，绝不在于别人不相信他，而在于他从此不能相信别人了。因为，他没有正义和真理，没有诚实忠肯的品质，没有慈善和道德，在腐败堕落中，没有比这个伪君子的所作所为更加邪恶的了。

人间的恶，即使装出十分善心的样子，也会被有思想头脑的人看出他的假象。所谓，小船为时闻草声，浮萍破处见山影。有诗曰：沽名钓誉臭沃轻，数十年间尽骗人。虚伪荒唐隐恶念，真理驱邪斩妖精。

第三十一回

嫉妒与堕落，邪恶是根源

那个自称轻哥的人，一贯伎俩，离奇古怪，丑陋百态，行为鬼祟似癫如狂，毫无理性，为所欲为。只有撕下他的外衣，揭开他的面纱，才能看清楚他内在的本质。

其内在本质的因素决定了他的政治动机、思想意识，道德观念、作风常态、手段方式、行为目的等等。所以，他一向所作所为，都是自私、肮脏、邪恶、蛮横、下流、无耻、低劣的，是没有正义价值的，只是反面教材罢了！

本质，是事物固有的根本属性。人的本质，源于母体，显示上一代对下一代的血缘关系，也显示出生命的本质存在于传达生命的运动之中。

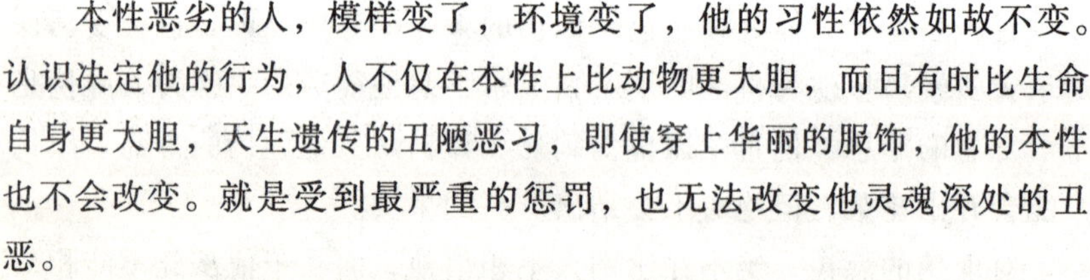

本性恶劣的人，模样变了，环境变了，他的习性依然如故不变。认识决定他的行为，人不仅在本性上比动物更大胆，而且有时比生命自身更大胆，天生遗传的丑陋恶习，即使穿上华丽的服饰，他的本性也不会改变。就是受到最严重的惩罚，也无法改变他灵魂深处的丑恶。

因此，本质决定其政治、思想、道德、行为、作风、学识和手段上的种种怪异的论调，结论是：自私、唯心、腐朽、堕落。丑陋的幽灵，尽管外面穿上漂亮的外衣，仍然是肮脏的。

如其政治上私欲熏心，自私自利，投机钻营，打着共产党的招牌，干着违背共产党的事，追名逐利，自我吹捧，拉帮结派，极力渲染自我意念，企图驯服大众，打击别人，抬高自己，野心勃勃，妄想建立个人淫威，唯我独尊，专横跋扈，欺压群众，独裁经营，想当太上皇。

思想上心怀恶念，思维偏见，逻辑混乱，言论滑稽，贪得无厌，盲目骄傲，心胸狭隘，嫉贤妒能，捏造事实，无理取闹，毫无情理，唯心滥调。他总是把嫉妒和邪恶作为营养积聚，见了最好的人，也敢去狠狠地咬他一口。

道德上淫邪欲念，歪理邪说，口蜜腹剑，目中无人，不分尊卑，欺师逆祖，犯上作乱。颠倒是非，狡诈虚伪，灵魂丑恶，心黑手狠，违法背理，德行败坏，必然腐化堕落。

行为上心怀狡诈，伪善言辞，为鬼为蜮，妖言惑众。惟利是图，随心所欲，附膻逐腥，追逐恶臭，心口雌黄，恃强凌弱，违法乱纪，逆天犯众，恣行无忌。搬弄是非，恣意取乐，违反道义，不顾恶果。

作风上摆臭架子，装腔作势，自吹自擂，夸夸其谈。无理取闹，陈词滥调，鲁莽蛮干，争强斗胜。弄虚作假，花言巧语，以假乱真，夸大其词。言行失实，胡作非为，两面三刀，作奸犯科。营私舞弊，恶紫夺朱，谬论欺诈，称王称霸，自称是大城市的强者，妄自尊大。

手段上为了达到个人目的，心怀鬼胎，要阴谋诡计，拉帮结派，溜须拍马。用尽各种卑鄙邪恶手段，以物质金钱为工具，诱惑愚弄他人，烧香摸屁股，骗取信任和权力，坑害他人，作恶多端。挂着共产党这块牌子作掩护，趋炎附势，明目张胆去干坏事。干了坏事，还信口雌黄，誓言旦旦，撒谎蒙骗大众。损害败坏了共产党的声誉，出尽了丑。如果按照共产党员的条件去衡量他：他倒是一个名副其实的可耻败类，臭名昭著。

学识上他是个不学无术，瞎子乱撞，孤陋寡闻的草包。恬不知耻，自我冒充是个大学生、教授，博学多才，文采飞扬的“秀才”。不懂装懂，文句死编硬造，颠三倒四，吃藤条屙箩筐的人。

缺乏才能和意志的人，最易产生嫉妒，他厌能妒才，专执人错漏胡搅蛮缠，无中生有，捏造事实，歪曲真相，添油加醋，颠倒是非黑白，污言秽语，恶语中伤，是个文风败坏、不负社会责任的文侩投机蛮子，是个荼毒笔墨害人子弟、祸族殃民的文痞，是个庸鄙贪吝的庸夫俗子。

这种人一向为非作歹，触犯众怒，在社会上造成了极坏的恶劣影响。他不顾一切损害了别人的人格和名誉，也不会增添他自己的光彩，反而往自己的脸上抹黑灰，越抹越黑。他的丑恶行径，永远成了人们日常文化生活讥讽的笑柄。他捉虱子到自己头上——自寻烦恼，蒙在被窝里放臭屁——自闻自臭。这是对他的思想上精神上致命的打击。他企图拿起射别人的毒箭，却往自己的心窝里扎。搬起石头想砸别人的脚，却砸烂了自己的大腿，自找苦头，自作自受。

第三十二回

遗憾的回忆，阳光的乌云

坏蛋仇恨坚持真理的人，恶狗仇恨拿长棍的人。这个出尽风头怪招的人，乱编谎话，到处混来窜去，散发各种谬论传单，恶意诬蔑祖先，攻击他人，败坏他人声誉，作恶多端，可谓自笑残生为口忙，老来惹事更荒唐。搞笑的是，他像个袁世凯，贼当王王做贼，弄愚贤蠢与癫，自封五六个官衔，什么作者、什么监事长，什么顾问啦！拿着自己印制的卡片，掩丑藏拙，逢人派发，故弄玄虚，欺骗良民百姓，如粪桶漏了底，摆臭架子。臭蜣螂放屁，觉得很香。他洋洋得意地对人说，现在我是名人了。多么虚伪、荒唐、滑稽！他放臭屁拍桌子——遮丑！凡同他共事过的人，看了这只赖皮狗，颈上挂满了空衔头，令人作呕，嗤之以鼻。有人讥笑接纳，他以为被人崇敬他，反而被人耻笑，说他把别人的棺材往自己家里搬——自讨晦气！

贪婪与金钱是杀害道德的恶魔，恶人的恨虽可憎，而恶人的爱更危险！恶人混充好人，反而更加邪恶；诬陷污辱他人人格，损害他人权益，诋毁他人名誉，他将自己的取乐建立在别人痛苦之上，触犯了法律。也许那一天，他像老鼠踩响夹子——掐住脖子，不能自拔——必死无疑！

自夸虚荣心的人，暗示着他隐秘的罪恶。主动的恶意，是他本性最恶劣的特征，恶者若其生，恶者若其死。遗憾的是：

那些老革命、老干部、老游击队员、老医生、无辜群众，被折磨死、伤、残、疾。

冤枉老支书贪污了几百元人民币，就拉他去斗倒、斗臭，罢了他的官。

怒骂恩师，是个死不悔改的走资派，拉出来斗争，从恩师背后狠踢几脚，游街视众。

诬蔑阿叔，奸污学生、强奸女青年，骂他“七丑”等罪名。

把那些成分高的人，划为阶级敌人、阶级异议分子，抓起来，关押、游斗、视众。

霸占他人墓地，石狮（尸）子，张牙舞爪，幽魂凶相毕露！但怎能逃脱钟馗那把辟邪斩妖除魔宝剑呢?

这个讲假话不眨眼，放暗箭不见血，吃人不吐骨头，心狠手辣的家伙，还叫嚣要控告他人，恶人先告状，岂有此理!

他横行霸道，强加民意，长期在嫩苗的土地上跑马，当然是十分爽快的事，然而遭殃的是，嫩苗被他践踏蹂躏。良民百姓受苦，无辜冤屈受害。他的所作所为，不得人心，罪行累累，千夫所指，罄竹难书。

他故意制造种种恶劣行为，造成各种不良后果……丑化了他自己，又丑化了社会，污染了环境，破坏了自然生态文明，影响了人类的健康!

知善不行者，谓之狂！知恶不改者，谓之惑！知恩不报枉为人！一个善于故弄玄虚陷害他人的人，到头来，只会跌落自己设置的陷阱之中，永世不得翻身!

烟消云散，春暖阳光，宇宙大地祥和正常运转。道是道，非常道……

老子《道德经》说：“天下有道，都走马已粪了，天下无道，戎马生于郊。罪莫大于多欲，祸莫于不知足，咎莫于欲得，故知足之足，常足矣!”这段话意思告诫人们：社会上应遵照仁爱、善良、正义之道而行为。《圣经》中有句名言：“怀恨他人的人，恨，反而报于他自己。”自寻死路。至此，本书也为“逆道者”划上了句号。